Zum Buch:

Alex starrt ins Leere. Er ist fest davon überzeugt, dass der Hubschrauberabsturz kein Unfall war. Alice schlägt damit zwei Fliegen mit einer Klappe. Sie kommt um die Scheidung herum, und gleichzeitig überschattet der Unfall die Vorkommnisse im Nord, die Alex und Sofi an die Presse weitergegeben haben. Er wirft einen Blick auf Sofi, die noch schläft, und bekommt es mit der Angst zu tun. Es ist klar, dass Alice vor nichts zurückschrecken wird, um jeden loszuwerden, der ihr im Weg steht.

Zu den Autorinnen:

Katarina Ekstedt & Anna Winberg Sääf sind das Power-Publishing-Duo der Thrillerszene.

Katarina Ekstedt ist Verlagsleiterin und Autorin und lebt in Stockholm. Sie ist mit dem Sternekoch Niklas Ekstedt verheiratet und hat bereits mehrere gefeierte Kinder- und Jugendromane geschrieben.

Anna Winberg Sääf, Autorin und Dozentin, lebt auf Öland. Sie hat bereits zahlreiche populäre Romane geschrieben und wurde 2021 zur Regionalautorin des Bezirks Kalmar ernannt.

Lieferbare Titel:

Das Nord

SÄÄF EKSTEDT

DAS SYD

THRILLER

Aus dem Schwedischen von
Max Stadler

HarperCollins

Die Originalausgabe erschien 2023 unter dem Titel
Syd bei Bookmark Förlag, Stockholm.

1. Auflage 2024
© 2023 by Anna Winberg Sääf, Katarina Ekstedt
Deutsche Erstausgabe
© 2024 für die deutschsprachige Ausgabe
by HarperCollins in der
Verlagsgruppe HarperCollins Deutschland GmbH, Hamburg
Umschlaggestaltung von Hafen Werbeagentur, Hamburg
Umschlagabbildung von Sandra Cunningham,
Paul Sheen / Trevillion Images
Gesetzt aus der Stempel Garamond
von GGP Media GmbH, Pößneck
Druck und Bindung von CPI books GmbH, Leck
Printed in Germany
ISBN 978-3-365-00578-1
www.harpercollins.de

Wenn du nicht extrem bist,
werden die Leute es sich einfach machen,
weil sie keine Angst vor dir haben.

MARCO PIERRE WHITE

PROLOG

Alex geht zu dem alten Fernseher und schaltet ihn ein. Es dauert einen Moment, bis das Bild scharf ist. Er lässt das Morgenmagazin leise im Hintergrund laufen, während er die Schale mit den Orangen nimmt, um den Saft auszupressen. Die frischen Brötchen, deren Teig er über Nacht hat gehen lassen, sind gerade fertig gebacken. Ihr Duft erfüllt die Küche.

Er blickt auf die Landschaft, die zum Leben erwacht, sieht Vogelscharen am Himmel und hört das Schnattern der Gänse, die nach Süden fliegen, während er die Orangen aufschneidet und eine Hälfte nach der anderen gegen die Saftpresse drückt. Sofi schläft noch tief und fest, sie haben gestern hart gearbeitet, aber die Gäste wirkten zufrieden.

Ihr erster Sommer auf Öland verläuft besser, als sie es sich hätten träumen lassen, trotz allem, was im Frühjahr passiert ist. Mit halbem Ohr hört er der Nachrichtensprecherin zu. Plötzlich sagt sie etwas, und er schaut auf. Sein Blick heftet sich auf den Textstreifen am unteren Bildschirmrand. »*Hubschrauber mit Geschäftsmann Carl Duwal an Bord geborgen.*«

Alex hält inne. Seine Hände zittern, während er die Orangenhälfte gegen den Edelstahl der Saftpresse drückt. Für einen Moment kann er sich nicht bewegen, dann stürzt er sich auf die Fernbedienung, um die Lautstärke zu erhöhen. Er dreht sie voll auf.

»Der bekannte Geschäftsmann Carl Duwal und sein Sohn Theodor Duwal wurden von Bergrettern in schwierigem Gelände südlich des Kebnekaise gefunden. Beide sind offenbar

am Leben, aber es ist noch unklar, wie schwer sie verletzt sind.«

Er denkt an die Zeit im Sternerestaurant Nord und seine Flucht vor Carls Frau vor einigen Monaten. Alice Duwal hatte ihn zuerst mit ihrem Charme geblendet und sich dann in ein tödliches Monster verwandelt, als er ihre Spielchen nicht mehr mitmachen wollte.

Auf dem Bildschirm übergibt die Nachrichtensprecherin an eine Reporterin vor Ort, die sichtlich mit heftigem Wind zu kämpfen hat.

»Sie waren als Erster vor Ort, was können Sie uns über das Unglück sagen?«

Der Leiter der Bergwacht wirkt grimmig.

»Nachdem die Flugsicherung den Kontakt zum Hubschrauber verloren hatte, haben wir uns auf die Suche gemacht. Als wir zur Absturzstelle gelangt sind, haben wir festgestellt, dass der Pilot tot war. Die beiden Passagiere wurden vor Ort versorgt und dann mit dem Rettungshubschrauber ins Krankenhaus geflogen.«

»Können Sie mehr über den Absturz sagen?«

»Leider nicht. Wir werden zusammen mit der Unfallkommission eine technische Untersuchung einleiten, um die Absturzursache zu klären.«

Alex umklammert das Geschirrtuch, das er genommen hat, um sich die Hände abzutrocknen. Bilder aus der Vogelperspektive zeigen einen unförmigen Klumpen, vermutlich der Privathubschrauber von Carl Duwal, in einer verschneiten Berglandschaft. Aus dem ausgebrannten Wrack steigt noch immer Rauch auf. *Es ist noch unklar, wie schwer sie verletzt sind.* Dann schaltet Alex den Fernseher aus, als könnte so das Gesagte zusammen mit den Bildern verschwinden, die er gerade gesehen hat.

Leise eilt er die Treppe hinauf, geht zum Kleiderschrank und tastet auf dem obersten Regalbrett herum. Er erreicht mit den Fingerspitzen, was er sucht, zieht den braunen Umschlag heraus und öffnet ihn. Er ist noch da. Alex zittert, als er den USB-Stick mit dem Video von Alice herausnimmt, auf dem sie wutentbrannt gesteht, dass sie ihren ehemaligen Liebhaber Gabriel hat töten lassen. Das war bisher ihre Sicherheit. Eine Kopie davon besaß Carl. Weder er noch Alice wollten, dass dieses Video an die Öffentlichkeit gelangt. Es sollte weder dem Ruf der Familie Duwal noch Theodors Zukunft als Erbe des Familienimperiums schaden. Hat Carl Alice damit konfrontiert, um die Scheidung zu erzwingen?

Alex starrt ins Leere. Er ist fest davon überzeugt, dass der Hubschrauberabsturz kein Unfall war. Alice schlägt damit zwei Fliegen mit einer Klappe. Sie kommt um die Scheidung herum, und gleichzeitig überschattet der Unfall die Vorkommnisse im Nord, die Alex und Sofi an die Presse weitergegeben haben. Er wirft einen Blick auf Sofi, die noch schläft, und bekommt es mit der Angst zu tun. Es ist klar, dass Alice vor nichts zurückschrecken wird, um jeden loszuwerden, der ihr im Weg steht. Er denkt an das, was vom Hubschrauber übrig geblieben ist.

Es gibt nur ein Problem: Sie hat sicher nicht damit gerechnet, dass einer der Passagiere überleben würde.

1

Neun Monate später

»Kommen Sie, dann können Sie mal probieren!«

Schon beim Betreten der Küche entspannt sich Alex, hier fühlt er sich zu Hause.

Er nickt Tess, der Köchin, zu, die schnell eine Kostprobe für die Reporterin zubereitet und ihr eine Gabel mit einem Bissen von in zerlassene Butter getauchtem Kartoffelkloß zusammen mit ein paar Preiselbeeren reicht. Alex beobachtet, wie sich die Journalistin das Ganze, ohne zu zögern, in den Mund steckt. Er wartet auf diesen ersten Moment, wenn die Aromen auf den Gaumen treffen. Ihr wahres Urteil, den unbewussten Gesichtsausdruck, wenn sie die Kombination aus den Zutaten und Gewürzen schmeckt. Nicht die Worte, die vielleicht eine Sekunde später aus ihrem Mund kommen.

In diesem Fall weiß er schon, dass ihr klassischer Kartoffelkloß mit lokaler Note voll ins Schwarze trifft. Den ganzen Winter über hat er mit der dünnen Kartoffelschale und der würzigen Fleischmischung im Inneren experimentiert. Schließlich hat er mit Thymian und Salbei die perfekte Balance gefunden. Niemand will einen *zu* experimentellen Kartoffelkloß, schon gar nicht die Einheimischen auf Öland. Nein, sie wollen, dass er wie immer schmeckt, nur besser. Die Reaktion der Reporterin enttäuscht ihn nicht, denn wie jeder Gast, seit sie das Gericht auf der Speisekarte haben, lächelt Maryam breit, sobald sie den Bissen verzehrt hat. Er erwidert das Lächeln. Weiß, dass sie noch mehr will.

»Nehmen Sie doch ein wenig Sahne dazu«, schlägt er vor und gibt ihr ein weiteres Stück mit Preiselbeeren, zerlassener Butter und einem Klecks Sahne auf einem Teller.

»Wow ... *So lecker!*«

Alex sieht, wie sie es genießt. Sie schließt sogar kurz die Augen und schaut ihn dann beeindruckt an.

»Ja, letzten Sommer stand die französische Küche im Mittelpunkt, aber jetzt haben wir uns mehr auf Klassiker aus heimischen Zutaten konzentriert, sie weiterentwickelt und ihnen unsere eigene Handschrift verpasst. Wir wollen die Produktionszentren in der Nähe fördern. Alle profitieren davon, wenn wir zusammenarbeiten und die Saison verlängern können.«

Maryam nickt und macht sich Notizen. Alex hält inne und wartet, bis sie fertig geschrieben hat. Er gibt Tess mit einem Nicken zu verstehen, dass sie weiterarbeiten kann, und schaut sich um, bevor er die Journalistin durch die Küche führt. Obwohl sie nur zu zweit kochen und alles schultern müssen, liebt Alex seine Arbeit. Der Unterschied zu seinem früheren Job im Sternerestaurant Nord könnte nicht größer sein, und das ist das Schöne daran. Im Nord musste er manchmal Stunden damit zubringen, Thymianblätter vom Stängel abzupflücken oder andere unfassbar kleinteilige und mühselige Aufgaben zu erledigen. Hier hat er die ganze Kette im Griff, und das ist ein unschlagbares Gefühl. Vom Einkauf über die Auswahl der Zutaten und das Kochen bis hin zum fertigen Teller, der dekoriert und dem Gast serviert wird.

Er verspürt Genugtuung, während sie im Raum umhergehen. Der größte Teil der Küche ist aus Edelstahl, sauber und schlicht, gut durchdacht und mit allem ausgestattet, was sie brauchen. Das vergangene Jahr hat ihnen Zeit gegeben, sich richtig zu organisieren. Nur die Wände verraten, dass sie sich in einer ehemaligen Scheune befinden.

Auf der Werkbank vor ihm liegt seine Messersammlung sicher in der Tasche verstaut, sie ist das Wichtigste, was er besitzt. Er lässt seinen Blick weiterschweifen und versucht, die Küche mit den Augen der Reporterin zu sehen. Nie hätte er gedacht, dass Cina, seine Mentorin und Partnerin, dem Kauf von doppelten Pacojets zustimmen würde, den Luxusmixern, mit denen sie unter anderem ihr beliebtes Eis zubereiten. Anfangs mussten sie wirklich jede Krone umdrehen, aber um bestimmte Gerichte perfekt zuzubereiten, braucht man einfach das nötige Gerät.

Maryam scheint besonders interessiert, als er ihr zeigt, wie man die lokal angebauten Erbsen fermentiert, er hat schon immer davon geträumt, seine eigene Würze nach dem Vorbild von Sojasauce herzustellen. Gleichzeitig ist er im Geist schon mit dem Rest seines Arbeitstages beschäftigt. Beim Einkauf der Waren muss er noch mehr aufpassen. Im Nord wurde fast alles bestellt, egal was es kostete, in einem Bistro geht das natürlich nicht. Daran musste er sich erst gewöhnen. Die spanischen Tomaten sind zwar billiger, aber sie verlieren zu viel Geschmack, wenn sie während des Transports durch verschiedene Kühlschränke wandern. Er blickt durchs Fenster auf das Gewächshaus mit seinen eigenen Tomaten und sehnt sich danach, dass sie reif genug sind, um sie in den Sommersalaten zu verwenden. Aber er kann nicht alles selbst anbauen, also muss er Vertrauen zu den Lieferanten auf der Insel aufbauen, um gute Preise zu erzielen. Auf dieser Insel dreht sich alles um Kontakte, und obwohl Cina als bekannte lokale Gastronomin die meisten wichtigen Leute kennt, sind persönliche Beziehungen wichtig. Maryam unterbricht seine Gedanken und holt ihn zurück in die Gegenwart.

»Aber was hat Ihrer Meinung nach dafür gesorgt, dass Sie so schnell so beliebt geworden sind?« Sie wischt sich den Mund mit einer Stoffserviette ab, die Alex ihr reicht, bevor sie fortfährt. »Ich habe mir die Bewertungen auf Google und Tripadvisor durchgelesen, und Ihre sind unglaublich gut. Jeder scheint Ihr Essen zu lieben!«

Er braucht ein paar Sekunden, um eine Antwort zu formulieren, er will vorsichtig sein mit dem, was er sagt. »Wir hätten wohl nie gedacht, dass wir so einen guten Start hinlegen würden. Natürlich steckt da viel harte Arbeit drin. Wir haben gutes Personal, und Cina, meine frühere Ausbilderin, ist so etwas wie ein Guru in der Branche, und es ist klar, dass ihre Erfahrung einen großen Anteil an unserem Erfolg hat.«

Alex macht eine kurze Pause, bevor er fortfährt: »Sie hat mich in meiner Arbeit als Koch sehr unterstützt. Ich konnte mich sehr frei entfalten, und sie hat mir immer wertvolle Tipps und Ratschläge gegeben. Einfach eine tolle Teamarbeit! Außerdem waren schon einige lokale Berühmtheiten hier, und ich glaube, unsere Investition in einen Pizzaofen im Außenbereich hat auch dazu beigetragen.«

Maryam nickt und schaut besonders neugierig, als er die Berühmtheiten erwähnt.

»Berühmtheiten? Meinten Sie Mitglieder der Königsfamilie? Die sind oft im Sommer hier unten in Solliden.«

Alex lacht.

»Na ja, ich weiß nicht, natürlich kommen sie jedes Jahr wegen der Feier von Kronprinzessin Victoria her, aber auf diesem Level hat man normalerweise seine eigenen Köche.«

Er hält inne. Vielleicht ist das, was er sagt, nicht so interessant, er ist sich nicht sicher, was der Aufhänger des Artikels sein wird. Er will helfen, die Geschichte attraktiv zu machen. Maryam nickt wieder, aber er sieht eine Falte zwischen ihren Augenbrauen. Sie fingert an einem Aufnahmegerät herum.

»Ist es in Ordnung, wenn ich den Rest aufnehme? Ich vervollständige meine Notizen gerne durch Zuhören, damit ich alle Zitate richtig habe, und ich mache auch die Fotos selbst. Leider ist der Fotograf, der mich begleiten sollte, krank geworden, aber ich bin es gewohnt, selbst zu fotografieren. Vielleicht draußen?«

Sie zeigt auf den Kräutergarten, in dem sie lange Reihen von Salbei, Minze, Thymian, Rosmarin und vielen anderen Kräutern gepflanzt haben, die bereits zu sprießen beginnen.

»Klar, gerne.«

Als sie die Küche verlassen, wird er nervös. Soziale Medien und Interviews haben er und Sofi im vergangenen Jahr gemieden, um möglichst wenig Aufmerksamkeit auf sich zu ziehen. Eine bewusste Entscheidung, denn sie wollten nicht, dass jemand herausfindet, wo sie sind. Stattdessen war Cina ihr Gesicht in der Öffentlichkeit. Aber zum ersten Mal, seit sie Åre verlassen haben und nach Carls und Theodors Unfall im letzten Jahr, beginnt Alex endlich zu glauben, dass Alice sie in Ruhe lässt. Auch wenn er sich immer noch bei jedem Geräusch reflexartig umdreht, um sich zu vergewissern, dass niemand da ist. Jetzt brauchen sie jede Werbung, die sie für den Sommer bekommen können, und für diese Reportage hat *Barometer* extra nach ihm gefragt, nach dem »Typen in der Küche«, wie sie es ausgedrückt haben.

Er führt die Journalistin über einen mit Steinen ausgelegten Pfad in den Garten hinter dem Restaurantgebäude. Er zupft seine Kochjacke zurecht, prüft sie auf Flecken und fährt sich mit der Hand durchs Haar. Dann lehnt er sich leicht gegen die niedrige Steinmauer, sodass auch das Meer mit aufs Bild kommt. Er redet sich ein, dass er sich keine Sorgen machen muss, während er versucht, entspannt und offen zu wirken.

Dass eine der lokalen Zeitungen ihn für die Sommerbeilage porträtiert, ist kaum Breaking News, und wenn sein Engagement dazu beiträgt, dass die Saison gut beginnt und die Menschen merken, dass das Syd in diesem Sommer einen Besuch wert ist, dann hat es sich gelohnt.

Gleichzeitig … Nein, daran will er nicht denken.

Er lächelt in Maryams Richtung, die ihn bittet, das Kinn zu heben und sich ein wenig zu drehen. Der Wind ist kalt, obwohl die Sonne von einem hellblauen Himmel mit ein paar Schäfchenwolken scheint. Klassisches Öland-Wetter im Juni. Als sie mit den Fotos fertig sind, lassen sie sich unter der Pergola nieder. Die Reben, die Sofi im letzten Sommer gepflanzt hat, haben sich schon um die Stäbe geschlungen, obwohl es erst Anfang Juni ist.

Alex dreht sein Gesicht in die Sonne und erinnert sich an das, worüber er und Sofi gesprochen haben. Das Wichtigste ist ihre einzigartige Kombination aus französischen Klassikern aus dem Repertoire von Cina mit einem Fokus auf lokale und regionale Produkte, ohne viel Schnickschnack. Reine und einfache Aromen. Gerichte, für die man immer wiederkommen möchte. Wie zum Beispiel das Schokoladensoufflé mit Sanddorn und Eis aus lokal hergestellter Sahne, das bereits zu einem Favoriten geworden ist und viele Gäste dazu veranlasst hat, die Extrakilometer nach Näsby auf Süd-Öland und dann weiter östlich über eine holprige Schotterstraße Richtung Meer zu fahren.

»Alex Anderson, Sie führen dieses Restaurant zusammen mit der bekannten einheimischen Köchin Cina Roos und Ihrer Lebensgefährtin Sofi … und es ist weithin bekannt für seine Küche, obwohl es erst seit weniger als einem Jahr geöffnet ist. Wie fühlt sich das an?«

An Maryams Stimme ist zu hören, dass sie das Tonband eingeschaltet hat. Alex holt Luft.

»Ja, was soll ich sagen? Fantastisch«, antwortet er und breitet die Hände aus. Er versucht, seine Dankbarkeit auszudrücken, ohne zu klischeehaft zu klingen, aber das gelingt ihm nicht besonders gut. Er merkt, dass er leere Phrasen von sich gibt. Schließlich schweigt er und faltet die Hände im Schoß. Eine Hand zittert, aber die Journalistin nickt ihm aufmunternd zu.

»Jeder, der hier im Syd arbeitet, vom Tellerwäscher über die Kellnerin bis hin zu unserer Köchin Tess, hat uns auf diesem Weg unterstützt.«

Die Journalistin stellt die nächste Frage, ohne aufzublicken.

»Großartig. Wie gesagt, viele Leute sprechen von dem unglaublich guten Essen, von dem Sie gerade Kostproben gezeigt haben, und dafür sind ja Sie verantwortlich. Denn Cina selbst hat sich aus der Küche zurückgezogen und kümmert sich hauptsächlich um die Finanzen, wenn ich das richtig verstanden habe, oder?«

»Ja, das ist richtig.«

»Aber wie sind Sie überhaupt hier auf Öland gelandet? Sie haben doch vorher im Zwei-Sterne-Restaurant Nord in Åre gearbeitet, oder? Es war eine Weile wegen der Skandale geschlossen, aber ich habe gehört, dass es bald wieder aufmacht.«

Alex zuckt zusammen, wie immer, wenn das Wort Nord fällt. Obwohl sie aussieht wie eine frischgebackene Absolventin der Journalistenschule, hat sie sich offensichtlich gut informiert. Das kann man von den Reportern, die Cina in der Vergangenheit interviewt haben, nicht behaupten. Die meisten interessierten sich vor allem dafür, dass das Syd so weit unten im Süden Ölands liegt und trotzdem so viele Gäste anzieht, oder für Cinas kreative Arbeit mit den Einheimischen, für saisonale Zutaten. Sie haben nie recherchiert, woher das Wissen des Kochs eigentlich kommt. Alex fragt sich unwillkürlich, ob es die Namen sind, die Maryam dazu gebracht haben, die Verbindung herzustellen. Cina fand es lustig, das Restaurant »Syd« zu nennen, vor allem, weil es so weit im Süden der Insel liegt. Das hatte sie schon lange beschlossen, bevor er und Sofi nach Öland kamen, und es war unmöglich, sie umzustimmen. Vor allem, weil er und Sofi sich entschieden hatten, ihr nicht alles zu erzählen, was im Nord passiert ist.

Er atmet tief ein, aber vorsichtig, in der Hoffnung, dass es nicht auffällt. Er und Sofi haben geübt, was zu sagen ist, wenn jemand fragt. Viele Male sogar. Trotzdem ist er völlig durcheinander. Weil er Zeit zum Nachdenken braucht, antwortet er mit einer Frage.

»Entschuldigung, ich habe ganz vergessen zu fragen: Möchten Sie Kaffee? Schwarz oder mit Milch?«

Maryam wirkt überrascht, geht aber nicht darauf ein, dass er gerade der Frage ausgewichen ist.

»Etwas Milch, bitte, wenn es Ihnen nichts ausmacht«, antwortet sie stattdessen und lehnt sich auf dem Gartenstuhl von Grythyttan zurück.

Alex nickt. Er ist erleichtert, sich auf etwas Konkretes konzentrieren zu können. Er lässt sie unter der Pergola sitzen, schlüpft durch die Seitentür in die Küche und geht mit schnellen Schritten zur Bar.

Hat sie gesagt, dass das Nord bald wieder aufmacht?

Er versucht, sich Wort für Wort zu erinnern, falls er etwas missverstanden haben sollte. Der Duft von leicht geröstetem Kaffee schlägt ihm entgegen, doch in seinem Kopf spielt sich eine andere Szene ab.

Das Geräusch des Scooters kommt immer näher, er ist zu langsam, Alice wird ihn einholen. Er stolpert durch die Bäume, und als er endlich die Straße erreicht, sieht er Scheinwerfer auf sich zukommen. Der Scooter ist nur noch wenige Hundert Meter entfernt, das entgegenkommende Auto rast ungebremst auf ihn zu. Es schlingert über die Fahrbahn, auf der sich große Schneehaufen mit nassem Kies vermischen. Gerade als er glaubt, dass der Scooter ihn eingeholt hat, schafft es der Fahrer, das Auto unter Kontrolle zu bekommen. Es ist Sofi. Sie hält an, und er wirft sich auf den Rücksitz. Sie gibt Gas, obwohl die hintere Tür noch offen ist. Ein Schuss ist zu hören, aber er verfehlt das Auto, und sie fahren mit hoher Geschwindigkeit auf das Björnen zu.

2

Die Kaffeemaschine gluckert, und Alex kehrt in die Realität
zurück. Er schwitzt leicht, obwohl es im Restaurant kühl ist.
Er füllt Milch in ein Kännchen. Dann nimmt er eine der po-
lierten Kalksteinplatten, die sie als Spezialanfertigungen haben machen lassen, und stellt einen Teller mit Plätzchen neben die beiden weißen Tassen von Resmo Krukmakeri. Er
hat die Kekse nach dem alten Rezept seiner Großmutter
gebacken, schön hart, so, wie er sie mag. Dann geht er zurück durchs Restaurant, vorbei an dem fantastischen langen
Tisch, den Sofi aus alten Brettern gezimmert hat, die sie am
Strand gefunden haben, und zurück in den Kräutergarten
mit Blick über Felder und Wiesen bis hinunter zur Ostsee.

»So, bitte sehr. Der Kaffee ist so hell, dass man eigentlich
keine Milch braucht, aber das ist natürlich optional.«

Alex stellt das Tablett ab.

Maryam scheint unbedingt weitermachen zu wollen.

»Also, das Nord, Sie haben da gearbeitet?«

Er nimmt einen Schluck von seinem Kaffee und weicht
ihrem Blick nicht aus.

»Ja, genau, ich hatte das Glück, dort eine Stelle als Commis de Cuisine zu bekommen, also als Assistent, und es hätte
keine bessere Schule geben können.«

Er spürt, wie sein Herz schneller schlägt.

Sie nickt und greift wieder zu ihrem Notizbuch. Inzwischen hat sie mehrere Seiten in einer unleserlichen Handschrift mit einem blassen Kugelschreiber gefüllt. Er will ihr
seine vorbereitete Antwort geben und hofft, dass sie dann zu
anderen Fragen übergeht.

»Vielleicht haben Sie von Thomas Turner gehört? Er war Chefkoch im Nord, und vieles von dem, was ich von ihm gelernt habe, konnte ich hierher mit ins Syd herübernehmen, obwohl das Niveau natürlich ein anderes ist, weil wir ja ein Bistro sind.«

Maryam macht sich wieder Notizen, und Alex hält kurz inne, bevor er fortfährt.

»Aber nach einer Saison in einem Sternerestaurant hatte ich genug und wollte neue Erfahrungen sammeln. Ich wollte selbst etwas leiten. In so einer Küche ist man nur Teil einer großen Maschinerie. Deshalb habe ich gekündigt.«

Er hört, wie einstudiert der letzte Satz klingt. Die Journalistin nimmt sich einen Keks, zieht beeindruckt die Augenbrauen hoch und lässt den Stift auf dem Notizblock ruhen.

»Da hatten Sie ja Glück, oder?«

Alex ist verwirrt.

»Was meinen Sie damit?«

»Ich meine, Sie mussten das Nord ja nach dem Hubschrauberabsturz schließen.«

Er nickt.

»Ja, das stimmt.«

»Wie schrecklich, dass Carl Duwal gestorben ist.«

Alex verschluckt sich fast und muss husten. Carl ist tot? Er hatte keine Ahnung, das muss erst vor Kurzem passiert sein. Seit dem Unfall im Spätsommer letzten Jahres wurde in den Zeitungen immer wieder über Carls Zustand spekuliert, aber das Letzte, was Alex gehört hat, ist, dass er schwer verletzt in einer Spezialklinik in der Schweiz behandelt wurde.

Was soll er sagen? Er kann das Interview kaum unterbrechen, um bei Sofi oder Cina nachzufragen. Der Keks wird zu einem Klumpen in seinem Mund. Er greift nach seinem Kaffee und merkt, dass seine Hand nicht mehr ganz ruhig ist. Alex hat sich alle Mühe gegeben, Alice und das Nord hinter sich zu lassen, seit sie von Åre nach Öland gezogen sind. In den ersten Tagen hatte er Sofi alles über seine Beziehung mit Alice erzählt, bis ins kleinste Detail. Dann bat er sie, es zu vergessen. Er wollte nicht mehr an das erinnert werden, was passiert war, aber Sofi musste wissen, warum, und sie hat ihn unterstützt. Er weiß nicht, was er ohne sie getan hätte.

Doch jetzt kommt alles zurück.

»Es ist schrecklich, dass Carls Sohn Theodor auch dabei war, obwohl er es wohl ganz gut überstanden hat«, sagt Maryam.

Alex hat aufgehört zuzuhören. Er denkt nur an das, was sie gerade über Carl gesagt hat. Er fragt sich, ob sie noch mehr weiß. Alex wünscht sich, er könnte sie bitten zu gehen, ihr sagen, dass das Gespräch beendet ist. Stattdessen lächelt er angespannt, während er an Carl denkt, den bekannten schwedischen Milliardär und Ehemann von Alice, der sich als jemand entpuppte, der ganz anders war, als Alex gedacht hatte. Der Mann, der entscheidend für seine Flucht und seine Freiheit wurde.

Schließlich räuspert er sich und antwortet. »Ein sehr tragischer Unfall.«

Er wartet auf die nächste Frage, in der Hoffnung, dass es so aussieht, als hätte er bereits gewusst, was sie ihm eben gesagt hat. Die Journalistin will gerade eine Anschlussfrage stellen, als er in einem schärferen Ton als beabsichtigt hinzufügt: »Das mit Carl tut mir leid, aber vielleicht sollten Sie nicht so viel über meine Zeit im Nord schreiben, sondern sich darauf konzentrieren, wo wir jetzt sind.«

Alex will das Kapitel einfach nur abhaken und vom Syd erzählen, von der neuen Speisekarte, von den Kräutern, die er verwendet, und von allem, was er den Lesern des Magazins sagen will, damit sie im Sommer kommen und seine Küche entdecken.

Er ist gestresst, er hätte nicht gedacht, dass das Interview so lange dauern würde. Er wünscht sich, dass die Reporterin zum Ende kommt, damit er mit Sofi über das sprechen kann, was er gerade erfahren hat. Außerdem ist eine Lieferung Lammfleisch von einem relativ neuen Produzenten unterwegs. Er möchte sich persönlich von der Qualität der Ware überzeugen. Dieser spezielle Produzent ist heikel, und selbst wenn das Lammfleisch von guter Qualität ist, kann er nie ganz sicher sein, dass er bekommt, was er bestellt hat.

Eigentlich war die ganze Sache mit der Journalistin von Anfang an ein Fehler. Er bezweifelt, dass es eine gute Idee war, sich von Cina zu diesem Interview überreden zu lassen. Gleichzeitig weiß er, dass sie recht hat. Die Lokalpresse ist nicht an einem weiteren Artikel über sie interessiert, sie brauchen einen neuen Blickwinkel, wenn es etwas bringen soll. Die Reportage wird in einer Sommerbeilage erscheinen, die auch als Einzelausgabe weit verteilt wird, und jede lokale Werbung, die das Syd im Moment kostenlos bekommt, ist von unschätzbarem Wert. Das Geld muss reinkommen.

Er steht auf und nimmt die Kalksteinplatte, die leeren Tassen und den leeren Keksteller.

»Vielleicht möchten Sie die Tour fortsetzen und sich den Rest ansehen, während ich Ihnen von unserer Vision für das Sommermenü erzähle?«

Während er ihr die Kräuter zeigt und erklärt, in welchen Gerichten er sie verwendet, zum Beispiel in den gebratenen Rüben oder im Sommersalat mit Estragon, tastet er mit den Fingern die Erde ab. Der Wind hat die oberste Schicht ausgetrocknet, und er muss daran denken, später, wenn die Sonne untergegangen ist, behutsam zu gießen. Das Wasser muss bis zu den Wurzeln gelangen, damit die Kräuter alle Nährstoffe aufnehmen können, es darf nicht an der Oberfläche verdunsten. Aber man muss vorsichtig sein, denn die verschiedenen Pflanzen haben alle ihre eigenen Bedürfnisse. Etwas, von dem er vor einem Jahr noch keine Ahnung hatte.

Er hat sich hier verändert und gewagt, etwas Neues aufzubauen. In den ersten Tagen nach der Flucht, als sie bei Cina gelandet waren, hatte er eine tierische Angst. Dann folgten einige Tage, an denen er aus dem Fenster schaute und das Meer bloß als grauen Streifen am Horizont sah.

Cina ließ sie in Ruhe. Sie erzählten ihr nur wenig von den Ereignissen im Nord, aber sie spürte, dass sie in diesem Moment Zeit für sich brauchten. Genauso wie er sie nicht nach den Jahren vor der Restaurantfachschule fragte, als sie ihr Lokal wegen ihrer Alkoholprobleme verloren hatte, oder nach dem Rückfall, der sie veranlasste, ihre Lehrtätigkeit aufzugeben und nach Süd-Öland zu ziehen. Es war eine stillschweigende Übereinkunft zwischen den dreien, nach vorne zu schauen und nicht zurück.

Schließlich hatte sie vorgeschlagen, dass sie ihr helfen könnten, den alten Hof, den sie geerbt hatte, herzurichten. Durch das Schleifen der Kalksteinplatten, das Schleppen, Streichen und Reparieren der baufälligen Gebäude und die endlosen Fahrten zum Recyclinghof mit Müll und Dreck begann er, sich wieder lebendig zu fühlen.

Cina scherzte und kommandierte ihn herum, während das Restaurant und ihr gemeinsames Unternehmen langsam Gestalt annahmen. Diese Art von Beziehung hatten sie schon immer gehabt, sie war praktisch wie eine zweite Mutter für ihn.

Und dann Sofi. Alles war so einfach geworden zwischen ihnen, nachdem er seine Gefühle für sie nicht mehr verbergen musste und nach all den Jahren der Einsamkeit nun jemanden hatte, dem er sich anvertrauen konnte.

Dann öffneten sie gemeinsam die Tore zum Syd, mit einem Menü, das sie damals für anspruchsvoll hielten, das aber viel einfacher war als das, was Alex für dieses Jahr entwickelt hat.

Die Gäste bevorzugten trotz französischer Küche unerwarteterweise Erbsensuppe und Pfannkuchen, sodass sie bald jeden Donnerstag – der Tag, an dem sie hauptsächlich regionale Gerichte anboten – ausgebucht waren und die Öffnungszeiten verlängern mussten. Alex hatte die Nachfrage völlig unterschätzt. Er kämpfte sich durch die Tage, da die Nächte der ersten Monate geprägt waren von Albträumen, in denen Alice ihn nicht zur Ruhe kommen ließ. Oft schreckte er schweißgebadet hoch, wenn er mal wieder geträumt hatte, dass ihre kühlen Finger seinen Körper streichelten. Es war immer der gleiche Traum. Er war gefesselt, nackt und bewegungsunfähig. Erst wenn er aufgewacht war, merkte er, dass nicht Alice, sondern Sofi neben ihm im Bett lag.

Er zeigt Maryam die bei den Gästen sehr beliebte überdachte Terrasse, auf der sie unter einer hohen Decke Pizzas servieren, und schildert ihr, wie Cina, Sofi und er gemeinsam alle Wände herausgerissen und am Ende des länglichen Gebäudes einen großen Pizzaofen gebaut haben.

»Dieser Teil ist natürlich nur im Sommer geöffnet, nächste Woche geht es los.«

Nach ein paar letzten Fotos verabschiedet sich die Reporterin. Alex atmet tief durch und spürt ein vertrautes Pochen im Kopf. Er lässt sich auf einen der Stühle im Bistrobereich fallen und schaut sich in dem menschenleeren Raum um. Sofi war auf Schnäppchenjagd auf verschiedenen Flohmärkten und hat die Stücke in passenden Grau-, Grün- und Weißtönen neu gestrichen. Ein Traum, von dem er vorher nicht einmal etwas geahnt hatte, ist in Erfüllung gegangen, aber trotz des Erfolgs und ohne wirklich zu verstehen, warum, ist er gestresster denn je. Er steht auf, geht in die Küche, gießt sich ein Glas Wasser ein und kippt es hinunter. Hat er mit dem Interview die Büchse der Pandora geöffnet?

3

Alex verlässt die Küche und geht am Kräutergarten vorbei in Richtung des Lagerschuppens. Seit Wochen versucht er, Zeit zu finden, um hier aufzuräumen, aber immer kommt etwas dazwischen. Es ist wichtig, dass zu Saisonbeginn alle Trockenprodukte, Servietten, Schokolade, Öl und andere Dinge an ihrem Platz sind. Wenn das Restaurant voll ist, bleibt keine Zeit für größere Bestellungen oder im schlimmsten Fall nicht einmal für kurze Nachkäufe. Bis nach Färjestaden, wo es das beste Angebot der Insel gibt, braucht man im Sommer fast eine Stunde. Wenn die Urlauber mit ihren Wohnmobilen unterwegs sind, deutlich länger.

Alex schaut auf sein Handy. Drei Anrufe in Abwesenheit. Er stellt den Ton wieder an, bleibt kurz stehen und schreibt eine SMS.

Ich bin sehr interessiert, wie viele hast du?

Eric, der Käser, ist mit einer Reihe spannender Experimente mit Schimmelpilzen und geheimen Zutaten beschäftigt, die Alex faszinieren. Allerdings ist der Einkauf bei solchen experimentellen Händlern ein schwieriger Balanceakt, denn einige der Produkte sind von der nationalen Lebensmittelbehörde noch gar nicht zugelassen. Aber die Käsesorten sind französische Spitzenklasse. Dann schreibt er Sofi eine SMS.

Wir müssen reden, komm so schnell wie möglich zum Schuppen.

Es ist Montag, die meisten haben frei, nur er und Tess sind in der Küche, um die Speisekarte für die Woche vorzubereiten und Gerichte auszuprobieren. Neben der Zubereitung der Kartoffelklöße putzen sie Bohnen und hacken Petersilie für ihr eigenes Pesto.

Doch Tess wird eine Weile auf ihn in der Küche verzichten müssen. Er geht in den Lagerschuppen, um endlich mit dem Aufräumen zu beginnen. Eigentlich sollte er den Holzspalter aufstellen und die abgesägten Äste der Bäume klein hacken, die sie im letzten Winter gefällt haben, aber das muss jetzt warten. Alex schaut auf die langen Reihen von Mehlsäcken für die Pizzen, Dosen mit Olivenöl und allem, was sonst noch im Restaurant gebraucht wird. Er schiebt ein paar Säcke beiseite und findet eine Menge alter leerer Gläser, seufzt. Aus purem Zeitmangel ist vieles bei der Ankunft der Lieferungen einfach nur reingeworfen worden und liegt überall herum, aber seine Vision ist strikte Ordnung und dass jeder in der Lage sein sollte, im Lager sowohl etwas zu finden als auch die Ordnung zu bewahren.

Obwohl draußen ein kühler Wind weht, ist es drinnen richtig heiß. Die Frühsommersonne bahnt sich ihren Weg durch die Ritzen, und der Schweiß rinnt ihm den Rücken hinunter. Alex zieht seine Kochjacke und das T-Shirt aus. Bei der Wärme ist es besser, mit bloßem Oberkörper zu arbeiten, er kann danach gleich duschen gehen. Er schleppt einen Sack über den Boden und spürt, wie sich seine Brustmuskeln anspannen. Endlich ist er wieder so fit wie nach der Kochschule, bevor er seinen ersten Job in Kopenhagen bekam.

Er zuckt zusammen und spürt, dass ihn jemand beobachtet. Ein Schauer durchläuft seinen Körper, und sofort wird er nervös. Er hält inne, wagt aber nicht, sich umzudrehen. Wie in seinen Albträumen sieht er nur ein Gesicht vor seinem inneren Auge.

Alice.

Er steht reglos da. Hört den Wind durch die dünnen Bretter pfeifen, einen Vogel in der Ferne rufen.

»Habe ich dich erschreckt?«

Sofi steht in der Tür und lächelt.

»Nein, nein. Gut, dass du kommen konntest«, antwortet er und wird sofort wieder ruhiger.

»Wie ist das Interview gelaufen?«

Er spürt die elektrische Spannung zwischen ihnen, sieht, wie sie auf seinen nackten Oberkörper schaut, erinnert sich aber an die Worte der Reporterin. Sie müssen miteinander reden. Er schaut zur Tür hinaus und senkt die Stimme.

»Carl ist tot.«

Sofi sieht ihn fragend an.

»Was meinst du damit? Er und Theodor haben den Unfall doch überlebt, oder?«

»Anscheinend nicht. Die Journalistin, die gerade hier war, hat gesagt, dass Carl tot ist, und sie wirkte gut informiert. Irgendwie habe ich kein gutes Gefühl dabei, dass wir jetzt an die Öffentlichkeit gehen …«

Sofi schließt die Tür und setzt sich auf einen alten Hocker, den sie als Tritt benutzt, wenn sie etwas von den oberen Regalbrettern brauchen. Alex sieht, dass sie nachdenkt, und fährt fort, obwohl er an seiner eigenen Stimme hört, dass er seine Angst nicht gut verbergen kann.

»Er hatte die Aufnahme. Jetzt haben nur wir sie, ohne ihn haben wir keinen Schutz.«

»Alex, ich bin sicher, dass alles in Ordnung ist. Wir haben ja nach dem Absturz geahnt, dass das passieren könnte. Aber dann wäre Alice schon längst hier aufgetaucht.«

Sie steht auf, geht auf ihn zu und nimmt seine beiden Hände. Schaut ihm in die Augen.

»Wir müssen unser Leben leben. Wir können uns nicht ewig verstecken.«

Alex nickt zögernd. Im letzten Jahr haben sie sich ständig versteckt.

Sofi umarmt ihn fest, flüstert ihm ins Ohr. »Wenn sie uns hätte finden wollen, hätte sie es geschafft, ganz egal wo wir waren. Sie hat die Mittel. Warum sollte sie sich jetzt noch um uns kümmern? Ich glaube, sie sieht uns nicht mehr als Bedrohung.«

Alex will nicht über die Vergangenheit nachgrübeln und alles aufwärmen, was im letzten Frühjahr passiert ist. Er möchte sich lieber auf das konzentrieren, was in diesem Sommer vor ihnen liegt. Er hat sich alle Mühe gegeben, nicht mehr an die Familie Duwal zu denken, und er will nicht wieder damit anfangen.

»Außerdem ist es nur ein Artikel in einer Lokalzeitung. Sicher, er wird wahrscheinlich ins Internet gestellt, aber hinter einer Bezahlschranke. Es ist ja nicht so, als würde sie ihn sowieso sehen.«

Sofi lächelt und küsst ihn leicht auf die Wange, bevor sie mit der Aufzählung der Argumente fortfährt.

»Und du hast nur Gutes über das Nord gesagt, nehme ich an? Wenn Alice den Artikel entgegen allen Vermutungen doch sieht, wird er ihr doch nichts verhageln, oder?«

Alex seufzt tief und fährt sich mit den Händen durchs Haar. Irgendetwas an Sofis logischer Argumentation will nicht in seinen Kopf. Aber schließlich nickt er.

»Tja, wir hatten eh keine Wahl. Ich bin sicher, es ist in Ordnung. Lassen wir es gut sein.«

»Kann ich denn gar nichts tun, du siehst so angespannt aus?«

Das Funkeln in Sofis Augen lenkt ihn von Alice und Carl ab, zumindest für den Moment. Er zwingt sich zu einem Lächeln.

»Kannst du nicht helfen?«

Sie lächelt zurück.

»Ich bin nicht für harte Arbeit angezogen.«

Das helle Sommerkleid sitzt eng um die Brüste. Alex hebt ein paar Öldosen von einer Werkbank. Er sieht, dass sie weiß, was er denkt. Er zieht sie an sich und küsst sie auf den Hals.

Sofi lacht leise und lehnt sich zurück, während sie ihn an der Taille festhält. Ihre Stimme ist leise, fast heiser, als sie flüstert: »Aber Alex, solltest du nicht arbeiten? Es gibt viel zu tun, wir haben morgen wieder Gäste hier.«

»Ich kann nicht anders«, flüstert er zurück.

In den Momenten, in denen er mit Sofi zusammen ist, kann er völlig abschalten, das ist das Einzige, was die Kopfschmerzen, die regelmäßig kommen, wirklich vertreibt. Er öffnet die kleinen Knöpfe ihres Kleides. Ihre Brüste liegen frei, die Brustwarzen sind hart. Sofi zieht die Tür zum Lagerraum noch fester zu, sodass nur ein schmaler Lichtstreifen hereinfällt. Sie führt ihre warmen Hände an seine Oberschenkel. Alex' Atmung beschleunigt sich, als sie seine Hose aufknöpft und langsam nach unten zieht, während sie seinen nackten Oberkörper küsst. Sein Glied wird hart, er schiebt ihr Kleid hoch und zerrt den Slip herunter. Hebt sie hoch, dringt in sie ein. Spürt, wie feucht sie ist, hält sie am Po. Sie küsst ihn gierig, streicht ihm immer fester über den Rücken, den Nacken und durch die Haare. Alex hebt ihren Po rhythmisch auf und ab, und während er an ihren Brustwarzen knabbert, spürt er Sofis Fingernägel, die sich in seinen nackten Rücken bohren. Sofis Wangen erröten. Sie ist so schön, und noch nie hat er sich mit ihr so verbunden gefühlt wie in diesem Augenblick. Vielleicht kann er es wagen zu hoffen, dass es doch noch ein guter Sommer wird.

4

Alex rollt in den gepflasterten Innenhof, der von roten Scheunen umgeben ist. Er springt von seinem Fahrrad und lehnt es an den baufälligen Zaun. Fast augenblicklich wird er hibbelig. Das Haus, das er und Sofi von Bauer Björn gemietet haben, ist nicht besonders groß und von alten Obstbäumen umgeben. Vor allem aber ist es vom Syd mit dem Fahrrad zu erreichen. Seit sie es im letzten Herbst zum ersten Mal gesehen haben, fühlt es sich perfekt an, und er genießt das Leben in dem kleinen Haus. Als sie nach Öland kamen, schliefen sie zunächst in einer Hütte hinter dem Restaurant, was im Sommer funktionierte, aber nicht mehr, als die Herbststürme kamen. Dann erfuhr Cina von Björn, dass die alten Mieter gerade ausgezogen waren, was sich als Geschenk des Himmels entpuppte. Außerdem wohnen sie hier möbliert und extrem günstig, was ihnen sehr entgegenkommt, da sie sowieso fast die ganze wache Zeit im Syd verbringen.

Als Alex den Schlüssel in die Tür stecken will, sieht er, dass sie nur angelehnt ist. Er gibt ihr einen leichten Schubs, und sie gleitet lautlos auf. Sein erster Gedanke ist, dass Sofi vielleicht noch einmal nach Hause gegangen ist, um etwas zu holen. Sie muss es so eilig gehabt haben, dass sie vergessen hat, die Tür abzuschließen, und nicht mal gemerkt hat, dass sie nicht richtig zu war.

»Hallo? Sofi, bist du zu Hause?«

Björn lachte zuerst, als sie nach dem Hausschlüssel fragten, aber als er merkte, dass sie es ernst meinten, holte er einen alten Bund mit zwei Schlüsseln. Offenbar ist es hier nicht üblich, die Haustür abzuschließen. Selbst wenn sie weit weg ins Ausland reisen, sperren viele ihr Haus nicht ab. Björn selbst wohnt mit seinem erwachsenen Sohn auf dem Nachbarhof. Es ist derselbe Hof, auf dem Björn aufgewachsen ist und den er neben seiner Arbeit als Teilzeit-Feuerwehrmann bewirtschaftet. Alex vermutet, dass sie nicht abschließen.

Er ruft noch einmal nach Sofi. Keine Antwort.

Alex schiebt die Tür ganz auf, sie öffnet sich nach innen, und er will schnell ins Freie gelangen können, falls jemand drin ist. Könnte es ein Einbruch sein? Er sucht den Hof ab, aber der ist leer. Es gibt keine Anzeichen für ein fremdes Auto oder ein anderes Fahrzeug.

Auf dem Heimweg mit dem Fahrrad hat er versucht, die Nachricht von Carls Tod und was das für ihn und Sofi bedeuten könnte, zu verdrängen. Beiseite, fort, weg. Doch die Gedanken lassen sich nicht aufhalten.

Alex bleibt auf der Treppe stehen und lauscht. Hinter dem Haus erstrecken sich die hellgrünen Felder, hier und da taucht schon der Klatschmohn auf, rote Tupfen im Grün. Es ist windstill, das einzige Geräusch ist sein eigener Atem. Dann ertönt ein Schrei, und er zuckt zusammen. Doch kurz darauf sieht er, dass es nur ein Vogel ist, der im Weißdornbusch hockt und krächzt.

Alex geht ein paar Meter in den Flur hinein. Alles ist still. Ungewöhnlich still. Das Knarren der alten Dielen hallt nahezu wider, als er ein paar Schritte weitergeht.

Der Duft von Sofi hängt noch an ihm, aber auch der Staub und Dreck, den er beim Reinigen des Lagerraums abbekommen hat. Trotz der willkommenen Unterbrechung hat er es geschafft, weiterzuputzen und vieles auf seiner To-do-Liste abzuhaken, sodass er das Gefühl hat, die Woche im Griff zu haben. Er muss noch ein paar Bestellungen mit Cina abstimmen, aber das kann er morgen machen.

Sofi ist mit dem Saab nach Kalmar gefahren, um Shane und Rick zu treffen, die Besitzer eines Naturwein-Großhandels. Sie wollen viel Wein verkosten, deshalb wird sie in deren Gästehaus übernachten. Cina hat die Gelegenheit genutzt, sich in die Stadt fahren zu lassen, um einen alten Freund zu treffen, der zu Besuch ist, und wird später mit dem Bus nach Hause fahren.

Er schiebt das düstere Gefühl, das ihn beschleicht, beiseite. Nicht allein im Haus zu sein. Er geht in die Küche mit dem alten Holzofen und den bemalten Porzellangefäßen im Regal darüber. Alles sieht aus wie immer. Über dem Küchentisch hängt der gestickte Spruch *Ein guter Freund ist immer willkommen*, und auf dem Tisch steht noch Sofis Teetasse von heute Morgen. Er stößt die Tür zum Wohnzimmer mit dem karierten Sofa aus den Siebzigerjahren, den grünen Cordkissen und dem gemauerten Kamin auf und steigt die Treppe zum Schlafzimmer hinauf, wo es völlig dunkel ist. Auf der Schwelle bleibt er kurz stehen, dann geht er los und zieht die Jalousien hoch. Für einen Moment glaubt er, das Spiegelbild eines Gesichts hinter sich im Fenster zu sehen, aber als er sich umdreht, ist da niemand.

Er zwingt sich, die Augen zu schließen und ein paarmal tief durchzuatmen. *Hier ist niemand, ich bilde es mir nur ein.* Dann öffnet er die Augen, stellt sich ans Fenster und schaut hinaus aufs Wasser. Er sieht die Schotterstraße, die am Meer entlang zum Bistro führt. Wie immer ist sie völlig verlassen, kein Mensch weit und breit. Das Schönste an diesem Ort ist, dass er sich gefühlsmäßig von allen anderen Orten unterscheidet, an denen er in den letzten Jahren gelebt hat. Sein neues Zuhause erinnert ihn weder an die grüne Wohngegend von Växjö mit all ihren verächtlichen Blicken noch an die geschäftigen Straßen und scharfen Ellenbogen von Kopenhagen, noch an die Wälder Jütlands, wo er eine Marionette in einem Schattenspiel war. Hier ist er frei von Schuld und unverdientem Hass, hier gibt es nur die Landschaft, Sofi, Cina und das, was sie gemeinsam im Syd aufbauen.

Noch einmal verdrängt er das Gefühl, mit dem Akzeptieren des Interviews einen Fehler gemacht zu haben.

Der blaue Himmel vom Nachmittag hat sich verändert, jetzt ist es draußen grau, aber am Horizont schimmert es hell. Das Wetter ändert sich hier ständig, und wenn er eines im letzten Jahr auf Öland gelernt hat, dann ist es, dass die Sonne nie lange weg ist, im Guten wie im Schlechten. Der Wasserstand ist für diese Jahreszeit schon niedrig, und alle scheinen eher auf Regen als auf Sonne zu hoffen.

Er lässt sich aufs Bett fallen. Normalerweise bleiben er und Sofi bis spät in die Nacht im Syd, essen Reste, planen mit Cina den nächsten Tag oder spielen Poker mit einigen der Angestellten, und wenn sie nach Hause kommen, gehen sie direkt ins Bett. Er stellt eine Playlist auf seinem Handy auf laut, um sich zu zwingen, nicht mehr auf Geräusche im Haus zu achten, seien sie real oder eingebildet. Dann zieht er seine schmutzige Kleidung aus und geht ins Badezimmer.

Die Dusche ist eine verstellbare Plastikkabine, die Björn auf den Bodenabfluss gestellt hat. Das Haus ist zwar etwas heruntergekommen, aber das Wasser ist wenigstens warm, und die Dusche hat einen ziemlich harten Strahl, obwohl das Wasser auf Öland so viel Kalk enthält, dass es die Haare rau macht.

Alex seift sich ein, entspannt sich und gelangt zu der Einsicht, dass Sofi es bestimmt nur eilig gehabt hat. Sie ist nicht so ängstlich wie er und vergisst leicht, die Tür hinter sich abzuschließen.

Er dreht den Wasserhahn zu und wischt die Spiegelscheiben auf der Vorderseite des wandmontierten Badezimmerschranks ab. Eine davon schiebt er zur Seite. Sein Blick fällt automatisch auf das oberste Regalbrett und die Schachtel mit den Schlaftabletten. In den ersten Monaten nach den

Geschehnissen im Nord kam er nicht ohne sie aus, aber die Zeit und das Training haben ihn wieder ins Gleichgewicht gebracht. Seit Dezember hat er keine Tablette mehr genommen.

Er nimmt die Packung heraus. Hält sie in der Hand und legt sie dann entschlossen zurück. Stattdessen drückt er eine Schmerztablette aus einer anderen Packung und schluckt sie mit kaltem Leitungswasser, das reicht gegen die Kopfschmerzen, die nicht verschwinden wollen. Er wischt sich das Gesicht mit einem sauberen Frotteehandtuch ab und geht ins Schlafzimmer. Dort zieht er eine Kommodenschublade auf, um frische Unterwäsche zu holen, und überprüft, ob die Uhr an ihrem gewohnten Platz liegt.

Die Uhr, die ihm Alice geschenkt hat, die er eigentlich hasst, die aber durch ihren Wert zu einer zusätzlichen Versicherung für ihn und Sofi geworden ist. Als er die schwere Uhr in der Hand wiegt, hat er wieder das Gefühl, dass ihn jemand beobachtet.

Langsam dreht er sich um. Er zuckt zusammen, als er eine Gestalt in der Tür stehen sieht.

5

»Mensch, Sebbe! Meine Güte, du kannst doch hier nicht einfach so reinplatzen!«

Alex wickelt sich das Handtuch fester um die Taille, zieht sich ein T-Shirt an und wirft die Uhr in die Schublade. Sebbe starrt ihn schweigend an.

»Es tut mir leid!«, schreit Sebbe dann und rennt die Treppe hinunter und ins Freie, bevor Alex reagieren kann.

Mit einem lauten Knall fällt die Haustür ins Schloss. Alex' Angst verwandelt sich in Irritation. Es ist also doch keine Einbildung gewesen. Er schließt die Haustür von innen ab und geht langsam wieder die Treppe hinauf. Alex hat sich nicht getraut, Björn zu fragen, was mit Sebbe los ist, es hat sich nie eine Gelegenheit ergeben. Aber es ist offensichtlich, dass er anders ist, im Geiste noch ein Kind, trotz der enormen Masse seines Körpers. Er schätzt, dass Sebbe ungefähr so alt ist wie er. Er antwortet nicht immer, wenn man ihn anspricht, und bricht schnell in Tränen aus. Obwohl er etwas Unschuldiges und leicht Tragisches an sich hat, gefällt Alex der Gedanke nicht, dass Sebbe nach Belieben in ihrem Haus herumschleicht.

Vielleicht sollte er doch Sofi anrufen? Nein, er weiß, dass sie sich auf diesen Abend gefreut hat. Obwohl es eigentlich ums Geschäft geht und darum, den Wein so billig wie möglich zu kaufen, geht es auch darum, mal frei zu sein. Sie spricht selten darüber, aber manchmal denkt Alex an all das, was sie hinter sich gelassen hat. Für ihn. Ihre Familie, ihre Freunde, ihren Job und ihr größtes Hobby neben der Arbeit: Skifahren. Åre ist nicht nur eine Stadt, Åre ist ein

Lebensgefühl, das sie nirgendwo anders findet. Schon gar nicht hier. Letzten Winter konnte er ihren Frust fast spüren, als die Schneeflocken ein paar Tage lang auf Öland durch die Luft wirbelten, aber nicht liegen bleiben wollten.

Er wirft sich aufs Bett und nimmt das Handy zur Hand, stellt die Musik leiser und starrt auf das Google-Symbol. Er sollte nicht. Er hat sich geschworen, nicht nach Alice zu suchen oder nach Informationen darüber, was nach dem Hubschrauberabsturz passiert ist, weil er sich dann nur schlecht fühlt. Aber nach dem, was die Journalistin ihm über Carls Tod und die Wiedereröffnung des Nord erzählt hat, kann er das nicht mehr. Er muss wissen, ob alles stimmt. Sonst kann er heute Nacht bestimmt nicht schlafen.

Seine Finger bewegen sich wie von selbst über den Bildschirm. Er und Sofi haben sich so sehr auf die kommende Saison konzentriert, dass sie überhaupt nicht mitbekommen haben, dass Carl nicht nur tot, sondern auch schon begraben ist. Die Bilder von Alice mit schwarzem Hut und großem Trauerflor lassen ihn innehalten. Er ist immer noch fest davon überzeugt, dass Alice hinter dem vermeintlichen Unfall steckt. Die Buchstaben der Schlagzeilen verschwimmen vor seinen Augen, und er schließt alle Seiten. Er atmet ein paarmal tief durch die Nase ein und durch den Mund aus. Bleibt auf dem Bett liegen. Hebt und senkt Brust und Bauch. Er versucht sich einzureden, dass Sofi völlig recht hat. Wenn Alice sie finden wollte, hätte sie es längst getan.

Es hilft nicht. Es kribbelt am ganzen Körper und flimmert vor seinen Augen. Er muss raus aus dem Haus.

Er wirft sein Handy beiseite und zieht Jogginghose, T-Shirt und Kapuzenpulli an, bevor er es sich anders überlegen kann. Er schnürt seine Turnschuhe und versucht zu ignorieren, dass seine Hände beim Binden der Doppelknoten zittern. Sorgfältig schließt und verriegelt er die Tür hinter sich, um nicht noch einmal von Sebbe überrascht zu werden.

Erst joggt er langsam, dann immer schneller den schmalen Pfad hinunter zum Wasser. Nach einigen Kilometern wird ihm langsam warm. Er nähert sich dem Strand und kehrt um. Der Frühsommerabend ist hell, und er beschleunigt. Da raschelt es hinter ihm. Atemlos bleibt er stehen und dreht sich um.

Eine kleine grau gefleckte Katze springt aus dem Feld und miaut auffordernd. Alex geht in die Hocke, und sie leckt ihm mit ihrer rauen Zunge über den Finger. Er krault ihr den Rücken, hebt sie hoch und schaut sich um. Wahrscheinlich einer von Björns vielen Rattenjägern. Er setzt sie wieder ab und joggt zurück zum Haus. Die Katze folgt ihm. Seltsamerweise fühlt er sich dadurch sicherer.

Ein Film mit den Bildern des Tages läuft vor seinem inneren Auge ab. Das Interview, die Uhr, Sebbe, die Artikel über Carls Beerdigung. Wenn er eine Schlaftablette nähme, würde er sofort einschlafen. Das Problem ist, dass er dann nicht merken würde, wenn jemand ins Haus käme. Er traut sich nicht, sich einzugestehen, was er für möglich hält. Aber er kann nicht aufhören, an Carl zu denken und daran, ob er etwas hätte tun können, um seinen Tod zu verhindern. Und an Theodor. Soweit Alex weiß, lebt zumindest Theodor noch. Ist er auch in Alice' Fängen? Oder hat er sich befreien können? Er hat nach ihm gegoogelt, aber es scheint, als seien alle Spuren von Theodor gelöscht worden.

Als er wieder im Haus ist, geht er direkt zum Badezimmerschrank. Er vermeidet es, in den Spiegel zu schauen, nimmt widerwillig eine Schlaftablette und schluckt sie ohne Wasser, bevor er es sich anders überlegen kann.

6

Die Glocke läutet, und ein weiterer Teller erscheint in der Luke zwischen Küche und Gastraum.

»Gebratenes Lamm mit Kräutern für Tisch sieben«, ertönt Tess' Stimme, bevor sie sich wieder an die Zubereitung der gedünsteten Scholle für den nächsten Gast macht, die sie mit Gewürzbutter, Zitrone und Kresse garniert.

»Danke«, antwortet Sofi sofort und schnappt sich die Speise mit einer schnellen Bewegung. Die Teller sind heiß, und sie trägt sie mit einem Handtuch, um sich nicht zu verbrennen. Es ist Freitagabend, Frühsommer, und das Restaurant ist voll, obwohl Alex noch nichts von der Reporterin gehört hat. Es wäre eine Erleichterung, wenn das Essen und der Ruf, den sie sich vor Ort erworben haben, ausreichen würden, sodass sie keine weiteren Interviews mehr geben müssten.

Er schaut sich zufrieden um. An jedem Tisch sitzen glückliche Gäste, die sich das Essen schmecken lassen. Die selbst gebauten Holztische und die neu gestrichenen Flohmarktfunde sehen noch besser aus, wenn Menschen im Raum sind. Die Tische schmücken Vasen mit Gänseblümchen, schönen Gräsern und Kornblumen. Den Gästen ist anzumerken, dass sie den ganzen Sommer und den ganzen Urlaub vor sich haben; wohin er auch schaut, erblickt er heitere Mienen und zustimmendes Nicken.

Ein Gast an Tisch sieben hat das falsche Fleischmesser bekommen, Alex tauscht es schnell aus. Es ist kein Schaden entstanden, aber es beunruhigt ihn, dass nur er und Sofi ein Auge für die Details im Gastraum zu haben scheinen.

In der Küche vertraut er Tess, der Chefköchin, aber für diese Gäste geht es bei ihrem Besuch um viel mehr als nur ums Essen. Es ist das Gesamterlebnis, das darüber entscheidet, ob sie wiederkommen oder nicht.

Es ist erst Mitte Juni, noch vor dem Hochsommer und weit weg von der Hochsaison, und schon fehlt es an Personal. Er hat unterschätzt, wie schwer es ist, Leute zu finden. Entweder haben sie keinen Führerschein oder kein Auto. Es gibt keine Busverbindung vom Festland in den Süden Ölands, und viele scheinen auch der Meinung zu sein, dass die angebotenen Löhne zu niedrig sind. Ironischerweise ist gerade die Lage, die das Syd zu einem einzigartigen Restauranterlebnis macht, ein Faktor, der es ihnen sehr erschwert, Leute zu finden. Alle wollen nach Gotland, wo sie mehr Trinkgeld bekommen und die Möglichkeit haben, auszugehen und zu feiern, wenn sie nicht arbeiten.

Er ist froh, Tess gefunden zu haben, die in kurzer Zeit seine rechte Hand in der Küche geworden ist. Nach mehreren Jahren in der Londoner Spitzengastronomie sehnte sie sich nach der Ruhe der Insel, und dass sie eine echte Insulanerin ist und die lokalen Produkte kennt, ist nicht von Nachteil.

Cina hat inzwischen das Büro verlassen und steht am Eingangstresen, um die Gäste zu empfangen. Alex findet, dass sie müde aussieht. Er hofft, dass sie nur schlecht geschlafen hat, denn ab jetzt werden sie für die nächsten Monate ein hohes Tempo vorlegen müssen. Sein Blick schweift weiter durch den Raum. Sofi leitet die Schicht und versucht, die neuen Kellner so gut wie möglich zu lenken.

Dann gibt es einen Knall, und bevor er reagieren kann, fällt ein ganzes Tablett mit Gläsern zu Boden. Sofi dreht sich blitzschnell um. Eine der Aushilfen ist gestolpert, nachdem er viel zu viel Geschirr auf einem Tablett aufgehäuft hat. Die Gäste schauen entsetzt von ihren Tellern auf, und Alex sieht, wie Sofi sich auf die Zunge beißt, um den Kerl nicht zu beschimpfen. Beide wissen, dass es keinen Sinn hat auszuflippen, sonst wirft er sofort wieder hin. Sofi bemüht sich, ruhig zu bleiben, als sie mit ihm spricht.

»Geh in die Küche und hole das Essen, das fertig ist. Ich kümmere mich um das hier.«

Er geht davon, aber nicht so schnell, wie Alex es sich gewünscht hätte. Er sieht an Sofis Körpersprache, wie frustriert sie ist, und er weiß, dass sie dasselbe denken. Der Wille zu arbeiten ist nicht wirklich da. Jeder ist immer auf dem Weg zu etwas anderem. Diese Leute sehen ihre Arbeit als etwas Vorübergehendes an, bevor sie auf eine aufregende Reise gehen oder einen neuen Job antreten. Sie erfüllen ihre Aufgaben mehr schlecht als recht, erwarten aber trotzdem, dass sie voll bezahlt werden. Die meisten wollen nur an Wochentagen arbeiten, am liebsten nicht länger als sechs Stunden. In seiner Generation fühlen sich alle kaputt, viele haben noch nie selbst etwas leisten müssen. Was ihn am meisten ärgert, ist die Erkenntnis, dass es ihm wahrscheinlich genauso ergangen wäre, wenn er nicht schon mit sechzehn Jahren sein eigenes Leben hätte aufbauen müssen.

Alex sieht, wie Sofi mit den hastig zusammengefegten Gläsern in die Küche schlüpft und ein Gespräch mit Fadi beginnt, dem Tellerwäscher und Tausendsassa, dem besten Mann im Haus. Er wurde ihnen letzten Sommer vom Arbeitsamt vermittelt und kommt aus Syrien. Er ist ein Traum, es gibt nichts, was er nicht reparieren oder wo er nicht helfen kann, und schon nach wenigen Wochen haben sie beschlossen, ihn einzustellen. Ein Blick von Sofi genügt, und innerhalb weniger Augenblicke hat er alle Scherben beseitigt. Leider sind ein Dutzend Riedel-Gläser zu Bruch gegangen.

»Ich hab dir doch gesagt, du sollst nicht so teure Gläser kaufen«, faucht Sofi im Vorbeigehen.

Alex kommt gar nicht dazu, ihr zu antworten. Aber er weiß, dass sie recht hat. Alles kostet Geld, und solch unnötige Ausgaben können sie sich nicht leisten. Auch wenn er den Gästen ein Gefühl von Luxus vermitteln will, wenn sie ihren Wein trinken. Er geht zu Cina.

»Cina, wenn es ruhiger ist, müssen wir uns kurz zu den Finanzen austauschen, damit ich weiß, welche Bestellungen für den kommenden Monat anstehen. Es ist schon eine Weile her, dass wir uns abgestimmt haben.«

Sie murmelt ein »Ja« als Antwort und zieht ihn zur Seite, bevor sie fortfährt. »Übrigens, hast du schon von dem neuen Projekt bei Chez Michelle gehört?«

»Nein, nichts, was weißt du darüber?«

Alex weiß nur, dass sie damit ein Bistro meint, das von einem Sportjournalisten und seiner Frau unten am Leuchtturm von Ottenby betrieben wird, aber seit Jahren im Dornröschenschlaf liegt und eher wie ein Hobbyprojekt wirkt.

»Die scheinen da unten einen guten Spin zu haben.«

Dann winkt ihn Cina weg, um den nächsten Gast zu begrüßen.

Alex ist sich nicht sicher, ob es angesichts der kurzen Saison überhaupt Platz für zwei Restaurants so nah beieinander gibt. Nur ein paar schlechte Kritiken und unzufriedene Gäste, und die Kunden kehren ihnen den Rücken und gehen zur Konkurrenz.

7

Alex steckt den Schieber in den heißen Ofen. Im Inneren sind es über 450 Grad, und die Wärme, die er abstrahlt, bringt ein Gefühl von Gemütlichkeit an diesem kühlen Juniabend.

»Hallo, schön, dass ihr gekommen seid!«

Die helle, klare Stimme dringt durch den Lärm des Restaurants, und Alex blickt unwillkürlich auf. Eine hübsche junge Frau mit kurzem Pagenschnitt steht an einem Tisch mit einer großen Gruppe von Leuten. Sofort steigt ihm ein leichter Brandgeruch in die Nase, zwei Sekunden der Unachtsamkeit haben unmittelbare Folgen, und er dreht sich um, um die Pizzen herauszunehmen, die er eben in den Ofen geschoben hat.

Nach dem Zwischenfall mit den Gläsern vorhin hat er nicht mehr gezählt, wie viele Pizzen er in den letzten Stunden gebacken hat, aber ihm ist aufgefallen, dass die meisten Leute die mit Parmaschinken und Mozzarella bestellen. Nichts, was sofort heraussticht. Alex wäre gern in der Küche, aber der Pizzatyp ist krank, und so bleibt ihm nichts anderes übrig, als selbst zum Schieber zu greifen. Nach ein paar Stunden läuft es wie automatisch. Teig kneten, zu einer Scheibe formen, Belag drauf und ab in den Ofen. Schnell, nicht länger als eine Minute, damit die Holzofenpizza einen perfekten Rand bekommt.

Frustriert blickt er sich um, denn er möchte, dass die Gäste ihre Pizza direkt aus dem Ofen bekommen, während sie noch dampft und nach Gewürzen und geschmolzenem Käse duftet, aber die Mitarbeiter sind noch ungeübt. Er muss noch eine ganze Weile durchhalten, bis er ins Bett sinken kann, und er bedauert fast, dass sie sich entschlossen haben, auch am Samstag und am Sonntag mittags zu öffnen.

Die Pizzen bedecken nun schon die ganze Theke, und er versucht verzweifelt, Sofi oder jemanden vom Service zu erreichen, er kann jetzt nicht weg, sonst verbrennen die restlichen Pizzen. Da taucht das Mädchen mit dem Pagenschnitt auf, das er kurz zuvor hat grüßen hören. Sie trägt ein asymmetrisches Oberteil und eine abgetragene, tief sitzende Jeans, ihre Haut ist gebräunt. Alex macht sich auf eine Schimpftirade gefasst – sie warten schon lange auf ihr Essen – und setzt sein bestes entschuldigendes Lächeln auf. Doch sie schaut ihn nur freundlich an.

»Sie sehen aus, als bräuchten Sie Hilfe, soll ich Ihnen helfen?«

Alex ist baff, denn von einem Gast Hilfe zu bekommen, ist das Letzte, was er erwartet hat. Instinktiv will er Nein sagen, aber ein kurzer Blick auf die überfüllten Flächen um ihn herum zeigt ihm, dass er keine Wahl hat. Im besten Fall wird es als charmant empfunden, wenn die Gäste mithelfen, schließlich soll in diesem Teil des Restaurants eine entspannte Atmosphäre herrschen.

»Danke, wie nett. Die beiden mit Rucola und Pecorino kommen zu Tisch fünf, die mit Schinken zu Tisch zehn, Sie sehen die Schilder.«

»Kein Problem, ich habe das schon mal gemacht.«

Behutsam nimmt ihm das Mädchen die heißen Teller aus der Hand. Alex sieht sofort, dass sie Übung hat. Sie serviert noch ein paar Pizzen, gießt einigen Gästen, die Weinkühler auf ihren Tischen stehen haben, Wein nach, dann wird es etwas ruhiger.

Er hat weder Sofi noch sonst jemanden gesehen und fragt sich, wo zum Teufel sie stecken. Er holt tief Luft und verdrängt das Gefühl der Ohnmacht, das ihn überkommt. Es ist einfach so viel, die ganze Zeit.

Er sieht, dass das Mädchen wieder zu ihm geht, aber es gibt keine Bestellungen mehr, und er hat auch keine Pizzen mehr im Ofen.

»Tut mir leid, ich hatte keine Zeit, dich nach deinem Namen zu fragen. Natürlich laden wir dich und deine Gruppe heute Abend zum Essen ein, um uns für die Hilfe zu bedanken«, sagt er, trocknet sich die Hände an der Schürze ab und wischt sich mit einem Küchentuch den Schweiß von der Stirn.

Er reicht ihr die Hand zum Dank, und sie ergreift sie.

»Lea«, stellt sie sich vor. »Ich wollte wissen, ob ihr diesen Sommer Hilfe braucht. Ich komme gerade von einer langen Asienreise zurück, und meine Eltern haben hier in der Nähe ein Haus.«

Alex muss lachen. Ihre direkte Art macht ihn baff. Dabei ist es genau das, was sie brauchen: Menschen, die selbst die Initiative ergreifen.

»Okay ... wie viel kannst du arbeiten?« Und damit es gar nicht erst zu Missverständnissen kommt, fügt er rasch hinzu: »Weil wir niemanden brauchen, der nur einspringt, wenn es mal passt, und sofort an den Strand geht, sobald die Sonne scheint, verstehst du?«

Für einen kurzen Moment wirkt sie unsicher.

Alex zieht seine Arbeitshandschuhe aus und beginnt, neben dem Ofen aufzuräumen. Sie bemerkt seinen Blick und klingt entschlossen, als sie antwortet.

»Eine Menge. Ich kann viel arbeiten.«

Er nickt.

»Okay, komm morgen um drei wieder, dann können wir das besprechen, und du lernst Sofi kennen, die für den Service zuständig ist.«

Lea lächelt ihn erleichtert an.

»Auf jeden Fall, bis dann.«

Alex reicht ihr wieder die Hand, um sich noch einmal für ihre Mühe zu bedanken. Leas Finger sind sonnengebräunt und schlank, mit kleinen Stoffbändern und klappernden Silberringen um die Handgelenke. Als er sie loslässt, denkt er, dass sie seine Hand etwas zu lange gehalten hat.

8

»Aber wo ist sie?«

Sofi versucht ihn zu beruhigen.

»Du wolltest doch, dass Cina sich um die Finanzen kümmert, damit du kochen kannst. Es gibt sicher eine Erklärung dafür. Aber ich gebe zu, dass ich es auch ein bisschen komisch finde.«

Alex hat bereits zweimal Kaffee gemacht, geht aber trotzdem noch einmal zur Bar, um eine weitere Runde zuzubereiten. Er setzt die Kanne auf, lässt das Wasser auf fünfundachtzig Grad erhitzen, holt die Bohnen aus dem Kaffeeladen in Böda hervor und mahlt sie grob. Sorgfältig wiegt er ab, fünfunddreißig Gramm Kaffee auf einen halben Liter Wasser. Er holt die V60-Kanne heraus, setzt den Spezialfilter ein, schüttet die gemahlenen Bohnen hinein und setzt das Wasser auf. Der Duft schlägt ihm entgegen.

Er hat lange damit gezögert, eine Besprechung über die Finanzen anzusetzen, um Cina nicht auf die Füße zu treten, aber jetzt hat er keine Wahl. Es gibt zu vieles, was er nicht überblickt und das keinen Sinn ergibt. Und jetzt, wo sie sich endlich auf einen Tag und eine Uhrzeit geeinigt haben, kommt sie nicht. Es passiert schon mal, dass sie zu spät kommt, aber sie hätte schon vor anderthalb Stunden hier sein sollen.

Er nimmt seine Kaffeetasse und setzt sich an den großen Holztisch im Esszimmer, wo sie alle Ordner und Papiere aus dem Büro ausgebreitet haben, weil hier mehr Platz ist. Sofi wirft ihm einen frustrierten Blick zu und zuckt mit den Schultern. Sie warten seit acht Uhr, und als Cina nicht aufgetaucht ist, haben sie angefangen, alle Bücher, Rechnungen und alles, worauf sie Zugriff haben und was nicht auf Cinas Computer ist, durchzugehen.

Die Zahlen sehen nicht gut aus. Aber vielleicht hat Cina eine Erklärung. Weder er noch Sofi sind Betriebswirte und haben noch nie ein Restaurant geführt. Jetzt, wo sie sich auf die Saison vorbereiten, fallen viele Ausgaben an. Alex hat ein flaues Gefühl im Magen, als er auf die Liste der Dinge schaut, die er diese Woche bestellen will. Da steht alles, was er braucht, auch Gemüse und Obst, das sie nicht selbst anbauen. Aber haben sie genug Geld?

Montags halten sie oft eine kurze Besprechung ab, und auch Sofi ist nervös. Es geht um die Einstellung neuer Mitarbeiter und um die Frage, ob die Löhne erhöht werden können, um einerseits neue Mitarbeiter zu gewinnen und sie andererseits zum Bleiben zu bewegen. Heute Nachmittag kommt Lea zu dem Vorstellungsgespräch, und obwohl sie sehr interessiert zu sein scheint, wird das Gehalt sicher eine Rolle dabei spielen, ob sie annimmt oder nicht. Dann ist da noch eine Rechnung von Eric von der Käserei, die Cina angeblich bezahlt hat, aber es kam eine Mahnung, die sie heute Morgen entdeckt haben, als sie den Briefkasten geleert haben. Etwas, das seit mindestens einer Woche nicht mehr gemacht worden zu sein scheint. Er trommelt mit den Fingern auf ein paar Kuverts. Inkasso, der Umschlag wurde vor ein paar Wochen abgestempelt.

»Schau dir das an!«

Sofi zeigt auf den Ausdruck eines Kontoauszuges, den sie zwischen Cinas Papieren gefunden haben. Alex kommt der Gedanke, dass er selbst schuld ist. Vielleicht wollte Cina seine Kreativität nicht einschränken. Schließlich hat er sich teure Zutaten und schicke Gläser gegönnt. Frustriert wendet er sich wieder seinem Handy zu und tippt eine weitere SMS: *Auf dem Weg?* Cina hatte früher ein Haus in der Nähe des

Syd, aber vor etwa einem Monat hat sie plötzlich beschlossen, es zu verkaufen und in eine Mietwohnung in Färjestaden zu ziehen. Es ist eine lange Fahrt, und er hofft wirklich, dass sie unterwegs ist. Er will die Dinge einfach jetzt klären.

Sofi schiebt den Stapel Rechnungen beiseite, der vor ihr liegt. Sie zögert, dann beginnt sie zu sprechen.

»Margit hat mich heute früh angerufen. Auch sie ist für die letzte Lieferung von Frühkartoffeln noch nicht bezahlt worden. Sie hat gesagt, dass sie nichts mehr liefern können, bis wir bezahlt haben.«

Alex seufzt, fährt sich durchs Haar und starrt in die halb leere Kaffeetasse. Alles ist so chaotisch, aber die letzten Wochen waren sehr hektisch, bestimmt hat Cina die Zahlungen nur vergessen.

Alles, was er durchgemacht hat, all das Geld, das sie ausgegeben haben, um das Syd aufzubauen, soll das jetzt vergebens gewesen sein? Sofi nimmt ihr Haarband ab und bindet routiniert einen neuen Pferdeschwanz.

»Ich wollte eigentlich warten, bis Cina kommt, um das zu sagen, aber es sieht nicht so aus, als würde sie auftauchen.«

Sie steht auf.

»Ich muss jetzt die Tische fürs Mittagsgeschäft eindecken. Wenn Cina nicht kommt, musst du eine Lösung finden. Nimm das Geld aus der Kasse von gestern, fahr zu Margit und entschuldige dich, damit wir die Ware bekommen. Wir sind unterbesetzt, und ich brauche Fadi, er kann also nicht Kartoffeln schälen, wir haben einfach zu wenig Leute.«

Sofi ist ruhig. Sie und Cina haben sich von Anfang an gut verstanden, und er ist dankbar, dass sie nicht so sauer zu sein scheint wie er selbst. Jetzt müssen sie versuchen, rasch Lösungen zu finden, bis sie alles wieder auf die Reihe kriegen.

»Alex, das wird schon.«

Er schaut Sofi an. Die Sonne hat ihr schon Sommersprossen verpasst. Eine Haarsträhne hat sich aus dem Pferdeschwanz gelöst. Das Sonnenlicht verleiht ihren kastanienbraunen Locken einen goldenen Schimmer, und sie streicht sie sich unbewusst hinters Ohr. Sie sieht so gut aus in ihrem frisch gewaschenen Jeanshemd, das ihre muskulösen, tätowierten Unterarme betont, aber vor allem gefällt ihm ihr Selbstbewusstsein. Das färbt auf ihn ab.

»Gib ihr einfach die Chance, sich zu erklären.«

Alex nickt stumm. Ihm dreht sich der Magen um, eine Mischung aus zu viel Kaffee und der Sorge, dass er aufgeben muss, bevor er überhaupt die Chance hatte, zu zeigen, was in ihm steckt.

Er schaut wieder auf die Uhr. Fast zehn. Länger kann er nicht warten, er muss die Waren besorgen, die noch nicht eingetroffen sind.

»Gut. Wir reden später mit ihr.«

Sofi nickt.

»Ich habe übrigens meine Bewerbung für den Weinkurs beim *Wine and Spirit Education Trust* eingereicht. Es ist vielleicht nicht der beste Zeitpunkt, aber ich möchte unbedingt ein Zertifikat über meine Fähigkeiten bekommen. Es ist nicht sicher, dass ich angenommen werde, aber es ist gut, auf ihrer Warteliste zu stehen, dann habe ich vielleicht in der nächsten Runde eine größere Chance.«

»Natürlich solltest du das.«

Er nickt aufmunternd und sammelt die Papiere auf dem Tisch ein. Insgeheim hofft er, dass Sofi keinen Platz in dem Kurs bekommt. Der Kurs bietet zwar ein schönes Diplom, aber er erfordert mehrere Treffen in England zu verschiedenen Zeiten, weil er Teilnehmer aus der ganzen Welt anzieht. Wie sollen sie das zeitlich schaffen, wenn sie zu Hause schon so viel zu tun haben?

9

Alex eilt zum Saab, die Ware muss abgeholt werden und rechtzeitig vor dem Mittagsansturm im Syd sein. Die Kartoffeln werden sowohl für den Kartoffelsalat als auch für die Garnelen benötigt.

Gerade als er den Wagen starten will, vermeldet sein Handy den Eingang einer SMS – von einer unbekannten Nummer. Er erstarrt für eine Sekunde, wie immer, wenn er nicht weiß, wer ihm eine Nachricht schickt. Er überfliegt den Text und versucht, die Informationen zu verarbeiten. *Das Interview.* Ist es schon erschienen? Er dachte, dass er seine Zitate erst hätte gegenlesen sollen. Maryam schreibt, dass der Artikel gerade veröffentlicht worden ist, bittet ihn fröhlich, ihn auf seinen eigenen sozialen Kanälen zu teilen, und bedankt sich noch einmal für das nette Interview und das gute Essen. Alex lehnt sich in seinem Sitz zurück. Er hatte gehofft, dass der Artikel nur in der Beilage der Lokalzeitung erscheinen würde.

Dann klickt er auf den Link und überfliegt ihn kurz. Er befindet sich nicht hinter einer Bezahlschranke, sondern ist für jedermann frei zugänglich. Und er wurde schon mehrfach kommentiert und geteilt. Maryam hat nicht nur über das Syd geschrieben, sondern auch das Nord erwähnt. Er liest gar nicht zu Ende. Sofort ruft er Sofi an und schickt ihr den Link.

»Hallo?«

»Es ist online.«

Sie klingt gestresst, und er merkt, dass sie gerade damit beschäftigt ist, die Tische einzudecken und wenigstens jene

Vorbereitungen zu treffen, die ohne die Waren, die er gerade abholen will, möglich sind.

»Was ist online?«

»Der Artikel über das Syd.«

Er hält inne.

»Sie hat auch über das Nord geschrieben.«

Sein Handy piepst, und er sieht, dass Maryam gerade eine weitere Nachricht geschrieben hat. »Warte, da kommt noch etwas.«

Er spürt, wie sein Herz schneller schlägt, als er Sofi die Nachricht laut vorliest.

Hallo noch mal, Alex, jetzt hat mir mein Chef gesagt, dass der Artikel schon so oft geliked und geteilt worden ist, dass sie ihn in allen vierzehn Lokalzeitungen von Gota Media veröffentlichen werden, toll!

»Es ist vorbei.«

»Alex, beruhige dich. Ich sage es noch einmal, wir müssen uns trauen, nach vorne zu schauen. Werbung machen, wenn wir überleben wollen. Vor allem, wenn unsere Finanzen wackelig sind. Du weißt selbst, dass Alice uns gefunden hätte, wenn sie gewollt hätte, sosehr wir uns auch versteckt haben. Und das hat sie nicht. Lass mich jetzt erst mal den Artikel lesen.«

Alex hört, wie Sofi laut liest.

»›Vom Nord ins Syd mit Kartoffelklopsen, die zum Sterben gut sind …‹ Aber Alex, das ist der Hammer!«

Er zwingt sich, den Text vom Anfang bis zum Ende zu lesen. Er liest die Sätze, in denen er als neuer Star am Kochhimmel gepriesen wird, und Sofi hat recht, der Artikel ist eigentlich eine fantastische Werbung, Alex wird so sehr gelobt, dass er es selbst kaum glauben kann. Trotzdem dreht er mit verbissener Miene den Schlüssel um und startet den

Motor. Er wird das Gefühl nicht los, dass das Interview ein Fehler war.

Wenig später biegt Alex in den großen Innenhof des Hauses auf der anderen Seite der Insel ein und schaut sich um. Eine ältere Frau in grüner Latzhose steckt den Kopf aus der Scheune und kommt mit einer großen Kiste im Arm auf ihn zu.

»Margit, es tut mir so leid.«

Er nimmt die Kiste und stellt die frisch geschälten Kartoffeln in den Kofferraum.

»Alles kein Problem, solange ich das Geld bar auf die Kralle kriege, Alex.«

Margit Lennartsson wirft ihm einen langen Blick zu, als wolle sie noch etwas sagen. Er reicht ihr ein Bündel Geldscheine, das Margit sofort in ihre Brusttasche steckt. Sie macht auf dem Absatz kehrt. Er nickt ihr kurz zum Abschied zu, obwohl sie bereits mit dem Rücken zu ihm steht, und springt zurück ins Auto. Das Mittagessen zumindest ist gerettet.

10

Als er endlich ins Restaurant stürmt, ist es schon nach elf, und das Erste, was er sieht, ist Cina, die hinter der Bar steht. Endlich! Er eilt auf sie zu und erwartet eine Erklärung, doch sie stapelt weiter saubere Gläser auf ein Tablett. Er schaut sie herausfordernd an.

»Wo warst du heute Morgen?«

Sie sieht zu Boden, und Angst überkommt ihn.

»Ach. Ich habe letzte Nacht kaum ein Auge zugetan. Es war so viel zu tun mit dem Umzug ...«

Wut und Frustration machen sich in ihm breit.

»Aber wir müssen wirklich reden, es gibt Dinge, die nicht in Ordnung sind.«

Cina hält seinem Blick immer noch nicht stand und geht sofort in die Offensive. »Habt ihr euch meine Papiere angesehen, oder wie?«

Als er nicht sofort antwortet, redet sie gleich weiter. »Das muss ein Missverständnis sein. Wir haben ja im Frühjahr die Bank gewechselt. Wahrscheinlich ist nur eine Lastschrift nicht eingelöst worden. Reg dich nicht auf, ich kümmere mich darum.«

Er schaut sie an. Sie sieht in der Tat aus, als hätte sie nicht geschlafen, sie hat dunkle Augenringe, und ihr Haar ist ungekämmt. Gerade will er sie fragen, wie sie so ruhig sein kann, wenn sie nicht einmal genug Zutaten haben, um über die Runden zu kommen, da öffnet sich die Schwingtür zur Küche mit einem Knall. Eine frustrierte Tess, das schnurlose Festnetztelefon zwischen Ohr und Schulter geklemmt, gibt Alex mit einem Wink zu verstehen, dass er rangehen soll.

»Was macht ihr da? Hört ihr nicht, dass es im Büro klingelt?«, flüstert sie theatralisch und wirft ihm den Apparat hin.

»Da will jemand von einer Produktionsfirma mit dir sprechen.«

Alex nimmt das Telefon, während er Cina in Richtung Lagerraum verschwinden sieht. Sie wirkt erleichtert.

»Alex.«

»Hallo, mein Name ist Julia, und ich bin die Agentin von Malte Mannheimer.«

Alex wartet darauf, dass sie noch etwas sagt, und nach einer Weile fährt sie etwas verwirrt fort. Vielleicht hätte er auf den Namen reagieren sollen, aber er kennt Malte nicht. Kann sich zumindest nicht entsinnen.

»Na ja, egal. Wir haben gerade den Artikel über dich und das Syd gelesen und uns gefragt, ob wir am Mittsommerabend vielleicht das ganze Restaurant reservieren könnten.«

Die Frau am Telefon holt kaum Luft, sondern fährt in schnellem Tempo fort.

»Wir sind nämlich mit einem ganzen Fernsehteam da unten, fast vierzig Leute, und wir brauchen einen geeigneten Ort zum Feiern, und das hier würde uns sehr gut passen.«

Alex überlegt. Am Mittsommerabend kommen normalerweise nicht viele Gäste. Viele wollen zu Hause feiern oder etwas trinken können, und das geht nicht, wenn man den ganzen Weg zum Syd fahren muss.

Malte Mannheimer, wo hat er den Namen schon mal gehört? Na ja, vielleicht kennt er ihn ja doch. Ein junger Schauspieler. Er beschließt, ein wenig zu pokern.

»Am Mittsommerabend sind wir normalerweise voll, wenn ihr also das ganze Haus buchen wollt, müssen wir leider eine Grundgebühr für alle Plätze erheben, auch wenn ihr nicht so viele seid, also ist das vielleicht keine Option.«

»Nein, Geld ist kein Problem. Das ist großartig, das machen wir, wir buchen es! Jemand von der Finanzabteilung wird dich zurückrufen.«

Bevor Alex antworten kann, hat die Agentin schon aufgelegt. Er geht ins Büro und stellt das Telefon nachdenklich in die Halterung zurück. Vielleicht hat Sofi doch recht, sie müssen es jetzt angehen. Offensichtlich ist es gut für sie, dass sich der Artikel herumgesprochen hat – ohne ihn hätten sie nie eine Buchung dieses Kalibers bekommen. Wenn man bedenkt, dass sie zusätzliches Geld brauchen, ist eine derartige Reservierung genau das Richtige. Dann ist Mittsommer gesichert, vor allem wenn das Wetter schlecht sein sollte und nur wenige Leute ausgehen wollen.

Er googelt Maltes Namen. *Junger Schauspieler mit steiler Karriere ... Netflix' neuer Star ... Malte Mannheimer gewinnt Preis als bester Nebendarsteller.* Die Schlagzeilen sind zahlreich. Gut, dann kann er sich das wirklich leisten, denkt Alex und schnappt sich eine neue Schürze, um sich für die Schicht fertig zu machen. Nur noch eine halbe Stunde, dann öffnen sie für das Mittagsgeschäft. Als er das Büro verlassen will, klingelt das Telefon erneut.

»Alex, ich bin's.«

Er hört Sofis Stimme am anderen Ende der Leitung.

»Wo bist du, bist du nicht da?«

»Ich war nur kurz zu Hause, um etwas für den Weinkurs zu checken. Ich bin schon auf der Warteliste, und sie brauchen noch ein paar Informationen. Aber jetzt, wo ich den Computer eingeschaltet habe, sieht es so aus, als wäre jemand dabei gewesen, als hätte jemand unsere Dateiordner verschoben. Warst du das?«

Er stutzt.

»Nein, warum sollte ich das tun?«

Sofi schweigt.

»Schau nach, ob die Kopie des Videos mit Alice noch in der Dropbox ist«, flüstert er.

Alex hält unwillkürlich die Luft an und hört Sofi auf der Tastatur tippen.

»Ja, scheint in Ordnung zu sein. Es ist noch da.«

Alex atmet aus.

»Vielleicht ist es nur ein Update, das die Ordner verändert hat.«

»Okay, bis gleich, ich fahre jetzt mit dem Fahrrad los. Sag Fadi, er soll sich bereit machen, um die Leute zu empfangen, wenn er es nicht schon getan hat.«

Sie legt auf, und Alex steht in dem winzigen Büro, das Telefon in der Hand. Er fragt sich, ob Sebbe wieder ins Haus eingedrungen ist. Natürlich nutzt es nichts, abzuschließen, wenn er einen Zweitschlüssel hat …

Alex stellt das Telefon wieder zurück. Es ist totenstill in dem kleinen Raum. Durch das Fenster sieht er Cina. Sie sitzt mit dem Rücken zu ihm in der Pergola, raucht ein Zigarillo und sieht ihn nicht. Im letzten Sommer ist alles glattgelaufen, und im Frühjahr hat Cina ihm versichert, dass trotz der großen Investitionen alles in Ordnung sei. Aber nach ihren Ausreden spürt er, dass etwas nicht stimmt. Sie hat ihm nicht alles erzählt, vermutet er.

11

»Schön, dass das so schnell geklappt hat!«

Es ist kurz vor drei, und Lea ist zum Vorstellungsgespräch erschienen. Alex freut sich, dass sie sogar zehn Minuten früher gekommen ist. Es fängt gut an, und er hat wirklich das Gefühl, dass Lea genau die Person ist, die sie suchen. Jemand, der organisiert und ehrgeizig ist. Sie sitzen im Büro, damit sie sich ungestört unterhalten können. Allerdings ist er sehr genervt von Cina, die schon wieder verschwunden zu sein scheint und nicht auf seine SMS antwortet.

»Das ist Sofi.«

Sofi lächelt Lea an und begrüßt sie.

»Und dann ist da noch Cina, sie ist auch beteiligt, leider ist sie gerade nicht da, aber du wirst sie später kennenlernen.«

Lea nickt Alex zu, der ihr vom Syd und ihrer Vision erzählt und erklärt, wofür sie Hilfe brauchen.

»Wenn du diese Woche anfangen könntest, am besten morgen, das wäre toll.«

Alex schaut zu Sofi, die begeistert nickt. »Zu Mittsommer gibt es natürlich mehr Geld. Wir haben dann eine private Reservierung, also bleiben wir etwas länger auf als sonst. Wäre das was für dich?«, sagt sie.

»Kein Problem!«, antwortet Lea fröhlich.

Dann erzählt Lea von ihrem Interesse für Naturwein, und Alex kann es kaum glauben, Lea ist mehr, als sie sich in der kurzen Zeit hätten erträumen können. Nach ein paar weiteren Fragen gehen Sofi und Lea in den Gastraum, und Alex lehnt sich kurz in seinem Stuhl zurück. Seine Schultern sacken herab, und er ist plötzlich sehr müde. Er hatte letzte Nacht wieder Albträume und konnte dann nicht wieder einschlafen. Am Ende musste er noch eine Schlaftablette nehmen, obwohl er Sofi versprochen hat, damit aufzuhören. Aber er hat trotzdem zu wenig geschlafen. Er will nur einen Moment die Augen schließen. Ohne es zu merken, nickt er ein.

»Alex!«

Für einen Moment hat er Schwierigkeiten, sich zu orientieren, weil er nicht weiß, wo er ist, aber dann stellt er fest, dass er auf dem Stuhl eingeschlafen sein muss. Er hat keine Ahnung, ob er eine Minute oder eine Stunde geschlafen hat. Er wischt sich den Speichel aus den Mundwinkeln und setzt sich verwirrt auf. Sofi zieht ihn am Arm, steht da mit einer gefalteten Zeitung in der Hand und breitet sie aus, um ihm einen Artikel zu zeigen.

»Schau dir das an!«

Alex nimmt die Zeitung und liest die Schlagzeile. *Alice Duwal verwandelt eine Tragödie in eine Chance.* Schlagartig ist er hellwach und liest weiter.

Alice Duwal ist die neue Moderatorin der erfolgreichen Unternehmer-Fernsehserie »Generation Z«, in der vielversprechende junge Männer und Frauen um Investoren für ihre Start-ups kämpfen. Nach der großen Tragödie, dem Hubschrauberabsturz, der mit dem Tod ihres Mannes Carl Duwal endete, der zuvor monatelang im Koma gelegen hatte, sagt sie, dass das Leben weitergehen müsse. In einem Interview erklärt sie, dass sie schon lange darüber nachgedacht habe, ihr aber während des schweren Krankenhausaufenthaltes ihres Mannes die Kraft dazu fehlte. Mit der neu gewonnenen Erkenntnis, dass das Leben schnell zu Ende sein kann, möchte sie möglichst vielen jungen Menschen helfen,

ihre Zukunft in die eigenen Hände zu nehmen. Sie tut
dies zusammen mit Karl-Johan Persson, Jonas Kamprad
und anderen …

Alex betrachtet das große Foto einer umwerfend lächelnden
Alice in einem engen, dunkelblauen Kostüm, das ein Vermögen gekostet haben muss. Er ist angewidert. *Vielver-*
sprechende junge Männer … Er weiß nur zu gut, was das
in Alice' Augen bedeutet. Er hat ihre Hände an seinem
ganzen Körper gespürt, obwohl er nicht wollte, dass sie
ihn berührt.

Weiter unten liest er:

Neben ihrer neuen Rolle als Moderatorin hat Alice auch
die Leitung des Sternerestaurants Nord übernommen.
Das weltberühmte Zwei-Sterne-Restaurant ist ab Ende
August wieder für Reservierungen geöffnet – eine gute
Nachricht für alle, die sich auf einen Besuch gefreut ha-
ben. Es ist zu erwarten, dass die Plätze in kürzester Zeit
ausgebucht sein werden. Die Untersuchung des tragi-
schen Unfalls ihres Mannes durch die schwedische Un-
fallinspektion scheint nun abgeschlossen zu sein, und
die Unregelmäßigkeiten, die sich im vergangenen Jahr
im Restaurant ereigneten, sind aufgeklärt und die not-
wendigen Maßnahmen ergriffen worden. Im Nord bre-
chen neue Zeiten an!

»Wie ist das möglich?«, fragt Sofie.

In dem Text steht keine einzige Zeile über all den Mist,
den sie den Mitarbeitern angetan hat, sondern nur Positives.

»Wie hat sie es geschafft, alles zu ihren Gunsten zu drehen,
haben die Leute das schon vergessen?«

Alex weiß nicht, was er denken oder fühlen soll. Es
war Alice' Schuld, dass das Nord wegen Problemen im

Arbeitsumfeld schließen musste. Nach dem Hinweis von Alex und Sofi hat die *Östersunds-Posten* viel recherchiert, viele Mitarbeiter befragt und alles offengelegt.

»Sie muss alle Probleme auf Carl geschoben haben. Das ist jetzt einfach, wo er tot ist. Und kaum ist er unter der Erde, da kommt sie mit dem hier raus. Das muss von Anfang an ihr Plan gewesen sein«, sagt Alex und schluckt schwer.

Sie müssen besprechen, was mit dem Video passieren soll. Bereit sein, falls sie sich meldet. Jetzt wäre es noch schlimmer für Alice, wenn es an die Öffentlichkeit käme. Zur Polizei zu gehen ist ein No-Go, Alice' Netzwerk an Kontakten ist viel zu groß, und es könnte Auswirkungen auf ihre Familien haben. Sie haben früh entschieden, dass es das Beste ist, sich bedeckt zu halten, und das haben sie auch getan. Bis jetzt.

Alex sieht, wie Lea hinter Sofi auftaucht und neugierig auf den Artikel blickt. Er und Sofi schauen sich an. Alex fragt sich, wie lange Lea schon hier ist und wie viel sie von dem Gespräch mitbekommen hat. Schnell legt er die Zeitung weg und wendet sich vom Schreibtisch ab.

»Lea, komm doch heute um fünf, dann habe ich den Vertrag für dich fertig. Ich muss nur noch ein paar Details mit Cina klären, wär das okay?«

Er steht auf, merkt, dass er unsicher auf den Beinen ist, zückt aber eine Visitenkarte und überreicht sie Lea.

»Warum schickst du mir nicht deine Sozialversicherungsnummer und deine Adresse? Ich werde heute Nachmittag alles zusammenstellen.«

Lea scheint den Wink verstanden zu haben, zwitschert: »Na klar«, und winkt zum Abschied. Sofi schaut besorgt, runzelt die Stirn und verschränkt die Arme vor der Brust.

»Alex, wenn sie uns attackiert, haben wir eine Möglichkeit, sie dranzukriegen. Wir müssen es nur richtig machen, wenn es darauf ankommt.«

Alex nagt an einem Fingernagel. Er will nicht sagen, was er denkt. Wenn sich nicht einmal Carl mit all seiner Macht, seinem Status und seinem Geld vor Alice schützen konnte, wie können sie dann in Sicherheit sein?

12

»Also ich gehe jetzt, bist du sicher, dass du okay bist?«

Sofi ist krank, zum denkbar schlechtesten Zeitpunkt. Man darf nicht krank werden, wenn man sein eigenes Geschäft führt. Schon gar nicht kurz vor einem großen Fest, das noch dazu ausgerechnet an Mittsommer stattfindet. Sofis Gesicht ist immer noch aschfahl, obwohl sie sich seit über vierundzwanzig Stunden nicht mehr übergeben hat. Alex hat natürlich Angst, dass er sich ansteckt oder jemand aus dem Team. Das darf einfach nicht passieren. Also hat er heute Nacht auf dem karierten Manchestersofa geschlafen. Na ja, geschlafen ist zu viel gesagt.

Mit Schrecken erinnert er sich an das Gerücht, das er von einem Restaurant gehört hat, in dem einer der Köche im Laufe des Abends krank geworden war und sich in der Küche übergeben hatte, und wie dann alles ganz schnell ging. Fast alle hatten sich angesteckt, und nach schlechten Schlagzeilen musste das Restaurant für mehrere Wochen schließen. Das darf im Syd auf keinen Fall passieren.

»Ich fühle mich schon ein bisschen besser.«

Sofi liegt unter der Decke in dem stickigen heißen Schlafzimmer und versucht, ihn anzulächeln. Trotz des surrenden Ventilators auf dem Nachttisch und der weit geöffneten Fenster steht die Luft im Zimmer.

Alex lehnt sich gegen den Türrahmen und findet nicht, dass sie besser aussieht, nickt aber zögernd. Er muss jetzt los, die Erdbeeren von Margit abholen. Malte Mannheimer und seine Freunde haben eine siebenstöckige Erdbeertorte bestellt. Übertrieben und genau das, was von so prominenten

Gästen zu erwarten ist. Aber Alex will natürlich, dass seine Gäste bekommen, was sie wollen. Und sie bezahlen gut. Richtig gut.

Cina reagiert immer noch ausweichend, fast zornig, auf sein sanftes Drängen in Sachen Finanzen. Er denkt mit Erleichterung daran, bald eine saftige Rechnung für diese Feier schicken zu können, um einen Batzen Geld für das Konto des Restaurants ranzuschaffen.

Gerade als er gehen will, taucht Sebbe vor dem Haus auf. *Nicht das auch noch.* Auf dem weißen Damenfahrrad, das er immer benutzt, sieht Sebbe riesig aus, breitschultrig, wie immer in einer luftigen weiten Jogginghose und einem alten T-Shirt, das sich über seinem schweren Bauch strafft. Die halblangen Haare hängen ihm unter einer abgewetzten Schirmmütze in die Augen.

Im selben Moment schießt die kleine grau gefleckte Katze, die Alex ins Herz geschlossen hat, wie ein Pfeil aus dem Gebüsch und schmiegt sich an seine Beine. Alex streichelt sie und beobachtet, wie Sebbe bremst. Sebbe strahlt, als er ihn und die Katze vor dem Haus sieht, und Alex schämt sich ein wenig, dass er beim letzten Mal keine Geduld mit Sebbe hatte und ihn aus dem Haus gejagt hat. Sofi ist immer sehr nett zu Sebbe, deshalb kommt er wohl ab und zu her. Manchmal antwortet er nicht, wenn man ihn ruft, manchmal reicht ein einziges Wort, und er redet ewig in seinem schleppenden, breiten Inseldialekt, den man nicht versteht. Alex hat einfach keine Zeit zuzuhören, nicht heute, aber er bemüht sich, nicht unfreundlich zu wirken, und lächelt ihn an.

»Hallo, Sebbe!«

»Hallo, Alex …« Alex weiß sofort, was er will. Sebbe möchte wissen, ob Sofi zu Hause ist, traut sich aber nicht zu fragen. Stattdessen hebt Sebbe die Katze auf und fängt an, sie zu streicheln. Etwas zu grob, aber Alex sagt nichts, obwohl es ihn stört, dass er bei einem Tier nicht vorsichtiger ist. Stattdessen nutzt er die Gelegenheit, um zum Auto zu eilen.

»Hör mal, ich hab's eilig und Sofi ist krank, vielleicht kannst du an einem anderen Tag vorbeikommen?«

Er ist schon halb im Auto, als Sebbe antwortet. »Sie ist krank?«

Er sieht besorgt aus.

»Schon gut, es ist nur ein Infekt. Aber du solltest besser nicht reingehen, sie hat sich übergeben und so. Wolltest du heute was Besonderes?«

Sebbe hängt immer noch am Fahrrad und schaukelt über dem Lenker hin und her. Die Katze hat sich losgerissen und ist ins Gebüsch geflüchtet. Alex läuft ein Schauer über den Rücken. Irgendetwas an Sebbe ist ihm nicht geheuer.

»Okay, aber was wolltest du?«

Sebbe scheint nachzudenken.

»Den Zähler überprüfen.«

Alex stöhnt innerlich auf. Er erinnert sich, dass Björn von einem Wasserzähler gesprochen hat, der abgelesen werden muss, damit die Zahlen an die Gemeinde gemeldet werden können, aber er hat überhaupt keine Lust, Sebbe ins Haus zu lassen.

»Gut, aber da Sofi krank ist, musst du ein andermal kommen. Ich muss jetzt los. Bis dann.«

Ohne weitere Erklärung knallt er die Autotür zu und lässt Sebbe im Hof stehen. Erleichtert rollt er davon und nimmt sich halbherzig vor, an einem anderen Tag Zeit für ihn zu haben. Im Rückspiegel sieht er, wie Sebbe mit seinem Fahrrad dasteht und dem wegfahrenden Auto nachschaut. Alex hofft inständig, dass er nach Hause fährt und nicht zu Sofi geht.

Dann holt er tief Luft, gibt Gas und kurbelt die Fenster herunter. Eine nennenswerte Klimaanlage gibt es nicht, sie ist im letzten Sommer kaputtgegangen, und ein Besuch in der Werkstatt steht nicht unbedingt ganz oben auf ihrer

To-do-Liste. Er schaltet das Radio ein und hört, dass die Nachrichten laufen. Verdammt, es ist schon neun. Wäre gut gewesen, wenn er früher losgekommmen wäre. Es gibt so viel vorzubereiten. Er schaltet auf einen kommerziellen Radiosender um und geht im Geist alles durch, was zu tun ist.

Tess hat am Morgen alle Kuchenböden gebacken, sie sind also schon fertig. Dann werden sie Strawberry Daiquiris als Aperitif für alle Gäste mixen. Er hofft, dass Margit noch ein paar Erdbeeren zusätzlich zu seiner Bestellung übrig hat, die er kaufen kann. Dann die Tischdekoration, das Lamm checken, das schon in der Marinade liegt, die Agentin anrufen und genau klären, wann sie ankommen …

Wie gewohnt biegt er in Margits Hof ein. Sie kommt aus dem Schuppen, wie immer, trägt ihre grüne Latzhose, heute dazu eine weiße Lantmännen-Kappe mit Plastikschirm gegen die Sonne, die schon vom Himmel brennt, obwohl es noch früh ist. Die Hitze ist wie eine Wand, und er ist überrascht, dass es im Auto kühler ist als draußen. Er steigt aus und grüßt fröhlich, aber als er näher kommt, sieht er, dass Margit finster dreinblickt. Sie scheint Anlauf zu nehmen, und dann beginnt sie eine lange Rede. Noch nie hat er sie so viele Worte auf einmal sagen hören.

»Du bist spät dran. Ich habe nicht gedacht, dass du noch kommst. Es gab ein Problem mit der letzten Rechnung, und ich kann nicht das Risiko eingehen, dass viele Erdbeeren weggeworfen werden, also habe ich die meisten an Michelle verkauft. Sie war vor dir hier.«

Alex will es nicht glauben. Er spürt, wie sich Panik in seinem Innern ausbreitet. Es ist Mittsommer auf Öland, und sie haben keine Erdbeeren. Michelle aus dem anderen Bistro unten am Leuchtturm. Chez Michelle.

»Aber … was meinst du damit?«

»Ja, es ist, wie es ist. Wir müssen alle überleben, du kannst die letzte Kiste haben, wenn du willst. Mach's gut.«

Dann macht sie auf dem Absatz kehrt und verschwindet wieder in der Scheune.

Er bleibt stehen. Die Fliegen summen, der Himmel ist klar und blau, und in der Ferne hört er eine Kuh muhen. Er starrt auf die einsame Kiste, die übrig geblieben ist. Die Beeren sehen gut aus, sind aber zu wenig. Viel zu wenig. Es reicht höchstens, um Teile des Kuchens zu verzieren, mehr nicht. Er lädt die Kiste in den Kofferraum und denkt dabei fieberhaft nach. In Färjestaden gibt es ein paar größere Läden. Aber es wird überall Schlangen geben, und es wird voll sein. Also muss er sich auf den nächsten Lebensmittelladen konzentrieren, der zwar nicht groß ist, aber ein ungewöhnlich gutes Sortiment hat. Wahrscheinlich gibt es entlang der Straße Erdbeerverkäufer, die noch Kisten übrig haben, aber er hat keine Zeit, auf gut Glück durch die Gegend zu kutschieren. Und sie öffnen ihre Stände vielleicht erst in einer Stunde oder so. Außerdem weiß er nicht, wie gut die Qualität der Ware ist. Entschlossen steigt er wieder ins Auto. Das Mittsommerwetter ist fantastisch, ein eifriger Radiomoderator verkündet Rekordtemperaturen im ganzen Land, kein Tropfen Regen in Sicht, und bringt einen Sommerklassiker, der bald das Auto mit seinen vertrauten Klängen erfüllt. Alex dreht den Ton leiser. Er muss nachdenken.

Zehn Minuten später steht er bei Ica Nära in Grönhögen über die Tiefkühltruhe gebeugt und wühlt verzweifelt in ein paar Tüten gefrorener Erdbeeren. Das ist die einzige Alternative, die ihm einfällt, denn nirgendwo sonst hat er eine Spur von Erdbeeren gesehen. Obwohl es noch nicht einmal zehn Uhr morgens ist, ist der Laden voller Menschen, die Hering, Sauerrahm und Schnittlauch kaufen. Er hört, wie sich die Leute grüßen. Sie stehen in den Gängen und unterhalten sich über ihre verschiedenen Feiern, aber er hält den Kopf unten und macht sich frustriert mit seinem Einkaufswagen voller Tiefkühltüten auf den Weg zur Kasse. Obwohl

es eine Lösung gibt, fühlt er sich nicht erleichtert. Es ist einfach ein schlechtes Gefühl, gefrorene Erdbeeren essen zu
müssen, von denen man kaum weiß, woher sie kommen oder
womit sie gespritzt wurden. Wahrscheinlich sind sie voller
Gifte.

13

Ein paar Stunden später herrscht reges Treiben in der Küche. Lea hat zur Unterstützung ein paar Freundinnen mitgebracht, die zu Besuch sind, und obwohl Alex sich Sorgen macht, dass sie in der Küche etwas zu unerfahren sind, weiß er, dass sie keine andere Wahl haben. Sie haben Schürzen bekommen, und er lässt zwei von ihnen den Salat schnippeln und den im Syd beliebten eingelegten Hering in dekorative Gläschen füllen, damit jeder Gast eine eigene Portion erhält. Die anderen stellen Wiesenblumen in Vasen, um den Speiseraum zu schmücken. Sofi hat Lea am Telefon genaue Anweisungen gegeben, damit alles schön aussieht, auch wenn sie nicht da ist, um die Arbeit zu überwachen.

Ein Vorteil des warmen Wetters ist, dass sie die Feier auf der offenen Terrasse abhalten können, wo bereits zwei lange Tische stehen.

Aus seiner Erfahrung im Nord weiß Alex, dass private Feiern immer mehr Aufmerksamkeit erfordern als der übliche Abendbetrieb. Die Gäste wollen sich als etwas Besonderes fühlen und nicht wie normale Restaurantbesucher, vor allem, wenn sie jung und berühmt sind. Das ist nicht seine bevorzugte Klientel, aber er hat ein ordentliches Budget bekommen, mit dem er arbeiten kann, und die Agentin hat angedeutet, dass sie ein großzügiges Trinkgeld drauflegen wird, wenn heute Abend alles gut läuft.

Alex hat es endlich geschafft, seinen Ärger über die Erdbeeren zu verdrängen. Er hat den Eindruck, dass die Situation in der Küche unter Kontrolle ist, und geht im Kopf den Ablauf des Abends durch, während er sich die Schürze umbindet. Dann schaut er sich um und bemerkt, dass Fadi damit beschäftigt ist, Kartoffeln zu schälen. Er hatte fertig geschälte Kartoffeln bestellt, obwohl sie etwas teurer sind. Hat Cina ihre Bestellung geändert? Er bleibt stehen und sieht sich um. So geht das nicht.

»Fadi, wo ist Cina?«

Die Antwort kommt wie aus der Pistole geschossen.

»Als ich sie zuletzt gesehen habe, war sie auf dem Weg ins Lager, aber das ist schon ein paar Stunden her.«

Alex eilt hinaus. Als er die Tür zum Vorratslager öffnet, quietschen die Scharniere, aber drinnen ist es still.

»Cina? Hallo?«

Keine Antwort. Er geht weiter hinein. Unten, im Weinlager, steht die Tür einen Spalt offen. Das Licht ist schummrig, aber alles scheint in Ordnung zu sein. Als er sich umdreht, stößt er gegen eine Flasche, die auf den Boden gefallen sein muss. Er bückt sich. Sie ist leer. Er kniet sich hin und schaut unter das unterste Regal. Er sieht mindestens zwanzig leere Flaschen, so tief wie möglich hineingestopft.

Cina. Sie hat wieder angefangen zu trinken.

Ist das der Grund für den ganzen Ärger, nicht der Kontowechsel und die Schwierigkeiten mit den Daueraufträgen? Ihm wird kalt, er weiß nicht, wie er ihr helfen soll. Sie hat ihm immer viel bedeutet, und jetzt, wo sie ihn am meisten braucht, weiß er nicht, was er tun soll. Sie hat beim letzten Mal alles verloren. Damals bestand die Gefahr, dass sie das Ganze nicht überleben würde. Irgendwie muss er sie dazu bringen, sich Hilfe zu suchen, aber zuerst müssen sie miteinander reden. Er kann sie nicht noch einmal davonkommen lassen.

Er holt sein Handy heraus, sucht ihren Namen in der Kontaktliste und ruft sie an. Die Anzahl der Flaschen macht ihm große Sorgen. Wer weiß, wie viel sie getrunken hat. Was, wenn sie betrunken mit dem Auto weggefahren ist? Alex eilt zurück in die Küche, versucht weiter, sie zu erreichen, schreibt mehrere SMS, aber er bekommt keine Antwort. Es fällt ihm schwer, sein Handy wegzulegen, aber schließlich wird er von Lea unterbrochen, die ihn fragt, ob er mitkommen und sich die Servietten ansehen könne. Er nickt, er muss sich jetzt auf die Feier konzentrieren und die Arbeit in der Küche leiten. Er geht in den Waschraum, spritzt sich kaltes Wasser ins Gesicht und kehrt in die Küche zurück. Jetzt gilt es.

Um fünfzehn Uhr treffen die Gäste zur klassischen Heringstafel ein, es wird unter anderem hausgemachten Hering, Hofmeistersauce und selbst gebackenes Brot geben. Und später soll das Fest mit einem Grillabend ausklingen. Alex entgrätet lange, leicht geräucherte Lachsseiten und schneidet sie mit seinem Lachsmesser von Tobbe aus Åre in dünne Scheiben. Die Messertasche ist immer noch eines seiner wichtigsten Besitztümer, und sobald er fertig ist, wäscht er das Messer gründlich, trocknet es ab und steckt es zurück in die Tasche. Dann legt er den Lachs auf einen Glasteller und bestreut ihn mit zerstoßenem schwarzem Pfeffer.

Die Gedanken hüpfen wie eine Flipperkugel, springen von Cina zu Sofi und dann zu den gefrorenen Erdbeeren. Die Energie in der Küche steigt, jemand stellt das Radio an, das den Raum mit Sommerliedern erfüllt, das ist gut, jetzt müssen sie sich beeilen, wenn sie pünktlich fertig werden wollen.

»Alex, ist das in Ordnung?«

Lea zeigt ihm alles, was sie gemacht haben, und er muss zugeben, dass die Tischdeko unglaublich schön ist, mit wilden Rosen, Kornblumen, Gänseblümchen und vielen anderen Blumen, deren Namen er nicht kennt, aber die Lea und ihre Freunde heute Morgen am Straßenrand gepflückt haben. Lea hat auch Kränze für alle Mitarbeiter gebunden.

Inmitten all dieser Sorgen um Cina spürt er ein Gefühl der Ruhe. Das Essen, die Küche und der Service waren immer sein Fundament, und als er sich im Lokal umblickt, kann er sich von allem außerhalb dieser vier Wände lösen.

Er macht ein Foto und postet es auf ihrem Instagram-Account.

Wir vom Syd wünschen allen ein frohes Mittsommer-
fest! Nächste Woche servieren wir die ganze Woche
über hausgemachten Hering mit Kartoffeln. Kommt
vorbei!

Er weiß nicht, was er sonst noch schreiben soll und welche Hashtags Sofi normalerweise verwendet. Sonst ist sie diejenige, die den Account verwaltet und ihn mit verlockenden Essensfotos füllt. Er weiß, dass sie möchte, dass er mehr über das Kochen schreibt, aber er hat normalerweise keine Zeit dafür. Dabei weiß er, dass gute Fotos dem Restaurant auf jeden Fall mehr Buchungen bringen würden.

Mit einem Klick postet er den Eintrag und dreht sich um. Lea hat sich einen der Blumenkränze aufgesetzt und die Schürze ausgezogen. Sie und ihre Freundinnen sind in der Küche fertig und haben Zeit für eine kurze Pause, bevor die Gäste kommen.

»Gut gemacht, Lea!«

Sie lächelt und umarmt ihn spontan und lange. Ein biss-chen zu lange. Er wird verlegen und versucht, ihr auf die Schulter zu klopfen und sich aus der Umarmung zu lösen, ohne unhöflich zu wirken, und ist froh, dass Sofi nicht dabei ist, denn das hätte leicht missverstanden werden können. Obwohl im Syd nicht die gleiche Hierarchie wie im Nord herrscht, gehört es nicht zu seinen Gewohnheiten, die

Mitarbeiter zu umarmen. Natürlich weiß er, dass Lea es nicht böse gemeint hat. Es ist wohl einfach ihre Art.

»Natürlich, es macht so viel Spaß, mit euch zu arbeiten«, sagt sie und schaut ihn lange an.

14

Die Gäste trudeln ein, und Julia, die die Reservierung vorgenommen hat, kommt auf ihn zu und stellt sich mit festem Händedruck vor. Dann wirft sie einen Blick in den Raum und nickt Alex anerkennend zu. Wenig später strömen die anderen herein. Außer dem jungen Star Malte sind die meisten zwischen fünfundzwanzig und dreißig Jahre alt, aber es sind auch ein paar Ältere darunter, von denen Alex annimmt, dass sie an der Produktion mitarbeiten. Wie er vermutet hat, scheinen sie eher auf eine coole Party als auf einen ruhigen Mittsommerabend aus zu sein.

Die Stimmung im Lokal ist ausgelassen. Die frischen Erdbeeren haben gerade für die Torte und die Dekoration gereicht, das Dessert wird perfekt, die gefrorenen hat er in den Drinks versteckt. Obwohl sie gleich den Hering essen, werden am laufenden Band Strawberry Daiquiris serviert, zusammen mit Shots aus hausgemachtem Fliederbeersaft, Schnaps und Pimm's No. 1. Alles, um die Party auf Geheiß der Agentin schnell in Schwung zu bringen.

Das Lamm wurde über Nacht in Joghurt mariniert, damit das Fleisch ganz zart wird. Nach ein paar Stunden zündet Alex die großen Grills mit Holzkohle und Briketts an und lässt die Deckel offen. Nachdem er das Lamm in einer gusseisernen Pfanne goldbraun angebraten hat, legt er es zum Nachwärmen auf den Grill und prüft mit dem Fleischthermometer, ob es eine Kerntemperatur von 54 Grad hat. Nach dem Grillen muss das Fleisch ruhen, um die perfekte Zartheit zu erreichen.

Im offenen Gastbereich wird viel gegrölt, man singt Schnapslieder. Alex vermutet, dass die Gäste den Geschmack des Lamms gar nicht wertschätzen können, wenn sie sich mit so viel Alkohol betäuben. Von Cina ist nichts zu hören und zu sehen, er wird versuchen, sie später zu erreichen. Jetzt muss er erst einmal ein paar Stunden bedienen.

Plötzlich steht Sofi vor ihm.

Alex packt sie am Arm.

»Was machst du denn hier? Du kannst nicht hier sein, wenn du dich krank fühlst!«, zischt er.

Sofi winkt ab.

»Es kann nichts Ansteckendes sein, auch kein Magen-Darm-Virus, denn dann wäre schon jemand anderes krank geworden. Im Moment spüre ich gar nichts. Vielleicht hab ich aus Versehen etwas gegessen, was ich nicht vertragen habe. Ich habe immer empfindlich auf Meeresfrüchte reagiert, und vorgestern haben wir Krabben gegessen.«

Er schaut sie an. Sie sieht auf jeden Fall gesünder aus, ihre Wangen haben wieder Farbe, und er bemerkt, dass sie sich sogar geschminkt hat.

»Okay, ich bin froh, dass es dir besser geht. Cina ist nicht da, du kommst wie gerufen.«

Sofi zieht die Augenbrauen hoch.

»Sie ist nicht hier?«

Alex seufzt, und die Sorgen kehren mit voller Wucht zurück. Er hat sie mehrmals angerufen und ihr viele SMS geschrieben, aber sie hat nicht geantwortet. Seine Gedanken wandern wieder zu den Flaschen.

»Später …«

Sofi sieht ihn erstaunt an, aber er kann ihr nicht alles erklären, nicht jetzt. Er drückt ihre Hand, um ihr zu zeigen, dass er sich freut, sie zu sehen. Dann wendet er sich dem Lamm zu, das seine ganze Aufmerksamkeit fordert, wird aber von einer lauten Stimme aus dem Gastraum unterbrochen.

»Malte, du bist und bleibst der König des Films und vor allem der Partys. Vielen Dank, dass du diese Veranstaltung hier im Syd organisiert hast. Was für ein magischer Ort! Es hätte kein besseres Mittsommer hier auf ÖÖÖÖÖÖlaaaand geben können!«

Der Typ hebt die Hand und prostet Malte und dem Rest des Teams zu, alle jubeln, dann fängt er an, in die Hände zu klatschen und »Malte, Malte, Malte« zu rufen. Alle machen mit, und der mitgebrachte DJ dreht die Musik ohrenbetäubend laut auf.

An der Bar sitzt ein Typ, der ziemlich betrunken ist. Er hängt über dem Tresen, und seine ganze Körpersprache schreit, dass er viel zu viel intus hat. Sein Pony hängt ihm über die Augen, ohne dass er ihn beiseiteschiebt, und er ist nur einen Millimeter davon entfernt, sein Bier auf den Boden zu kippen. Alex merkt, dass er an einem Mädchen hängt, das an seinen Annäherungsversuchen überhaupt nicht interessiert zu sein scheint. Sie entfernt sich immer weiter von ihm und versucht, sich diskret zurückzuziehen, ohne unhöflich zu sein. Alex wittert etwas. Vielleicht ist sie eine Assistentin und der Mann ein Schauspieler, denn trotz ihres offensichtlichen Unbehagens hindert sie etwas daran, den Mann abzuweisen oder die Bar zu verlassen. Er kennt diese Hilflosigkeit aus den Zeiten, in denen Alice ihn in die Enge getrieben hat. Sie war an der Spitze der Pyramide und er an der Basis.

Alex spürt, wie Wut in ihm aufsteigt, und als der Mann das Mädchen zu sich zieht und dabei mit einer Hand ihren Hintern berührt, geht Alex hin und greift nach dem Arm des Mannes.

»Hör auf damit! Siehst du nicht, dass sie in Ruhe gelassen werden will?«

Der Mann lacht nur, aber er scheint zu merken, dass Alex es ernst meint und dass jetzt nicht die Zeit für Streit ist. In den Augen des Mädchens blitzt Dankbarkeit auf, und er sieht, dass sie viel jünger ist, als er zuerst gedacht hat. Alex ist erleichtert. Sich einzumischen war die richtige Entscheidung, egal ob sie wichtige Gäste sind, sie müssen sich benehmen können.

»Danke, er war ein Idiot.«

Alex lächelt sie an und nickt.

»Gern geschehen, so ein Benehmen dulden wir hier nicht.«

Alex geht zurück in die Küche und versucht, das Gefühl von der Bar abzuschütteln. Kurz darauf klingelt sein Handy, und er sieht, dass das Restaurant getaggt wurde. Das Erste, was er sieht, ist ein Video von sich selbst, das aus der Ferne aufgenommen wurde und auf dem deutlich zu hören ist, wie er dem Typen eine Standpauke hält. Jemand muss unbemerkt alles gesehen und gefilmt haben, was an der Bar passiert ist. Alex erinnert sich an Alice' Kameras im Nord, und das Gefühl, beobachtet zu werden, erwacht wieder in ihm.

15

Alex überprüft, wer sie markiert hat. Sie heißt Beata Ingmarsson und scheint die Freundin von Omar zu sein, dem Mann, der die Rede gehalten hat. Er zuckt zusammen und lässt fast sein Handy fallen, als er sieht, dass sie über eine halbe Million Follower hat. Auf die Szene in der Bar folgen Bilder von Speisen, Dekorationen und glücklichen Menschen in einem zusammengeschnittenen Film.

> *Die fetteste Mittsommerparty am coolsten Ort mit dem cutesten Girl-Retter-Koch Alex @restaurangSyd couldn't be better! Mittsommer for ever! Love you all!*

Er mag es nicht, dass diese Beata das Video von ihm veröffentlich hat, obwohl ihm klar ist, dass es wahrscheinlich gut für das Syd ist. Es ist unangenehm, wenn man gefilmt wird, ohne es zu wissen, und sich dann als Teil einer Art Unterhaltung im Netz wiederfindet. Er wünscht sich, Beata hätte vorher gefragt, ob es in Ordnung ist, aber er weiß, dass sie es nicht böse gemeint hat. Woher soll sie wissen, was es bedeutet, wenn die falsche Person das Video sieht? Die Sorge darüber, was Alice ihm und Sofi antun könnte, verursacht einen metallischen Geschmack in seinem Mund. Er blickt zum Speiseraum und sieht Beata lächelnd am Kopfende des Tisches sitzen. Sie hebt ihr Glas, als sie sieht, dass er in ihre Richtung schaut.

Alex fängt sofort an, durch die Kommentare zu scrollen. Eine ganze Menge Reaktionen und auch fröhliche Emojis sind bereits gepostet. Alex spürt den Puls in seinen Schläfen, als er weiterscrollt und ihre Follower von oben nach unten durchforstet. Er muss nicht lange suchen, bis er fündig wird. Der Account ist mit einem blauen Häkchen markiert. Alice' offizieller Account von Generation Z folgt Beata.

Es ist unmöglich zu sagen, ob sie das Video gesehen hat oder nicht, da sie ihn weder geliked noch kommentiert hat, aber das ist nur eine Frage der Zeit. Wenn sie den Post sieht, weiß sie genau, wo sie sind, kennt den Namen des Restaurants, alles.

In der Küche klingelt das Glöckchen. Das Lamm wird gleich serviert. Mit einem mulmigen Gefühl in der Magengegend geht er zu seinen Messern. Er nimmt das richtige, um das Fleisch zu zerteilen, und sieht sein eigenes Spiegelbild in der blitzenden Klinge. Seine Pupillen sind geweitet, das Adrenalin macht ihm das Atmen schwer. Plötzlich ist es, als hätte er das Nord nie verlassen. Alex weiß, dass er tot wäre, wenn er bei der Flucht im Schnee gestolpert wäre, wenn er es nicht zu Sofis Auto geschafft hätte, als Alice ihn mit der Schrotflinte verfolgte. Und jetzt wird sich ihre Aufmerksamkeit wieder auf ihn richten.

Er setzt das Messer an und beginnt wie ein Automat, das zarte Fleisch in Scheiben zu schneiden.

Die Agentin hat ihm erklärt, dass sie mehr als zufrieden sind, der Kuchen ist ein Hit, und Alex wagt es, die noch in vollem Gange befindliche After-Party zu verlassen und sich mit Sofi davonzuschleichen. Er weiß, dass Fadi die Lage im Griff hat und Lea und ihre Freundinnen sich um das kümmern, was noch zu tun ist. Aber im Hinterkopf spürt er die Angst, dass alles, was sie hier aufgebaut haben, bald einstürzen könnte. Wie eine schlecht gebaute Mauer, die nach innen fällt und alles unter sich begräbt. *Cina. Die leeren Flaschen. Der Zeitungsartikel. Beata Ingmarssons Instagram-Post.*

Sofi ergreift seine Hand, und sie verlassen das Grundstück durch den Gemüsegarten. Kaum hat Alex das Tor hinter sich geschlossen, fängt er an zu reden. Er hat den ganzen Abend den Moment herbeigesehnt, in dem er ihr das alles erzählen kann, in der Hoffnung, dass Sofi eine Idee hat, was zu tun ist. Er berichtet ihr von Alice, die Beatas Account folgt. »Wir müssen auch über Cina reden«, fährt er fort. »Ich glaube, sie hat wieder angefangen zu trinken.«

Alex schildert, wie er die leeren Flaschen gefunden hat, und erzählt von den Ausreden der letzten Tage. Sofi sieht besorgt aus und starrt eine Weile schweigend aufs Meer. Sie hält inne und streicht ihm leicht über die Wange.

»Alex … lass uns das morgen besprechen, im Moment können wir doch eh nichts tun, oder?«

Er nickt zögernd.

Nach so einer Nacht braucht man Zeit, um das Adrenalin abzubauen, und er schüttelt die Schultern, um die Anspannung in seinem Körper zu lösen. Obwohl es fast Mitternacht ist, verspüren beide noch keine Lust, nach Hause zu gehen. Sie lassen das Restaurant hinter sich und folgen dem Weg hinunter zu den Dünen und zum Meer. Der Abend ist warm, so wie man sich den Hochsommer vorstellt, in Schweden ein seltenes Erlebnis. Hand in Hand gehen sie zum Strand. Als Sofi vorhin doch noch ins Restaurant kam und wieder viel fitter aussah, hat er noch schnell einen Korb mit Lebensmitteln und einer Flasche Sekt gepackt. Vielleicht müssen sie für eine Weile einfach alles andere vergessen.

Der Strand ist menschenleer, der Sand kühl. Alex breitet eine Decke aus, und sie setzen sich eng aneinander. Sofis Sommersprossen sind wie kleine Funken in der Dunkelheit. Der Himmel hat rosafarbene, hellblaue und weiße Töne. Ab und zu krächzt ein Seevogel aus dem Schilf. Der Sekt schmeckt lecker, und Alex beginnt, sich zu entspannen. Dieses Gefühl mit Sofi zu teilen, ist unschlagbar.

Er atmet die frische Nachtluft ein und seufzt erleichtert auf. Er lehnt seinen Kopf an Sofis Schulter und blickt aufs Meer hinaus, versucht, sich vom rhythmischen Rauschen der Wellen beruhigen zu lassen. Nach einer Weile dreht sie ihm den Kopf zu und küsst ihn. Sie lehnen sich auf der Decke zurück. Er knöpft sein Hemd auf, sie zieht ihr Kleid aus. Die Luft hat in der hellen Tropennacht die gleiche Temperatur wie ihre Körper. Alex schmiegt sich an Sofi, liebkost ihren Hals und saugt ihren Duft in sich auf. Sie küssen sich leidenschaftlich. Sofi führt seine Hand zu ihrem Slip, und er presst sich stark erregt an sie.

16

Er ist allein. Tausend Gedanken schießen ihm durch den Kopf, aber nur einer bleibt haften. Er darf jetzt nicht in Panik geraten, er muss raus. Er wirft sich noch einmal gegen die Kante, aber sie ist zu glatt, und er fällt zurück. Er spürt seinen Körper nicht mehr, nur noch ein schmerzhaftes, pochendes Kribbeln, und auch das wird von Sekunde zu Sekunde weniger. Ohne Leiter geht es nicht. Sie muss unten sein, ins Wasser gefallen sein, als er hineingesprungen ist. Hat Alice das absichtlich getan? Sie weiß, dass er nicht nach Hilfe rufen kann, hier hört ihn niemand. Er tastet vergeblich nach der Kante, obwohl sich seine Arme wie gefühllose Holzscheite anfühlen und seine Finger wie Feuer brennen. Er darf nicht aufgeben. Nicht jetzt.

Mit einem Ruck wacht Alex auf, schweißgebadet von seinem Traum. Er fühlt sich zurückversetzt in den Winter in Åre und erinnert sich, wie knapp es damals gewesen war. Wie viele Sekunden hätte er noch durchgehalten? Wie nahe war er dem Ertrinken in dem Eisloch? Wenn er es nicht geschafft hätte, selbst die Leiter zu finden, wäre das sein letzter Augenblick gewesen? Alice hätte ihn dort zurückgelassen. Damals hat er es nicht begriffen, aber nach allem, was dann passierte, verstand er, dass es für sie Teil des Spiels gewesen war.

Er schaut sich um und sinkt wieder in die Kissen zurück, zwingt sich, die Erinnerung an den Vorfall zu verdrängen, wobei er weiß, dass der Traum wiederkommen wird. Das tut er immer. Es ist Samstag, Mittsommertag, und sein Kopf schmerzt. Nicht, dass er gestern Abend viel Alkohol getrunken hätte, aber durch den Stress – als die große Gruppe der Schauspieler einen Schnaps nach dem anderen in sich hineinschüttete und immer mehr außer Kontrolle geriet – hat er vergessen, den Abend über genug Wasser zu trinken. Sein Nacken ist noch voller Sand, das ganze Bett knirscht.

Alex steht langsam auf, trinkt lauwarmes Wasser aus einem Glas auf dem Nachttisch und lugt durch die Jalousie nach draußen. Die Sonne brennt unbarmherzig vom blauen Himmel, und es sieht nach einem weiteren heißen Tag aus. Die Bauern werden nicht erfreut sein, er muss Fadi daran erinnern, den Rasensprenger anzustellen. Obwohl sie einen eigenen Brunnen haben, macht er sich Sorgen um den Kräutergarten, wenn das Wetter so bleibt.

Er wirft einen Blick auf Sofi und lächelt trotz des Albtraums, als er an ihr Liebesspiel am Strand denkt. Sie schläft tief, ein bisschen rot vom Sonnenbrand, nackt in das Laken gehüllt. Im Mai haben sie die Bettdecken weggenommen, seitdem ist es in dem kleinen Zimmer im Obergeschoss, das nach Süden liegt, so heiß.

Er beschließt, sie schlafen zu lassen, zieht ein halbwegs sauberes Hemd an, füllt das Trinkglas mit eiskaltem Wasser aus dem Wasserhahn im Bad und leert es in einem Zug.

Er hofft, dass es im Syd okay aussieht. Lea und ihre Freunde waren gerade beim Aufräumen, aber das Letzte, was er sah, als er und Sofi vom Strand zurückkamen, war der Beginn einer Art After-Party nach der After-Party. Malte und Omar tanzten auf den Tischen, und es sah so aus, als hätte sich jemand an der Bar an ein paar Flaschen bedient. Aber das ist nicht wichtig. Heute können sie eine Bestandsaufnahme machen und alles ergänzen, was vielleicht noch fehlt.

Mindestens hundertfünfzigtausend Kronen werden bald auf dem Konto sein, und sie werden jeden Cent brauchen.

Dann können sie das Geld hoffentlich für die Gehälter der Mitarbeiter im nächsten Monat verwenden.

Er nimmt sein Handy. *Endlich.* Cina hat geantwortet, sie sei im Büro und warte auf ihn.

Er schlüpft durch die Eingangstür, um so schnell wie möglich zu verschwinden. Ein vager süßlicher Geruch von etwas Abgestandenem und Verfaultem steigt ihm in die Nase. Wahrscheinlich haben sie in der Hitze etwas liegen lassen, aber er will jetzt nicht nachsehen. Stattdessen geht er zum Fahrrad, um zum Syd zu fahren und mit Cina zu sprechen.

Ursprünglich war geplant, dass sie auch heute Abend geöffnet haben. Nicht jeder hat am Mittsommertag einen Kater, und Öland hat viele ausländische Sommergäste, die gerne an einem Samstag zu ihnen kommen. Eigentlich können sie es sich nicht leisten, geschlossen zu bleiben, aber in diesem Moment ist er dankbar, dass Sofi ihn davon überzeugt hat, dass es keine gute Idee ist, am Tag nach einem Ereignis wie dem gestrigen aufzumachen.

Er steigt auf sein Fahrrad, kommt aber nicht in Schwung und muss sofort anhalten. Er beugt sich runter, um nachzusehen. Ein Loch im Hinterreifen. Der Reifen ist völlig platt, er muss über eine Glasscherbe oder etwas anderes gefahren sein. Alex steigt ab, bückt sich und tastet den gerillten Gummimantel ab. Spürt bald ein Loch. Es sieht aus, als hätte ihn jemand aufgeschlitzt.

Unwillkürlich muss er an Sebbe denken. Aber warum sollte der so etwas tun? Auch wenn er etwas merkwürdig wirkt. Alex richtet sich auf und schaut sich um. Der Hof ist ruhig und still.

Ihm gefällt der Gedanke nicht, dass Sebbe sich hier ab und zu herumtreibt. Er blickt wieder auf den platten Reifen. Und wenn er es gewesen wäre, womit hätte er den Reifen aufgeschlitzt? Mit einem Messer? Und warum? Vielleicht hat er sich geärgert, dass Alex ihn gestern davongeschickt hat, als er den Zähler überprüfen wollte.

Alex schleicht zurück ins Haus, öffnet leise die Tür, um Sofi nicht zu wecken, nimmt die Autoschlüssel und steigt in den Saab, in dem bereits eine Affenhitze herrscht. Er kurbelt die Scheiben herunter und fährt in Richtung Restaurant.

Der Geruch von Party und verschütteten Getränken empfängt ihn. Der Unterschied zum Nord ist gewaltig. Dort wurde jeden Abend akribisch geputzt, und niemand verließ die Küche, bevor nicht alles perfekt war, völlig egal wie spät es war.

Leas Freundinnen sind zwar gut, dennoch ist klar, dass sie seine Vorstellung von »sauber« nicht teilen. Aber um Spitzenpersonal zu bekommen, muss man die Leute auch bezahlen können, und dass die jungen Schauspieler eine heftige After-Party veranstaltet haben, ist im Moment nicht sein größtes Problem. Er selbst hatte ja gestern auch beschlossen, einfach abzuhauen.

Zähneknirschend geht er schnurstracks zum Büro, bleibt vor der Tür stehen und atmet tief durch. Fast erwartet er, dass niemand da ist, aber der Anblick, der sich ihm bietet, ist schlimmer.

»Hallo, Alex.«

Cina sitzt zusammengesunken auf ihrem Schreibtischstuhl. Ihre Stimme ist heiser und stockend, und er kann aus ihrer Begrüßung heraushören, dass sie versucht, fröhlich zu klingen, obwohl es ihr wirklich schlecht zu gehen scheint. Alex betrachtet ihr Äußeres. Sie sieht aus, als hätte sie die ganze Nacht getrunken und kein Auge zugetan. Er kann sich nicht entscheiden, ob er wütend sein soll, dass sie ihn gestern im Stich gelassen und sich vierundzwanzig Stunden lang nicht gemeldet hat, oder ob er erleichtert sein soll, dass sie nicht irgendwo in einem verunglückten Auto im Straßengraben liegt.

Er zieht einen Hocker heran und setzt sich ihr gegenüber. Sie schweigt und wartet darauf, dass er etwas sagt. Er beugt sich vor und schaut ihr in die Augen.

»Gestern hat alles geklappt. Wir werden gut bezahlt.«

Alex holt tief Luft, bevor er fortfährt. Er muss sich das von der Seele reden.

»Aber ich weiß, dass du wieder angefangen hast zu trinken. Ich habe die leeren Flaschen im Lagerraum gesehen.«

Er hält inne. Weiß nicht, ob er noch mehr Ausreden und Entschuldigungen erträgt.

»Cina, ich weiß nicht, was ich sagen oder tun soll … Wie geht es dir eigentlich?«

Sie scheint aufrichtig nachzudenken, dann sprudeln die Worte nur so aus ihr heraus.

»Es tut mir leid, ich geb zu, es ist alles meine Schuld. Ich habe getrunken und mir Geld geliehen. Deshalb konnte ich die Lieferanten nicht bezahlen. Du und Sofi hattet recht, es sieht nicht gut aus.«

Sie hält inne und schaut Alex verzweifelt an.

»Ich dachte, ich könnte das Geld beim Pokern zurückgewinnen. Aber es wurde immer schlimmer, und ich habe immer mehr verloren …«

17

Cina hat wohl mitbekommen, wie geschockt Alex ist, denn sie hält inne und beginnt zu seinem Entsetzen unkontrolliert zu weinen. Er sieht sich um, findet ein sauberes Küchentuch und reicht es ihr. Es ist ein totaler Schock, sie so zu sehen, sie, die immer sein Fels in der Brandung war. Was kann er tun, um ihr wieder auf die Beine zu helfen? Als er sie schluchzen sieht, beginnt er fast zu zweifeln, ob die Cina, die er kennt, noch in ihr steckt. Dass es so schlimm kommen würde, hätte er sich in seinen kühnsten Träumen nicht vorstellen können. *Das ganze Geld verspielt.* Alex klopft ihr auf die Schulter, fühlt sich aber wie betäubt.

»Deshalb musste ich umziehen. Ich konnte es dir nur nicht sagen.«

Sie vergräbt ihr Gesicht in den Händen und schluchzt laut. Alex kann keinen vernünftigen Gedanken fassen. Müssen sie jetzt schließen, wo es doch gerade so gut läuft?

Cina räuspert sich und wischt sich das Gesicht mit dem Handtuch ab. Alex weiß nicht, was er mit seinen Händen anfangen soll.

»Aber wir bekommen eine saftige Zahlung für die Party gestern und eine Menge Trinkgeld, also vielleicht …«

Cina unterbricht ihn.

»Alex, es tut mir leid. Aber das ist bei Weitem nicht das, was wir brauchen, um finanziell wieder in den grünen Bereich zu kommen. Wir reden hier von ganz anderen Summen.«

Cina wird plötzlich eifrig.

»Aber jetzt habe ich das Problem gelöst. Ich habe einen tollen Investor gefunden, und er hat versprochen, sich am Syd zu beteiligen. Alles wird gut.«

Sie merkt, dass er zögert, also fährt sie fort und versucht, ihn zu überreden.

»Ich kenne die Eigentümer von Garbakinen, das ist ein großer Konzern, und ich habe sie bereits wegen der Teilhaberschaft kontaktiert, sie haben alle unsere Zahlen und Unterlagen erhalten und sind sehr interessiert. Sie werden sich im Laufe der Woche mit einer endgültigen Antwort melden, aber so wie ich es verstanden habe, geht es hauptsächlich um Formalitäten. Praktisch sind sie schon an Bord.«

Alex starrt sie an und verarbeitet die brandneue Information über eine mögliche externe Partnerschaft. Obwohl sie sich im letzten Jahr fast täglich getroffen haben, ist es ihr gelungen zu verbergen, dass ihr Alkoholproblem wieder aufgeflammt ist und sich zudem eine Art Spielsucht entwickelt hat. Er wischt sich die Hände an der Schürze ab, während sich seine Gedanken überschlagen. Wieder versucht er, Cina in die Augen zu sehen, doch sie starrt ausdruckslos zu Boden und erwidert seinen Blick nicht. Er will nicht sagen, dass er externe Partner für eine schlechte Idee hält, hofft aber, dass es nicht so weit kommt.

»Aber … warum hast du nichts gesagt? Sofi und ich dachten beide, dass wir Geld haben, sonst hätten wir schon längst die Notbremse gezogen.«

Cina sieht aus, als würde sie gleich wieder anfangen zu weinen. Alex möchte ihr zeigen, dass er zu ihr hält, egal was passiert, aber er weiß nicht, was er tun soll. Er denkt an das Trinkgeld, das nicht in die Bilanz eingerechnet wird, ob es helfen könnte, wenigstens einen Teil ihrer Probleme zu lösen.

»Okay, was machen wir jetzt? Soll ich das Trinkgeld nehmen und sehen, ob ich damit einige der dringendsten Schulden bezahlen kann?«

Cina zuckt mit den Schultern. Ihre Augen sind leer, sie scheint unfähig, eine Entscheidung zu treffen. Es ist klar, dass das bisschen Hoffnung, das sie noch hat, darauf gerichtet ist, einen externen Geldgeber zu finden.

Er weiß, dass er es nicht tun sollte, dass es auffliegen könnte: Aber er denkt darüber nach, einige der Lieferanten schwarz zu bezahlen. Die meisten haben nichts dagegen. Er hat das schon ein paar vereinzelte Male gemacht.

Es gibt nichts mehr zu sagen. Cina flüstert, dass sie eine Weile allein sein müsse. Langsam geht er ins Restaurant zurück, damit sie sich sammeln kann. Er wirft einen letzten Blick auf die Frau, bevor er die Tür hinter sich schließt und sie im Büro zurücklässt. Sie sieht so klein aus, wie sie da sitzt, mit vom Weinen geröteten Augen und Haaren, die in alle Richtungen abstehen.

Alex seufzt und schaut sich in der Küche um. Sie müssen versuchen, das Problem gemeinsam zu lösen. Er kennt Garbakinen gut, es ist ein großer Konzern in der Branche. Cinas Netzwerk ist immer noch von unschätzbarem Wert. Leider haben sie offenbar keine andere Wahl, wenn sie die Schließung des Syd verhindern wollen. Die bislang geleisteten Mühen scheinen nur in Schulden gemündet zu haben.

Er reißt sich zusammen, nimmt einen Eimer und einen Wischmopp und beginnt, den Steinboden des offenen Speiseraums gründlich zu schrubben. Er beseitigt die klebrigen Reste von Bier und Drinks, sammelt Glasscherben und Zigarettenkippen vom Boden auf. Jemand ist in ein Stück Erdbeerkuchen getreten, das auf dem Boden liegt, und Fliegen umschwirren die süße, klebrige Masse. Alex geht durch den leeren Raum, hebt eine Serviette auf und nimmt einen Aschenbecher, den jemand in ein Fenster gestellt hat.

Dann sieht er die Postkarte. Sie lehnt an einer der Blumenvasen, die auf einem Tisch in der hinteren Ecke stehen. Er hebt sie auf und denkt zuerst, es könnte eine Dankeskarte sein.

Dann stellt er fest, dass der Åreskutan abgebildet ist.

Könnte es sein, dass sie Sofi gehört und aus einem Taschenbuch gefallen ist? Er dreht die Karte um. Da ist nur ein großes Smiley-Gesicht, gemalt mit einem dicken roten Filzstift. Kein Absender, keine Adresse. Seltsam. Wer hinterlässt so eine Karte? Vielleicht hat sie einer der Gäste vergessen, oder es handelt sich um einen Scherz.

Alex kann den Schauer nicht unterdrücken, der ihm über den Rücken läuft. Er friert trotz der Hitze und steckt die Karte schnell in die Tasche seiner Schürze.

18

Alex ist allein auf dem Parkplatz und nimmt den Rucksack, den er normalerweise im Kofferraum hat. Darin befinden sich eine gefüllte Wasserflasche, ein Taschenmesser, ein paar Blasenpflaster und andere Dinge, die bei unvorhergesehenen Ausflügen nützlich sein könnten.

Die Hitze lässt ihn kurz zögern, vielleicht hätte er mehr Wasser mitbringen sollen. Aber er muss einfach eine Weile Ruhe finden. Das einzig Logische an einem so heißen Tag wäre, ans Meer zu gehen, aber ein überfüllter Strand mit verkaterten Touristen ist das Letzte, was er jetzt braucht.

Er versteckt die Autoschlüssel auf dem Vorderreifen und macht sich auf den fast unsichtbaren Pfad, der zu einem lokalen Wanderweg über den Alvar führt. Dann schickt er Sofi eine SMS, wo er ist, damit sie sich keine Sorgen macht.

Bald verfällt er in einen ruhigen Rhythmus und bewegt sich langsam durch die flache, trockene Landschaft. Es ist wie ein Spaziergang durch eine Savanne, aber es ist schön, allein zu sein. Alex war schon einmal hier, im letzten Frühjahr, als er Kräuter suchte.

Er beschließt, nicht allzu weit zu gehen, genießt den Sonnenschein, merkt, wie die Schultern nach unten sinken, und verfällt in einen meditativen Zustand. Das Gelände ist so flach, dass er sein Auto immer sehen kann und den Weg zurückfindet, wann immer er will, also macht er sich nicht die Mühe, dem Pfad zu folgen. Er verscheucht ein paar Insekten, die um seinen Kopf schwirren. Etwas in der Landschaft erinnert ihn an die Weite der Berge. Würzige Düfte steigen ihm entgegen. Thymian, Oregano und etwas anderes, das er nicht zuordnen kann. Jede Jahreszeit hat ihre Kräuter. Er denkt an die Brennnesseln hinter dem Haus, die im Frühjahr noch so klein waren. Jetzt sind sie schon meterhoch und viel zu groß, um sie in der Küche zu verwenden. Und dann sind da noch die Unmengen von Bärlauch, die sie vor ein paar Wochen an Cinas geheimem Platz gepflückt und für Suppe, Kräuterbutter, zum Trocknen und für ihr eigenes Kräutersalz verwendet haben. Er fragt sich, ob sie damals schon in Schwierigkeiten steckte, und schämt sich, dass er die Anzeichen nicht früher bemerkt und erkannt hat, was vor sich geht.

Wie in einer Märchenlandschaft tauchen bald die Ruinen des verlassenen Dorfs vor ihm auf. Graue, mit Flechten überzogene Steine, grüne Büsche und Bäume ragen zwischen den Hausruinen hervor. Cina hat erwähnt, dass sie aus dem 17. oder 18. Jahrhundert stammen, als sie verlassen und dem Verfall preisgegeben wurden. Der Legende nach war der letzte Bewohner des Dorfes ein Dieb, der Vieh stahl, um zu überleben.

Alex wischt sich den Schweiß von der Stirn und lässt sich in den Schatten von ein paar Mauerresten sinken. Die Vögel kreisen über seinem Kopf, und er spürt, wie müde er ist. Er überlegt, ob er Sofi anrufen soll. Er holt sein Handy heraus. Kein Empfang.

Sein Gaumen fühlt sich trocken an, und er nimmt die Wasserflasche in die Hand, um ein paar tiefe Schlucke zu trinken. Als er sie wieder in den Rucksack stecken will, stößt er gegen etwas. Er greift hinein und holt den Gegenstand heraus. Starrt ihn an.

In seiner Hand liegt die Uhr. *Die Uhr.* Die Omega, die Alice ihm zu Weihnachten geschenkt hat, als er gerade in Åre angekommen war und im Nord angefangen hatte. Die Uhr, die er in der Schublade in ihrem Haus aufbewahrt. Wie ist sie dorthin gekommen?

Er steckt sie in die Hosentasche und steht schnell auf. Zuerst die Postkarte, dann die Uhr.

Ist sie hier?

Sie ist irgendwo da draußen und wartet auf ihn.

19

Der Himmel hat sich zugezogen, ein seltsamer Nebel steigt vom Boden auf, obwohl die Sonne durch den Dunst scheint. Die Luft ist dick und schwül, ein Gewitter zieht auf.

Alex wirft einen langen Blick über die Schulter und läuft zurück zum Auto. Seine Beine sind steif vom Sitzen. Ein Fuß ist eingeschlafen, er stolpert und fällt hin. Ein stechender Schmerz in den Handgelenken. Er verflucht sich, dass er sich mit den Händen auffangen wollte. Wenn er nicht hacken und schneiden kann, kann er nicht arbeiten.

Er reibt sich die Handgelenke. Es tut weh, aber nichts scheint gebrochen zu sein. Langsam steht er auf und sieht sich um. Jetzt ist alles um ihn herum in einen dichten Nebel gehüllt.

Mehrmals ist er überzeugt, die Umrisse des Saab zu erkennen, aber es sind nur ein paar einsame Wacholderbüsche, ein Felsen oder gar nichts. Er ist jetzt schon eine Weile weg, Sofi macht sich wahrscheinlich Sorgen über seinen Verbleib.

Dann hört er eine Stimme. Jemand ruft nach ihm. Er wirft sich zu Boden und spürt, wie sein Herz wild in der Brust klopft.

»Alex! Alex, ich bin's!«

Er hat sich auf dem Boden zusammengerollt, als wolle er sich verstecken wie ein Igel. Er blickt auf, direkt in Sofis Augen. Er sieht, dass sie erleichtert ist, ihn gefunden zu haben, zugleich aber verwirrt, ihn so liegen zu sehen. Er erhebt sich eilig.

»Was machst du da, wo warst du?«

Alex richtet sich ein wenig beschämt auf und klopft sich den Schmutz von der Hose. Er holt zu einer Erklärung aus, hört sich selbst von Kräutern, dem Nebel, der aufgetaucht ist, und der Uhr in seinem Rucksack schwafeln. Sofi scheint, trotz allem, was er sagt, seltsam abwesend zu sein. Als ob sie an etwas ganz anderes denken würde. Er verstummt, und sie bittet ihn nicht, fortzufahren.

Als sie am Saab ankommen, sieht er, dass sie sich Björns Auto, einen großen schwarzen Pick-up, geliehen hat. Natürlich, wie wäre sie sonst hierhergekommen? Ohne ein Wort zu sagen, springt sie in den Wagen, aber als Alex zum Saab geht, sieht er, dass einer der Vorderreifen völlig platt ist. Er winkt Sofi, zurückzukommen.

»Sofi, schau mal. Der Reifen!«

Alex fühlt, dass sein Puls rast. Er sieht sich um, aber es ist immer noch neblig.

»Okay … bist du vielleicht irgendwo drübergefahren?«

Alex untersucht den Reifen. Es sieht nach einer langen, tiefen Rille aus. Genau wie bei dem Fahrrad. Hat ihn jemand zerschnitten?

»Steig bei mir mit ein, und wir schauen, ob Fadi uns später beim Reifenwechsel helfen kann. Okay?«

Alex springt auf den Beifahrersitz von Björns Pick-up. Sie fahren nach Hause und parken schweigend. Sofi steigt aus und setzt sich bedrückt auf die Treppe. Er lässt sich sanft neben ihr nieder und überlegt, wie er ihr alles sagen soll, was in dem Gespräch mit Cina zur Sprache gekommen ist. Was wird Sofi sagen, wenn sie erfährt, wie ernst die Lage ist? Er streichelt ihr den Rücken, und bevor er anfangen kann zu reden, spricht Sofi aus, worüber er nachdenkt.

»Alex, ich bin so gestresst wegen unserer Finanzen. Ich habe allein heute mehrere SMS von Lieferanten erhalten. Alle wollen *jetzt* ihr Geld.«

»Ich weiß, ich mache mir auch Sorgen.«

Er atmet tief durch und fasst sich ein Herz.

»Ich habe heute Morgen mit Cina gesprochen.«

Alex erzählt ihr alles und versucht trotz seiner eigenen Unsicherheit, Sofi davon zu überzeugen, dass alles gut werden wird. Er merkt, dass Sofi den Tränen nahe ist, hört es in ihrer Stimme und sieht es in ihren Augen. Sie schaut ihn an, ihre Stimme ist anders, müde und resigniert.

»Wir haben unser ganzes Herzblut in dieses Geschäft gesteckt, ich will nicht, dass es einfach verschwindet.«

Sie wirft ihm einen langen Blick zu, der ihn noch verblüffter macht, als er ohnehin schon ist. Sie hat immer eine Lösung parat, ist praktisch und weiß, wie man vorankommt. Durch ihre Sorge wird ihm der Ernst der Lage erst richtig bewusst. Dann steht sie auf einmal auf und geht, ohne ein Wort zu sagen.

Alex bleibt sitzen. Der Geruch, den er heute Morgen schon einmal gerochen hat, steigt ihm wieder in die Nase. Beißender und süßer. Direkt neben der Treppe ist ein deutliches Summen von Fliegen zu hören. Die Wolken über dem Meer sind jetzt fast schwarz, aber noch immer kommt kein Regen. Er folgt dem Gestank, stochert mit einem Stock im Blumenbeet direkt neben dem Haus herum, findet aber nichts. Irgendetwas verrottet, vielleicht ist eine Mülltüte die Treppe hinuntergefallen und von den Vögeln aufgepickt worden.

Vorsichtig schiebt er ein paar riesige blassrosafarbene Mohnblumen zur Seite. Er zuckt zusammen, zwingt sich aber, die Blumen noch weiter beiseitezuschieben.

Eine graue Pfote ragt heraus. Es ist die kleine Katze, die ihm so ans Herz gewachsen ist. Zerschrammt, blutig und dreckig. Voller Fliegen und Larven liegt sie zwischen den welkenden Blumen.

20

Obwohl es inzwischen einen Tag her ist, dass er die tote Katze gefunden hat, geht die Übelkeit nicht weg. Könnte es ein Vogel oder ein anderes Raubtier gewesen sein? Alex schüttelt den Kopf und blickt auf die Wanduhr. Es ist früh am Morgen und er sitzt im Büro des Syd. Er ist unruhig und versucht, das Bild des blutigen Kadavers aus seiner Erinnerung zu verbannen. Er greift zu seinem Handy und scrollt durch Instagram. Beata Ingmarssons Post ist viral gegangen, und jedes Nachrichtenmagazin hat die Bilder vom Mittsommer aufgegriffen. Der Hauptartikel im *Aftonbladet* schreit ihn in großen Lettern an.

Hier feiert Malte Mannheimer auf Öland.

Er liest mit wachsender Panik und spürt, wie ihm am ganzen Körper der kalte Schweiß ausbricht.

Die angesagte Bar Syd ist der Ort, wo man diesen Sommer sein muss! Vergiss Båstad und Visby, der junge Koch Alex Anderson macht Öland wieder hip!

Er kehrt zum ursprünglichen Beitrag zurück, arbeitet sich durch die Kommentare, und dort …

Fröhlichen Mittsommer!

Zwei kleine Worte, die seine schlimmsten Befürchtungen bestätigen. Alice hat Beatas Film gesehen. Er muss mit Sofi reden. Da kommt Cina herein. Sie ist kreidebleich. Schnell legt er das Telefon weg.

»Alex, ich weiß nicht, wie ich es sagen soll … Ich versteh nicht, was passiert ist.«

»Was? Erklär mir bitte, was du meinst.«

»Die Investoren. Sie sind ausgestiegen.«

Cina zieht ihr Feuerzeug und ihre Zigarettenschachtel aus der Hemdtasche. Geht zu ihm und legt die Hand auf seine.

»Aber … hast du nicht gesagt, es sei nur eine Formalität?«

Cina zuckt mit den Schultern.

»Es war so seltsam, von einem Tag auf den anderen haben sie einfach nicht mehr geantwortet. Dann haben sie sich gemeldet und nur kurz geschrieben, dass es keinen Deal gebe und sie nichts mehr von mir hören wollen. Dabei hatten sie gerade alle Papiere gecheckt. Es fehlte nur noch die Unterschrift!«

Alex spürt, wie seine Hand reflexartig nach dem Handy greift, auf das er gerade noch geschaut hat.

»Aber ich werde das in Ordnung bringen, Alex. Das verspreche ich dir.«

Zum ersten Mal seit Tagen hält sie seinem Blick stand. Er lehnt sich zurück und schließt die Augen. Irgendetwas stimmt nicht.

Die Nachmittagssonne steht tief am Himmel, als Alex die letzten Sommerkarotten, die er gerade geerntet hat, sorgfältig abspült und mit dem Messer zu bearbeiten beginnt. Obwohl er sich eigentlich nur aufs Kochen konzentrieren will, kann er nicht vergessen, was Cina ihm am Morgen erzählt hat: Die Investoren sind abgesprungen. Wenn sie bis heute Abend nicht zu ihm kommt, muss er ein neues Geschäftstreffen einberufen, denn im Moment haben sie überhaupt keinen Plan. Dann hört er ein scharfes Bremsen. Er legt das Gemüse beiseite und sieht, wie Cinas Jeep vor dem

Restaurant hält und sie zwei Männern in Anzügen die Tür öffnet. Ist sie schon zurück? Es ist erst ein paar Stunden her, dass sie völlig verzweifelt in die Stadt gefahren ist. Cina führt die Männer um die Ecke und betritt kurz darauf atemlos und überglücklich das Restaurant. Sie sieht besser aus und hat gerötete Wangen.

»Schnell, zieh dir eine saubere Schürze an«, sagt sie eifrig und mustert ihn kritisch, bevor sie fortfährt. »Mach dir auch die Haare und vier Kaffee, dann kannst du rüber in die Pergola kommen.«

»Was? Moment mal, was ist hier los?«

Cina lächelt ihn an.

»Du und ich, wir haben eine wichtige Besprechung. Jetzt.«

Alex tut, was sie sagt. Zögernd packt er alles auf ein Tablett und trägt es hinaus in den Garten, wo Cina mit den beiden Männern steht und die Aussicht genießt. Er deckt den Tisch und wartet darauf, dass ihm jemand sagt, worum es geht. Alex sieht, dass Cina sich Mühe mit ihrem Äußeren gegeben hat, sie trägt Lippenstift und riecht leicht nach Parfüm.

Als die Männer anfangen zu reden und ihn grüßen, sprechen sie Dänisch. Alex ist überrascht und schaut Cina an.

Sie wirft ihm einen Blick zu, der sagt: Spiel mit, lass mich nicht im Stich. Alex begreift, dass es sich bei den Besuchern um neue Investoren handeln muss, und spürt, wie seine Unruhe wächst. Wie hat Cina sie nur so schnell gefunden?

Er denkt daran, wie sie für ihn da war, als niemand sonst da war. Er muss ihr die Chance geben, das wiedergutzumachen, was sie ihnen angetan hat, auch wenn ihn das Auftreten der beiden Männer skeptisch macht. Alex streckt die Hand zur Begrüßung aus.

Der ältere der beiden Dänen hat eine Rotweinnase, redet lautstark und trägt ein Hemd, das am Hals viel zu weit aufgeknöpft ist. Er stellt sich als Karsten vor. Der deutlich jüngere, aalglatt wirkende Mittvierziger im teuren Anzug heißt offenbar Jesper.

Der Ältere stolziert herum, als gehöre ihm der Laden. Er hebt eine der Leinenservietten auf, die Alex auf das Tablett gelegt hat, nur um sie mit einem amüsierten Gesichtsausdruck wieder zurückzulegen. Alex kann ihn spontan nicht leiden.

»Kaffee? Essen wir nicht Hering und Schnaps?«

Der laute Däne schaut erwartungsvoll, dann lacht er viel zu dröhnend. Cina gibt ihnen mit einem Wink zu verstehen, dass sie sich setzen sollen. Dann fängt sie an. Erzählt von der Vision, vom Syd, dass sie das Haus von ihrem Großvater geerbt hat. Dass es der Ort ist, an dem sie alle Sommer ihrer Kindheit verbracht hat. Alex berührt es, als sie vom Gemüse erzählt, das frisch aus dem Garten auf den Teller kommt. Sie spricht von Aromen, von der Lust am Kochen, davon, wie sie Alex' Weg mitgegangen ist und dass das, was sie hier schaffen, etwas Einzigartiges ist.

Über die finanzielle Lage verliert sie kein Wort.

Die Dänen hören höflich zu und scheinen nicht allzu sehr an konkreten Zahlen interessiert zu sein. Alex hat schon früher gesehen, wie Cina ihren Charme eingesetzt hat und mit komplizierten Gästen umgegangen ist. Ihre sozialen Fähigkeiten waren ein großer Teil ihres Erfolges, als sie vor langer Zeit berühmt wurde. Sie hat eine besondere Ausstrahlung, das macht sie aus. Obwohl sie auf die sechzig zugeht, mit Raucherfalten und kurzen, strähnigen, gebleichten Haaren, strahlt sie eine entwaffnende Gelassenheit aus, der man sich nur schwer entziehen kann.

Die Dänen holen ihre Mappen hervor und stellen ein paar kurze Fragen. Cina beantwortet alles, erklärt, wie sie gemeinsam das Geschäft aufbauen können, und stellt das Ganze als eine Investition dar, die sich wirklich auszahlen kann. Karsten räuspert sich und sieht erst Jesper und dann Alex an.

»Uns sind die Schlagzeilen in der schwedischen Presse in der letzten Woche nicht entgangen, wir sind ganz klar interessiert.«

Cina macht das ganz hervorragend, das muss Alex zugeben. Wie sie das anstellt, weiß er nicht, aber ihre Ausstrahlung und ihr Tonfall lassen einen glauben, was sie sagt. Es wird beschlossen, dass die Dänen sofort eine Million zuschießen.

Aber dafür wollen sie einundfünfzig Prozent der Unternehmensanteile.

Als Alex zögert, seine Mehrheitsbeteiligung aufzugeben, wird ihm, Sofi und Cina die Möglichkeit eingeräumt, ihre Anteile und das Restaurant zurückzukaufen, wenn sie innerhalb eines Jahres alles zurückzahlen. Danach gibt es diese Möglichkeit nicht mehr.

Sein Herz klopft. Das alles geht zu schnell. Eben standen sie noch ohne Investoren da, und plötzlich taucht Cina mit diesen Männern auf. Alex weiß, dass die Dänen die Situation ausnutzen, aber er hat keine Wahl. Er merkt, dass sie sehr an einer Unterschrift interessiert zu sein scheinen und bereits Verträge vorbereitet haben. Es ist nicht gut, dass er kaum Zeit hat, den Vertrag zu lesen, aber sie müssen das Syd retten.

Alex vermeidet es, Cina bei der Unterzeichnung in die Augen zu schauen. Es war von Anfang an ihr Verantwortungsbereich, sie hat die Finanzen ruiniert, und das ist ihre Lösung. Jesper steckt den Füllfederhalter in eins der Fächer seiner Aktentasche und klappt sie mit einem Knall zu.

»Lasst uns darauf einen trinken! Wir feiern doch noch ein paar Tage Mittsommer, oder?«

Karsten nickt zustimmend.

»Nach diesen Schlagzeilen werdet ihr viel zu tun bekommen. Wir wollen ein ständiges Feedback.«

Irgendetwas an der ganzen Situation erinnert ihn an seine Zeit im Nord, und Alex mag es nicht, wenn man ihm sagt, was er zu tun hat. Er ist es inzwischen gewohnt, sein eigener Chef zu sein. Egal, wie hart das manchmal war. Jetzt hat wieder jemand anderes das Sagen.

Lea serviert Hering, Bier und viel Schnaps für die beiden Dänen. Danach entschuldigen sich die beiden Männer, um auf die Toilette zu gehen. Alex nutzt die Gelegenheit und stellt Cina ein paar Fragen, sobald sie allein sind. Ihm ist nicht entgangen, dass sie während des Mittagessens außer Mineralwasser nichts getrunken hat.

»Woher kennst du sie eigentlich?«

Cina nimmt einen langen Zug von der Zigarette, die sie sich gerade angezündet hat. Alex macht sich nicht einmal die Mühe, sie darauf hinzuweisen, dass sie hier eigentlich nicht rauchen darf.

»Ich kenne sie gar nicht, sie haben mich kontaktiert. Sie haben über uns gelesen. Am Anfang habe ich natürlich Nein gesagt, weil wir schon eine Lösung hatten. Aber als sich die Dinge so entwickelt haben, wie sie sich entwickelt haben, habe ich sie angerufen. Sie sind vielleicht nicht die Teilhaber, von denen ich geträumt habe, aber sie haben auf jeden Fall viel Kapital.«

Sie schaut ihn an, als er die Augenbrauen hochzieht.

»Wir haben keine Wahl, es ist kein Geld da.«

Alex ist verblüfft.

»Aber wie sind die so schnell hergekommen?«

Cina zuckt mit den Schultern.

»Wir hatten Glück. Sie waren wegen eines anderen Treffens in Kalmar und konnten kurzfristig kommen. Ist dir klar, was für ein Zufall das ist?«

Alex hat ein komisches Gefühl in der Magengegend, aber als er Cina ansieht, merkt er, dass sie sich immer noch schämt. Ihre Augen füllen sich mit Tränen, und sie klopft ihm leicht auf den Arm. Zögernd erwidert er den Klaps. Vielleicht kann das Vertrauen zwischen ihnen wieder wachsen. Er weiß nur zu gut, wie es ist, etwas zu bereuen, was man getan hat. Niemand ist perfekt, und Cina ist wie seine Familie, auch wenn sie nicht miteinander verwandt sind. Man muss das Beste daraus machen und nach vorne schauen. Schließlich haben sie die Chance, die Kontrolle über das Restaurant zurückzugewinnen.

Er wünscht sich, dass sie sich jetzt darauf konzentrieren, hart zu arbeiten, denn wenn es etwas gibt, von dem er weiß, dass er, Sofi und Cina es können, dann ist es das. Er schluckt. Es war Cina, die ihm geholfen hat, über Alice hinwegzukommen, als sie nach Öland kamen, aber er sagt nichts zu seinem Verdacht, dass sie jeden Moment im Syd auftauchen könnte. Jetzt, wo sie garantiert weiß, wo er ist. Er will Cina nicht beunruhigen und nichts tun, was ihre neu gewonnene zerbrechliche Abstinenz gefährden könnte.

21

»Alex, wir müssen reden.«

Alex zieht die Gartenhandschuhe aus. Er bürstet die Erde von der selbst angebauten Roten Bete und legt die Knolle in den fast vollen Korb.

»Gern.«

Sofi lächelt. Sie wirkt glücklich, aber auch nervös.

»Ich bin genommen worden!«

Er schaut sie verwirrt an.

»Bei dem Kurs, meine ich! Ein anderer auf der Warteliste ist abgesprungen.«

Er schweigt, vielleicht etwas zu lange, und sieht, wie sie die Stirn runzelt.

»Freust du dich nicht für mich?«

»Doch, natürlich ... Es ist nur so viel los gewesen in letzter Zeit. Aber natürlich solltest du fahren.«

Alex zögert. Er setzt sich auf die Bank unter dem Birnbaum und spürt, wie müde er vom vielen Knien auf den Beeten ist. Sofi setzt sich zu ihm. Der Baum über ihnen raschelt, er schaut erst auf die Blätter, dann zu ihr und versucht, fröhlich zu klingen. Sofis gebräunte tätowierte Arme ragen aus dem weißen Leinenhemd, ihr kastanienbraunes Haar kräuselt sich an den Schläfen.

»Jetzt, wo wir die Investoren an Bord haben, fühlt sich alles viel stabiler an, und es war schon lange dein Traum, diesen Abschluss zu machen«, sagt er und lächelt sie an.

Eigentlich wünscht sich Alex, er hätte den Mut, Nein zu sagen. Er würde Sofi gern vorschlagen, den Kurs später im Herbst zu machen und nicht mitten in der Hochsaison. Aber genauso wenig, wie er allein im Syd sein will, falls Alice auf- taucht, will er Sofi jetzt enttäuschen. Der Weinkurs bedeutet, dass sie mehrmals ein paar Tage am Stück weg sein wird, und er will weder Sofi noch sich selbst eingestehen, dass es ihm nicht geheuer ist, so lange allein zu sein. Seitdem er die tote Katze gefunden hat, fühlt er sich beobachtet. Er weiß nicht, was er sich einbildet und was nicht.

Sofi schaut ihn erwartungsvoll an und nestelt an einem losen Faden an ihrem Jeansrock. Alex spürt, dass sie von seiner Reaktion enttäuscht ist. Tief in seinem Inneren weiß er, dass sie ihre Träume verwirklichen und sich beweisen muss, um sich ein für alle Mal vom Nord abkoppeln zu kön- nen.

»Danke, du weißt, wie viel mir das bedeutet. Ein Diplom würde meine Weinkenntnisse noch einmal untermauern. Außerdem traue ich mich nicht, den Platz abzulehnen, weil der Kurs so beliebt ist. So eine Chance kommt vielleicht nicht wieder …«

Sie wirft einen Blick in den Garten und holt tief Luft.

»Wenn ich den Platz annehme, muss ich leider nächste Woche für ein paar Tage weg … nach London. Ich habe schon mit Lea gesprochen, und sie meinte, sie kann den Ser- vice übernehmen und das ganze Personal beaufsichtigen, wenn das für dich in Ordnung ist.«

Alex wendet sich ab, nimmt die Rote Bete und geht zum Kücheneingang. Sofi geht neben ihm her.

Es ist sicher keine gute Idee, dass Lea Sofi mitten in der Hochsaison ersetzt, aber er hat keine andere Wahl. Sofi möchte diesen Kurs unbedingt machen, und er will sie glücklich sehen. Sie umarmt ihn kurz, aber nicht so lange wie sonst. Ihr Schweigen spricht Bände, und er wünscht sich, er könnte sich mehr für sie freuen.

Alex stellt den Korb auf eine Bank in der Küche, und so- fort kommt eine der neuen Küchenhilfen und fragt, ob sie ihm helfen soll. Ein unerwarteter Vorteil des ganzen Boheis ist, dass sie eine Reihe von Initiativbewerbungen erhalten haben, sodass sie endlich über genug festes und befristetes Personal verfügen. Außerdem haben sie über fünftausend neue Follower auf Instagram, statt der sechshundert, die ihnen vor Mittsommer gefolgt sind.

Während Sofi in den letzten Tagen viele Stunden damit verbracht hat, Geschichten zu posten, auf Kommentare zu antworten und den Feed interessant zu gestalten, um noch mehr Buchungen zu bekommen, ist Alex durch die Gegend gefahren, um sich persönlich bei allen Lieferanten für fehlende oder verspätete Zahlungen zu entschuldigen. Mit den Trinkgeldern und dem Bargeld aus der Kasse haben sie versucht, die Schulden zu begleichen.

Nach den Schlagzeilen in den Zeitungen sind die Reservierungen durch die Decke gegangen, und mehrere große Gruppen haben sie für private Feiern kontaktiert. Er hat das Gefühl, dass sie jetzt auf dem richtigen Weg sind.

Er stellt die Rote Bete in den Kühlraum und geht ins Büro. Cina telefoniert gerade. Er hört eine aufgeregte dänische Stimme am anderen Ende der Leitung. Cina deutet auf einen Umschlag und gibt ihm zu verstehen, dass er ihn nehmen soll.

Er hebt ihn auf und sieht, dass er außen mit einem Siegel verziert ist. CG XVI steht da in verschnörkelten goldenen Buchstaben. Er zückt ein scharfes Tafelmesser und schneidet den Umschlag vorsichtig auf, er ist viel zu kostbar, um ihn einfach mit dem Finger aufzureißen. Nur bestimmte Leute verschicken ein solches Kuvert, und sein Puls beschleunigt sich, als er ein dickes cremefarbenes Papier herauszieht. Er überfliegt die einleitenden Worte des Briefes.

Wir haben die große Ehre, Ihnen mitzuteilen, dass die Stelle des verantwortlichen Küchenchefs für das diesjährige Victoria-Dinner vakant ist, und möchten Sie daher bitten …

Er hält inne, liest die Zeilen noch einmal. Dann steht er eine Weile mit dem Brief in der Hand da.

Offenbar hat der Koch, der seit Jahren am vierzehnten Juli – dem großen Tag, an dem Menschen von nah und fern den Geburtstag von Kronprinzessin Victoria feiern – das Zepter schwingt, einen abrupten Abgang hingelegt. Nun wollen sie wissen, ob Alex bereit ist, trotz der Kurzfristigkeit den Job zu übernehmen. Ganz unten steht eine Telefonnummer, er soll bei Interesse sofort anrufen. Seine Hände werden feucht. Er kann es nicht fassen und lässt sich auf einen Stuhl sinken, um die Nachricht zu verdauen.

Als die Reporterin vom *Barometer* vor ein paar Wochen die königlichen Gäste erwähnt hat, war das noch ein beinah aberwitzig erscheinender Traum, und jetzt bittet man ihn, die Geburtstagsfeier der Kronprinzessin zu organisieren? Teile der königlichen Familie waren zwar Gäste im Nord gewesen, aber da war er nur Commis und bloß für ein paar Kleinigkeiten zuständig. Wäre der Umschlag nicht so dick und der Brief nicht so exklusiv gestaltet, mit Wasserzeichen und Gold, würde er denken, dass sich jemand einen Scherz mit ihm erlaubt. Es ist unglaublich, es ist groß. Wirklich groß.

Er fragt sich, wer ihn wohl empfohlen hat und wessen Job er übernehmen wird.

Cina ist noch in ihr Telefongespräch vertieft. Es scheint kein guter Zeitpunkt zu sein, sie zu unterbrechen. Alex hört Dänisch am anderen Ende der Leitung und wartet ungeduldig darauf, dass sie fertig wird.

Was für eine Ehre. Aber es bedeutet natürlich mehr Arbeit. Und es besteht das Risiko, dass Alice' reiche Freunde oder Alice selbst anwesend sind. Trotzdem entscheidet er sich dafür. Er kann sich diese Chance nicht entgehen lassen. Er kann es einfach nicht. Am besten sagt er gleich Ja, bevor er es sich anders überlegt, denn das ist eine Chance, die er vielleicht nur ein Mal bekommt.

22

Wenig später ist alles geklärt. Das Personal, die weiteren Köche und der Service stehen bereit. Seine Aufgabe wird es sein, nicht nur die Verantwortung für die Zubereitung der Speisen zu übernehmen, sondern auch das Menü festzulegen, Einkaufslisten zu erstellen und alles, was benötigt wird, zu besorgen. Am Ende ist er dafür zuständig, dass alles perfekt ist. Natürlich wird das Zeit in Anspruch nehmen, aber Cina und der Rest des Teams müssen hier im Syd die Stellung halten.

Er sieht Sofi ins Lager gehen, läuft ihr nach, schließt die Tür hinter ihnen und gibt ihr den Umschlag. Er spürt, wie er über das ganze Gesicht strahlt. Sofi schaut ihn erstaunt an, nimmt den Umschlag und faltet ihn auf.

»Wow … Alex.«

Sofi ist sprachlos, dann umarmt sie ihn fest und lange. Er entspannt sich, es ist, als würde sie die Umarmung diesmal wirklich ernst meinen, als würde sie seine Gefühle teilen. Ein Lächeln breitet sich auf ihren sommersprossigen Wangen aus, und die Sonnenstrahlen, die durch die Ritzen in den Wänden hereinfallen, bilden warme Streifen auf ihren Körpern.

»Das ist … Wow, Wahnsinn!«

Er nickt nur, schon voller Vorfreude und Verantwortungsbewusstsein. Unglaublich, dass er gefragt worden ist. Dann sieht er, wie sich Sofis Gesichtsausdruck verändert.

»Aber denkst du immer noch, ich kann den Kurs machen und wir halten das Syd über Wasser? Es gibt so viel gleichzeitig vorzubereiten.«

Er seufzt. Es ist verrückt, dass das alles jetzt passiert. Cina hat angedeutet, dass sie jeden Tag zu den Anonymen Alkoholikern gehen muss, um nicht wieder rückfällig zu werden. Sie wird im Restaurant gebraucht, aber es fällt ihr schwer, den ganzen Tag in der Nähe von Alkohol zu verbringen, und er will alles tun, um sie zu unterstützen.

Er stampft unruhig auf und schaut an die Decke, als ob dort die Lösung zu finden wäre. Er versucht, den Kalender in seinem Kopf zu ordnen, sich zu erinnern, wann Sofis Kurs beginnt.

»Ja, es ist nicht ideal, aber wir müssen es versuchen.«

Sie nickt, sieht aus, als wolle sie noch etwas sagen, überlegt es sich dann aber anders.

»Wen wirst du eigentlich ersetzen? Wer ist abgesprungen?«

»Hans Gillberg anscheinend. Der Königliche Hof wollte nicht mehr mit ihm arbeiten.«

Sofi nickt. Sie wirkt nicht überrascht.

»In diesem Fall hat es wahrscheinlich etwas mit MeToo zu tun, in der Branche weiß das jeder.«

»Vielleicht, das habe ich auch gehört, aber ich wollte nicht zu viel nachfragen, sie haben nur gesagt, dass sie ihn mit sofortiger Wirkung entlassen haben.«

Alex studiert den dicken Umschlag, liest das Schreiben noch einmal. Unfassbar, dass er Hans Gillbergs Nachfolger werden soll. Alex vermutet, dass einer der Gründe, warum sie ihn kontaktiert haben, der Artikel im *Barometer* ist. Aber es kann nicht nur an der großen Aufmerksamkeit in den Medien liegen oder daran, dass er ein neues verheißungsvolles Lokal eröffnet hat. Möglicherweise hat es auch mit der Aufmerksamkeit für den »girl saver« in Beatas Artikel zu tun. Eine Aktion, die genau das Gegenteil von dem war, was Hans Gillberg jemals getan hätte. Jetzt muss er nur noch beweisen, dass er das Risiko wert ist, das sie eingehen, indem sie auf ihn setzen.

Sofi sieht aus, als hätte sie noch etwas auf dem Herzen. Sie will etwas sagen, hält aber inne, wippt von einer Seite auf die andere und zupft an ihrem Pferdeschwanz herum, wie sie es immer tut, wenn sie nervös ist. Alex will gerade fragen, was los ist, als die Tür zum Weinlager nebenan quietscht.

Beide werden ganz still. »Hallo, ist da jemand?«, ruft Alex.

Er geht ein paar Schritte auf die Tür zu und bekommt sie fast ins Gesicht, als sie sich direkt vor ihm öffnet. Lea erscheint und Alex erschrickt. War sie die ganze Zeit da drin?

»Oh, Entschuldigung! Ich hab dich gar nicht gesehen, brauchst du was aus dem Lager?«

»Nein, wir … Brauchst du etwas?«

»Ja, deswegen bin ich hier. Ich will nur …« Sie zögert einen Moment und schaut sich dann um. »… Teelichter für den Abend holen, die gehen aus.«

Sofi zuckt mit den Schultern und geht davon. Lea tritt an ein Regal und beginnt, die Kerzenschachteln zu durchwühlen. Er fragt sich, wie viel sie von ihrem Gespräch mitbekommen hat.

Als Alex wieder den Eingang des Syd erreicht, dreht er sich um und sieht Lea von Weitem aus dem Lagerraum kommen. Mit leeren Händen.

23

»Alex, ich habe keine Zeit. Das regeln wir später.«

»Aber können wir uns das nicht zusammen ansehen? Ich brauche deine Hilfe.«

In den letzten Tagen hat Alex alles getan, um den Dienstplan des Personals so umzugestalten, dass es funktioniert, wenn Sofi nicht da ist oder wenn Cina wegmuss und er selbst an verschiedenen Meetings vor dem Victoria-Dinner teilnehmen muss. Aber er kennt sich mit dem Service nicht so aus wie Sofi, und er braucht ihre Unterstützung, um sicherzustellen, dass nichts vergessen wird.

»Aber ich habe doch gerade gesagt, dass ich keine Zeit habe«, schimpft sie und wirft ihm einen verärgerten Blick zu. »Klär das mit Cina, ich muss jetzt los. Bis später!«

Sofi schließt die Tür zum Büro des Syd, ohne sich noch einmal umzudrehen. Alex steht auf und beobachtet sie durchs Fenster. Sofi wirft ihre Tasche in den Kofferraum. Er sieht, wie sie die Wagentür öffnet, sich ans Steuer setzt und davonfährt.

Alex versucht zu akzeptieren, dass sie gegangen ist, ohne sich richtig zu verabschieden. Er weiß nicht, was er falsch gemacht hat. Jetzt muss er sein Bestes geben, damit in der nächsten Zeit im Syd nicht alles den Bach runtergeht. Er setzt sich wieder an den Computer. Seit er sich entschieden hat, das königliche Essen zu übernehmen, gibt es Spannungen zwischen ihnen. In den letzten Tagen hat sie ihn kaum berührt, ihre Gedanken schienen immer woanders zu sein. Sie macht sich Sorgen um das Restaurant, wie Alex mit der großen Aufgabe zurechtkommen wird, um die Investoren, die Mitarbeiter. Einfach um alles.

Er versteht sie. Ihm gefällt es auch nicht, wie sehr sich die Dänen einmischen. Fast täglich telefonieren oder mailen sie mit Cina, manchmal mehrmals am Tag. Alex ist es gewohnt, dass Sofi ihn ermutigt und Lösungen vorschlägt. Er kann nicht genau sagen, was es ist, aber er hat das Gefühl, dass sie etwas anderes beschäftigt. Als würde sie am falschen Ort suchen. Vielleicht sehnt sie sich nach Åre und ihrer Familie zurück. Sie hat viel geopfert, um ihm hierher zu folgen, in guten wie in schlechten Zeiten.

Er hat versucht, seine eigene Familie zu verdrängen. Die Jahre haben eine Distanz zwischen ihnen geschaffen, die nur schwer zu überbrücken ist. Seine Eltern konnten die Folgen eines Mopedunfalls, an dem er als Jugendlicher beteiligt war und bei dem ein kleines Mädchen zu Tode kam, nie überwinden. Lange Zeit stand für sie fest, dass er den Unfall verursacht hat. Als vor einiger Zeit die Wahrheit ans Licht kam, nämlich dass Alex das Moped damals nicht gefahren ist, haben sie sich versöhnt, doch sie sind immer noch weit voneinander entfernt. Er sehnt sich nach seiner kleinen Schwester Edith. Sie ist die Einzige, die ihn nie im Stich gelassen hat. Aber angesichts der Ungewissheit im Hinblick auf Alice denkt er, je weniger Kontakt er zu seinen Lieben hat, desto sicherer sind sie. Er will nichts riskieren.

Alex sinkt tiefer in seinen Stuhl und spürt, wie das Rauschen in seinen Ohren lauter wird. Immerhin ist er froh, dass Sofi nach London fährt und nicht nach Åre. Wenn Alice das Nord wieder eröffnet, wird sie wahrscheinlich oft dort sein, und die letzte Person, die Sofi über den Weg laufen soll, ist Alice.

Er hat die Hälfte des Schichtplans geschafft und braucht jetzt eine Pause vom Bildschirm.

Neben dem Computer liegt eine Ausgabe der Tageszeitung *Dagens Nyheter*. Cina ist eine treue Abonnentin und beschwert sich immer bitterlich darüber, dass der Postdienst so schlecht ist und sie die meisten Zeitungen mindestens einen, meistens aber mehrere Tage zu spät bekommt. Sofi leiht sich normalerweise den Kulturteil aus, nachdem Cina ihn gelesen hat. Er nimmt die Zeitung und schlägt sie auf.

Ein vertrautes Gesicht starrt ihn von der Titelseite einer der Beilagen an. Es ist Alice. Er schaut sie an, und sie blickt zu ihm zurück, wunderschön, in einem kurzen weißen Mantel, das glänzende schwarze Seidenkleid wie eine zweite Haut um ihren schlanken Körper. Ihre Füße stecken in Schuhen mit himmelhohen Absätzen. Sie ist klassisch geschminkt mit rotem Lippenstift, ihr blondes Haar im Stil der Zwanzigerjahre frisiert. In der Hand hält sie ein Zigarettenmundstück, das aus Perlmutt oder Elfenbein zu sein scheint. Direkt hinter ihr stehen Karl-Johan Persson und Jonas Kamprad, beide im schwarzen Smoking. Sie wirken unscheinbar auf dem Bild und verschwinden fast im Hintergrund. Wären sie nicht so bekannt, könnte man meinen, sie seien nur für das Bild da, als Statisten. Die Hauptrolle spielt wie immer Alice.

Alice Duwal investiert in die Generation Z – sie will jungen Menschen beibringen, ihr Leben selbst in die Hand zu nehmen.

Er überfliegt den Text über die Fernsehsendung, von der er bereits einmal gelesen hat und die zu seinem Ärger vom Rezensenten im hinteren Teil der Zeitung mit Bestnoten bewertet wurde. Alice wird sogar als zukünftige Star-Moderatorin bezeichnet. Er blättert noch einmal zu dem Artikel. Cina muss ihn gesehen haben, aber sie weiß nicht, was im Nord alles passiert ist. Sie hat keine Ahnung, wozu Alice fähig ist. Und jetzt ist sicher nicht der richtige Zeitpunkt, es ihr zu sagen. Er fragt sich, ob sie die Zeitung hier hinterlegt hat, damit er sie findet, oder ob es sich um einen Zufall handelt.

Der weiße Pelzmantel um Alice' Körper erinnert ihn an die Sache mit den Kaninchen damals. Wie er Alice unten am Zwinger sah, als er über das Anwesen rund um das Nord wanderte. Er hatte sich genähert, um sie besser zu sehen, und innegehalten, als er erkannte, dass sie ihren Jagdhunden vollkommen ungerührt lebende Kaninchenjunge zuwarf. Die Todesschreie der Kaninchen und das Knirschen der Knochen haben sich in sein Gedächtnis eingebrannt.

Das Rauschen in seinen Ohren wird immer lauter, und er würgt bei der Erinnerung. Ihm läuft der Schweiß den Rücken hinunter.

Am Ende des Artikels stellt der Journalist eine Frage zu Carl, zu einem rechtlichen Aspekt, aber Alice geht nicht groß darauf ein, und der Journalist hakt nicht weiter nach. Stattdessen wird ihr im letzten Absatz des Artikels Raum gegeben, sich über die vorangegangenen Skandalschlagzeilen zu beschweren, in denen das Personal sie der Ausbeutung beschuldigte. Vorkommnisse, die sie zutiefst bedauert, mit denen sie aber natürlich nichts zu tun hatte.

Alle lieben Alice. Wieder einmal. Wieder hat sie es geschafft, die negativen Schlagzeilen und die Verärgerung der Belegschaft aus dem Nord zu ihrem Vorteil zu nutzen. Alex kannte sie nur kurz, doch wie intensiv ihre Macht ist, das hat er am eigenen Leib erleben müssen. Ihr manipulatives Verhalten verunsichert ihn schon aus der Ferne. Ihre Drohungen waren immer getarnt, und ihre Verbrechen sahen stets nach Unfällen aus.

Zu gerne wüsste er, wo sie sich gerade aufhält. Er kann nur hoffen, dass sie mit Interviews und Fernsehaufnahmen beschäftigt ist und wahrscheinlich keine Zeit hat, an ihn zu denken. Er wird in seinen Grübeleien unterbrochen, als die Tür aufgeht.

»Alex, ich habe in der Chambre separée alles für den Abend vorbereitet.«

Lea steht lächelnd vor ihm.

»Oh, danke, das ist toll. Wer kommt denn?«

Er faltet die Zeitung zusammen, legt sie unter einen Stapel alter Papiere und folgt ihr in den Gastraum.

Auf den Tischen stehen reihenweise Vasen mit Labkraut, Zichorie und blauem Natternkopf. Man merkt, dass Lea sehr bemüht ist, gute Arbeit zu leisten, und sich richtig ins Zeug legt.

Sie schaut ihn an und fängt an zu lachen.

»Aber Alex, du arbeitest echt zu viel. Die Skarsgårds kommen, die haben hier unten ein Sommerhaus. Einige von ihnen waren schon im Nord, und als sie den Artikel über dich gelesen haben, haben sie ein großes Familienessen gebucht.«

Alex nickt und geht in die Küche, immer noch in Gedanken bei Alice. Dass die Gäste kommen und glücklich sind, das ist das Wichtigste, nicht wer sie sind. Aber es ist ihm unangenehm, immer wieder an das Nord erinnert zu werden.

24

Am Abend herrscht im Restaurant Hochbetrieb, und obwohl es voll ist, läuft alles reibungslos. Alex greift zum Telefon, um Sofi anzurufen, aber nach ein paar Versuchen gibt er auf. Sicher ist der Flug nach London gut gelaufen und sie ist einfach nur beschäftigt.

Als er die Familie Skarsgård am Tisch sitzen sieht, wird er nervös. Schließlich handelt es sich um eine Familie, in der fast jeder ein Hollywood-Schauspieler ist, und es ist unmöglich, nicht auf die vielen bekannten Gesichter zu starren. Er geht unauffällig Richtung Tisch, um das Menü des Abends vorzustellen. Bleibt stehen, nimmt einen Schluck Wasser aus einer Flasche am Nebentisch. Er versucht, seine Atmung zu beruhigen und sich daran zu erinnern, nicht zu schnell zu sprechen.

»Willkommen im Syd, ich habe gehört, dass einige von Ihnen schon einmal im Nord waren, und es ist schön, dass es Sie hierher zu uns verschlagen hat. Das Essen hier in unserem Bistro ist etwas anders, aber ich hoffe, es schmeckt Ihnen.«

Die Gruppe hört aufmerksam zu. Er zwingt sich, innezuhalten und tief durchzuatmen, bevor er fortfährt.

»Heute Abend gibt es als Vorspeise gegrillte Artischocken mit Kräuterbutter, als Hauptgang Ventlinghuhn mit Hasselbackkartoffeln und Bärlauchkapernsauce. Zum Dessert servieren wir Ingwerpflaumen mit Schlagsahne, aromatisiert mit den Kernen der Pflaumen. Guten Appetit!«

Dann zieht er sich zurück und lässt die Gäste in Ruhe. Zu Beginn fand er die ganzen Präsentationen lästig und blieb lieber in der Küche. Thomas, sein alter Chef im Nord, war darin immer ziemlich galant, und die Gäste waren fasziniert von seinen Beschreibungen der Speisen, die sie gleich genießen würden. Alex weiß, dass er noch viel lernen muss, dass er zu kurz angebunden ist, wenn er eigentlich eine Story über die Auswahl der Zutaten erzählen sollte. Er muss sich einfach zusammenreißen und es beim nächsten Mal besser machen.

Der Abend vergeht, und alles läuft gut. Die Skarsgårds scheinen zufrieden zu sein, und als die letzten Gäste aufbrechen, versucht Alex noch einmal, Sofi anzurufen, erreicht aber wieder nur die Mailbox. Es ist spät, sie ist wahrscheinlich schon im Bett. Trotzdem hat er ein flaues Gefühl im Magen, er hätte gerne ihre Stimme gehört. Es gefällt ihm nicht, dass sie sich im Streit getrennt haben.

Da kommt Lea vorbei und sieht ihm seinen Missmut offenbar an.

»Warum kommst du nicht mit an den Strand? Wir wollen grillen und Bier trinken.«

»Dann wünsche ich euch viel Spaß, aber ich habe leider keine Zeit. Ich will noch ein paar Sachen für das Victoria-Dinner ausprobieren.«

Lea nickt verständnisvoll, aber kaum hat sie sich umgedreht, bereut er seine Antwort. Er ist schrecklich müde. Die Gedanken an Alice lassen ihn nicht los. Die zerstochenen Reifen. Die tote Katze. Die Sache mit Cina. Er hat nicht die geringste Lust, noch ein paar Stunden in der Küche zu verbringen, obwohl das sonst seine Lieblingsbeschäftigung ist. »Oder warte. Ich komme mit!«, ruft er Lea nach.

Schließlich ist Sofi nicht zu Hause und die Vorstellung, jetzt allein zu sein, nicht gerade verlockend. Wahrscheinlich müsste er sich mit aller Kraft davon abhalten, all die Artikel über Alice zu suchen, die das Internet überschwemmen, und würde dann beschließen, sich mit Schlaftabletten zu betäuben. Besser ist es, wenn er versucht, sich zu entspannen, indem er an den Strand geht und zumindest so tut, als wäre er sozial.

»Super, Alex!«

Fadi hat seine Gitarre mitgebracht und spielt schon unten am Lagerfeuer. Die glühenden Holzscheite knistern. Jemand reicht ihm ein kaltes Bier, und er schaut aufs Meer.

Die Leute lachen, unterhalten sich, einige laufen ins seichte Wasser, um sich abzukühlen. Er und Sofi haben nicht viele Abende hier unten verbracht, obwohl es so nah ist, eigentlich nur den nach dem Mittsommerfest. Vielleicht ist es genau das, was er braucht? Die Wellen, die sich am flachen Strand brechen, haben normalerweise eine beruhigende Wirkung auf ihn, er zieht seine Schuhe aus und gräbt seine blassen Zehen in den Sand. Er versucht, sich zu entspannen. Bald wird es wieder hell werden, aber die Party scheint nicht abzuebben. Fadi wirft mehr Holz ins Feuer, und es erwacht zum Leben. Die Flammen heben sich deutlich vom rosaroten Himmel im Osten ab. Für das morgige Mittagsgeschäft ist alles vorbereitet, sodass er sich eigentlich zurücklehnen und den Augenblick genießen kann. Er legt sich auf den Rücken, denn er weiß, dass man auch mal loslassen muss, um gute Arbeit leisten zu können. Doch nur einige Minuten später macht sich eine Art kollektive Müdigkeit breit, und die Leute gehen einer nach dem anderen.

Schließlich bleiben nur noch Alex, Lea und Fadi zurück. Sie packen zusammen, löschen das Feuer mit Sand und sammeln die leeren Flaschen ein.

»Kannst du mich auf deinem Gepäckträger mitnehmen? Meine Beine sind so müde, und du wohnst gleich bei mir um die Ecke.«

Lea fragt Alex. Gut, dass der Reifen geflickt und er mit dem Fahrrad zum Strand gefahren ist.

»Ja, klar.« Sie packen die letzten Sachen zusammen, gehen zurück zum Restaurant und stellen alles in den Lagerraum. Fadi winkt zum Abschied, er hat nichts getrunken und kann mit dem Auto nach Hause fahren.

»Ich weiß, dass du berühmt wirst, Alex, ich weiß es einfach. Denk nur, wie viel über das Syd geschrieben wurde und wie unglaublich es ist, dass du beim Victoria-Dinner der Chefkoch sein wirst.«

Alex lächelt bei Leas Worten, versucht das Lob aufzunehmen und wünscht sich, er könnte auch so empfinden. Er wünschte, Sofi hätte dasselbe gesagt, anstatt seine Angst vor all den praktischen Dingen zu schüren.

Er springt auf sein Fahrrad und tritt in die Pedale, während Lea sich an ihm festhält. Schon nach wenigen Kilometern ruft sie ihm zu: »Bieg hier rechts ab, da ist unser Haus.«

Alex sieht ein niedriges modernes Haus aus Kalkstein und hellem Holz, umgeben von hohen Laubbäumen.

»Da wohnst du? Ich habe mich immer gefragt, wer hier unten so ein Haus gebaut hat.«

»Meine Eltern sind Architekten, deshalb. Es ist ein bisschen speziell.«

Alex wird langsamer, bleibt schließlich stehen, und als er sich umdreht, um sich zu verabschieden, ist Leas Gesicht viel zu nah, und ihre Lippen berühren sich. Alex weicht zurück, entsetzt über das Geschehene. Sie bleibt auf dem Gepäckträger sitzen, ein verschmitztes Lächeln auf den Lippen.

»Tut mir leid, das wollte ich wirklich nicht. Ich wollte mich nur umdrehen«, sagt er schnell.

Lea steigt vom Rad, winkt und geht rückwärts auf ihr Haus zu.

Alex radelt panisch nach Hause. Was ist da gerade passiert? Und ist er daran schuld? Vielleicht hat Lea etwas missverstanden, als er heute Abend an den Strand kam. Außerdem hat sie sich zu ihm vorgebeugt und nicht umgekehrt, oder? Hoffentlich sieht sie ein, dass es nur ein Versehen war. Er wird morgen mit ihr reden, damit es keine Missverständnisse zwischen ihnen gibt. Sofi kommt morgen Abend nach Hause, und er will wirklich nicht, dass Lea irgendwelche Gerüchte in die Welt setzt. Nicht, dass er das von ihr denkt, aber wie sie rückwärts und kichernd ins Haus gegangen ist, beruhigt ihn nicht gerade. Spontane Mitarbeiterfeier, er bleibt als Letzter, bringt die neue junge, attraktive Aushilfe nach Hause, und ihre Lippen treffen sich zufällig. Das sieht nicht gut aus.

Als er in den Hof kommt, bremst er abrupt.

In der Küche brennt Licht. Er ist sich ganz sicher, dass es aus war, als er gegangen ist.

25

Sein Herz pocht wild, als er zur Tür geht. Er drückt die Klinke herunter. Abgeschlossen. Er schließt auf, wachsam, geht umher und schaut in jedes Zimmer, aber er hört und sieht niemanden. Es muss aber jemand da gewesen sein. Im Flur steht der Rucksack, den er bei sich hatte, als er beim Alvaret war. Er hebt ihn auf. Öffnet ihn, nimmt die Wasserflasche und füllt sie wieder auf. Er will sie gerade in die Tür stellen, um sie ins Auto zu bringen, da fällt ihm die Uhr ein. Er tastet das äußere Fach ab. Sie ist nicht da. Auch nicht im großen Fach. Vielleicht hat er sie in die Hosentasche gesteckt, er weiß es nicht mehr genau, er wird später noch einmal nachsehen müssen. Schließlich lässt er sich auf das Sofa fallen, zieht eine Decke über sich und denkt, dass er einfach eine Weile hier liegen bleiben wird.

Eine Stunde später erwacht er mit dem Gefühl, keine Luft mehr zu bekommen, schweißgebadet und erhitzt. In Panik reißt er die Decke weg, zieht seine verschwitzten Kleider aus und geht in Unterwäsche ins Bad. Dort wäscht er sich die Hände und spritzt sich kaltes Wasser ins Gesicht. Als er sich im Spiegel betrachtet, kommen ihm die Erinnerungen an den Albtraum mit den kalten Fingern auf seinem Rücken in den Sinn, und ohne sich zurückhalten zu können, geht er direkt zum Computer und schaltet ihn ein. Er muss es noch einmal überprüfen. Seine Versicherung gegenüber Alice. Das Video.

Als sie das Nord verlassen haben, fühlte es sich wie eine hundertprozentige Lebensversicherung an, denn Alice hat darauf einen kaltblütigen Mord gestanden. Doch jetzt wird er immer unsicherer. Ein verrückter Gedanke nagt an ihm. Alice hat sich etwas Neues aufgebaut, eine kometenhafte Karriere, gegen die ihre frühere Rolle als Gastgeberin von Wohltätigkeitsveranstaltungen für die Oberschicht und diversen Jagden armselig wirkt. Jetzt ist sie eine nationale Berühmtheit, Schwedens neue Lieblingsmoderatorin. Diese Aussichten würde sie sich auf keinen Fall durch ein kompromittierendes Video verderben lassen. Plötzlich scheint es mehr ein Risiko als eine Absicherung zu sein.

Er sucht in ihrer gemeinsamen Cloud und in der Dropbox nach der E-Mail mit dem Video von Alice, die er Sofi geschickt hat. Als er die Ordner öffnet, glaubt er zunächst, sich verklickt zu haben.

Sie sind leer.

Er schließt sie, öffnet sie wieder, bewegt die Maus, um zu sehen, ob die Datei vielleicht woanders gelandet ist.

Jetzt ist er hellwach. Jemand muss an seinem Computer gewesen sein.

Vielleicht kurz bevor Sofi ihn anrief, um ihm zu sagen, dass die ganzen Ordner verschoben worden waren? Hat sie wirklich in den Ordnern nachgeschaut, oder waren die Dateien da schon weg? Und wenn ja, hätte sie das nicht gesagt? Er denkt an das Licht, das brannte, als er vorhin nach Hause gekommen ist, und an Sebbe, der ständig in der Gegend herumstreunt, vielleicht sogar einen eigenen Hausschlüssel besitzt. Er ist der Einzige, von dem er weiß, dass er im Haus gewesen ist. Aber könnte Sebbe so etwas wirklich fertigbringen? Nein, das ist unmöglich. Und warum sollte er auch, er weiß doch nichts Persönliches über sie. Mit Sofi redet er hauptsächlich über die Tiere auf dem Hof und das Wetter. Er hat sicher nicht mal ein eigenes Handy.

Alex schiebt den Stuhl zum Schrank. Die letzte Kopie auf einem USB-Stick hat er in einem Umschlag ganz hinten im obersten Fach hinter ein paar Büchern deponiert. Zuerst spürt er nichts, aber als er weit genug greift, findet er den braunen Umschlag. Er öffnet ihn.

Der USB-Stick ist noch drin.

Er legt alles zurück in den Schrank. Wer auch immer hier war, hat nicht alles gefunden, was er gesucht hat.

In Anbetracht der Ereignisse des vergangenen Jahres ist es nicht verwunderlich, dass Alice nicht sofort nach ihnen gesucht hat. Die Probleme mit dem Restaurant und Carls Unfall haben sie wohl in Anspruch genommen. Aber jetzt? Jetzt ist ihr Leben wieder in Ordnung. Warum sollte sie das Risiko eingehen, Beweise nicht zu vernichten, die sie in schlechtem Licht erscheinen lassen?

Als er im Bett liegt, wünscht er sich, Alice' Gedanken lesen zu können. Er starrt an die Decke und kann nicht einschlafen.

26

Die starke Inselsonne weckt ihn mit ihren Strahlen. Er muss vergessen haben, die Jalousien herunterzulassen, als er ins Bett gegangen ist, und irgendwie hat er den Wecker im Halbschlaf weggedrückt. Das Mittagsgeschäft beginnt am Sonntag zwar erst um dreizehn Uhr, aber trotzdem. Tess schafft es nicht, alles allein vorzubereiten, und Cina fährt für einen Tag zu einem Retreat in Småland mit Experten für Suchtprobleme. Außerdem muss er noch viel für das Victoria-Dinner organisieren und ein paar E-Mails von den Dänen beantworten.

Er springt aus dem Bett, eilt ins Bad und nimmt eine eiskalte Dusche. Zieht sich an. Sucht nach einer dünnen Hose, und als er sie findet, stellt er fest, dass es die Hose ist, die er am Alvaret getragen hat. Die Uhr muss in einer der Taschen sein, wenn sie nicht im Rucksack war. Er tastet sie ab. Sie sind leer. Könnte er sie beim Sturz im Alvaret verloren haben? Eher unwahrscheinlich, aber er kann nicht sicher sein. Das Unbehagen von gestern, als er nach Hause kam und das Licht im Haus brannte, überkommt ihn erneut, und er zückt entschlossen sein Handy, googelt eine Nummer und ruft an. Nach einer Weile schaltet sich der Anrufbeantworter ein, und eine fröhliche Frauenstimme mit Inseldialekt meldet sich.

»Hallo, willkommen beim Öland-Schlosser. Wenn Sie uns kontaktieren möchten oder einen Schlüsseldienst brauchen, sind Sie hier genau richtig! Wahrscheinlich sind wir gerade im Einsatz, aber hinterlassen Sie nach dem Piepton eine Nachricht, und wir rufen Sie so schnell wie möglich zurück.«

Er hinterlässt seinen Namen und seine Nummer und bittet um Rückruf. Björn und Sebbe müssen nichts davon erfahren. Alex kann ihnen einen Ersatzschlüssel geben, wenn sie danach fragen. Er wird ihnen sagen, das Schloss sei kaputt gewesen und er habe sie nicht damit belästigen wollen. In Gedanken schon bei Tess in der Küche, eilt er hinaus zu dem Fahrrad an seinem angestammten Platz am Zaun.

»Scheiße!«

Es ist platt. Schon wieder.

Er schaut auf die Reifen. Diesmal ist nichts aufgeschlitzt, stattdessen liegen die Ventilkappen ordentlich neben jedem Fahrradreifen im Gras. Jemand hat sie abgedreht und die Luft abgelassen. Fassungslos steht er vor dem unbrauchbaren Rad. Er hat keine Zeit, die Luftpumpe zu suchen und es wieder aufzupumpen. Er muss *jetzt* zum Syd und Tess helfen, die Hühnchen zu zerlegen, die sie gestern nicht mehr marinieren konnten.

»Hallo.«

Hinter ihm steht Sebbe. Alex zuckt zusammen. Er hat ihn gar nicht kommen hören. War es Sebbe, der aus Spaß die Luft abgelassen hat, ohne zu merken, wie viel Ärger er damit macht?

Alex atmet tief durch. Er kann nicht mit Sebbe schimpfen, er würde es sowieso nicht verstehen. Zum ersten Mal, seit sie hier sind, denkt er darüber nach, wegzuziehen. Das Problem ist nur, dass es in der Nähe des Restaurants keine andere Wohnung gibt, die so günstig ist. Es gibt hier fast keine anderen Häuser. Er schaut Sebbe an, der wie immer aussieht.

»Hey, Sebastian, kann ich mir dein Fahrrad ausleihen? Ich habe es eilig, und meins ist platt.«

Er versucht, seine Stimme ruhig zu halten, aber er merkt, dass er trotzdem ein wenig anklagend klingt.

Sebbe zögert. Dann macht Alex in seinem Stress einen idiotischen Vorschlag.

»Warum kommst du nicht nachher auf einen Kaffee vorbei, als Dankeschön fürs Ausleihen?«

Sebbe strahlt und hält ihm das rostige weiße DBS-Fahrrad hin.

»Dann bis später.«

Alex bereut die Einladung sofort, aber mit dem Problem muss er sich später befassen.

Im Restaurant sind alle müde, aber gut drauf. Der Abend am Strand hat das Team sichtlich gestärkt. Während Fadi das Geschirr wegräumt, singt er einen schwedischen Popsong, und die anderen lachen über seine Versuche, sich an den genauen Text zu erinnern. Im Hintergrund ist das Stimmengemurmel der ersten Restaurantgäste zu hören, und trotz Alex' Verspätung läuft alles reibungslos.

Er versucht noch einmal, Sofi anzurufen, sie geht aber immer noch nicht ran. Beunruhigt kehrt Alex an den Herd zurück und brät weiter Sommerprimeln in Butter. Es knistert und brutzelt in der Pfanne, und er konzentriert sich ganz auf das Gemüse. Da sieht er Lea in die Küche kommen. Ihm wird klar, dass er besser mit ihr reden sollte, bevor Sofi nach Hause kommt, und er bittet Tess, die letzte Aufgabe zu übernehmen. Sie hat gerade die Lammkoteletts mit Ziegenkäsecreme fertig gemacht, die heute auf der Mittagskarte stehen. Lea ist drüben am Wäscheschrank, und er geht zu ihr, schaut sich diskret um, um sicherzugehen, dass die anderen nichts hören.

»Können wir kurz reden?«

Sie lächelt breit und antwortet sofort.

»Natürlich.«

»Hey, also wegen gestern …«, beginnt Alex zögerlich. »Ich will nicht, dass du die Situation falsch verstehst oder so. Ich bin ja mit Sofi zusammen, und ich hoffe, du weißt, dass ich das nicht mit Absicht gemacht habe.«

Die ganze Situation ist ihm peinlich, aber Lea lächelt ihn nur an. »Natürlich verstehe ich das, du musst dir keine Sorgen machen, dass ich irgendetwas ausplaudere!«

Sie zwinkert ihm zu und scheint nicht wirklich zu begreifen, wie schlimm es für Alex sein könnte, wenn das Ganze bekannt würde.

»Okay, gut«, antwortet er und zwingt sich zu einem Lächeln. Mit einem flauen Gefühl im Magen kehrt Alex zurück in die Küche.

Eine ganze Weile später hat er immer noch nichts von Sofi gehört. Jetzt macht er sich ernsthaft Sorgen und schaut alle fünf Minuten nervös auf sein Telefon.

Jemand war bei ihnen zu Hause. Da ist er sich sicher. Jemand hat ihre Sachen durchwühlt, war an ihrem Computer, und jetzt geht Sofi nicht mehr ans Telefon. Als er das nächste Mal anruft, klingelt es nicht einmal mehr, stattdessen meldet sich direkt die Mailbox.

Hallo, hier ist Sofi. Hinterlasst eine Nachricht nach dem Piepton, und ich rufe schnellstmöglich zurück.

Als das Mittagsgeschäft vorbei ist, will er nur noch nach Hause und sich ein wenig ausruhen, bevor das Meeting für das Victoria-Dinner beginnt, also schnappt er sich Sebbes altes Fahrrad und radelt so schnell er kann nach Hause.

Wenigstens ist Sebbe nirgends zu sehen, das ist schon mal etwas. Alex lehnt das geliehene Fahrrad an den Zaun, der Besitzer wird es sicher früher oder später abholen.

Die Tür ist noch verschlossen, es ist still im Haus. Fliegen summen an der Spüle, in der eine vergessene Schüssel mit Müsli und Milch steht. Durch die Hitze riecht alles anders als in den Wintermonaten. Der Staub der alten Möbel, die Tapeten und die Wände. Es riecht hier wie damals im Haus seiner Großeltern.

Gerade als er sich an den Küchentisch setzen will, um Sofi eine weitere SMS zu schicken mit der Bitte, ihn so schnell wie möglich anzurufen, hört er ein Geräusch aus dem Wohnzimmer. Er geht zur Tür und stößt fast mit Sebbe zusammen.

Der schaut drein, als sei er bei etwas ertappt worden, und stammelt:

»W-w-wir wollten einen Kaffee trinken.«

»Richtig, stimmt.«

Warum kann er nicht einfach anklopfen wie ein normaler Mensch? Alex hofft, dass der Schlosser bald zurückruft. Er schaut sich um, ob er etwas anbieten kann.

»Möchtest du Kaffee?«

Sebbe zögert, bevor er antwortet. Er sieht wieder weinerlich aus, wie so oft.

»Nur Saft.«

Er hätte es wissen müssen. Sie setzen sich an den Küchentisch. Alex findet ein paar alte Kekse im Schrank und stellt sie in einen Korb auf den Tisch. Das Gespräch verläuft schleppend, Sebbe ist hauptsächlich damit beschäftigt, Kekse in den Saft zu tunken und auf den Tisch zu starren. Alex hat Mitleid mit ihm. Ein Kind, gefangen im Körper eines erwachsenen Mannes. Er schämt sich, dass seine Besuche ihn so stören.

»Wo ist Sofi?«

Sebbe bröselt einen weiteren Keks in das Glas, in dem schon zahllose aufgeweichte Keksstückchen schwimmen.

»Sie ist bei einem Kurs. Ich glaube, du musst bald gehen, ich habe noch viel zu tun. Ist das in Ordnung?«

Sebbe steht widerwillig auf und geht langsam in den Flur. Alex schaut ihm nach, sieht, wie er sein Fahrrad nimmt und über den Hof verschwindet. Alex schließt die Tür und verriegelt sie.

Als er sich umdreht, glitzert etwas auf der Kommode im Flur. Etwas, von dem er sicher ist, dass es heute Morgen noch nicht da war. Seine Uhr. Seine Omega Speedmaster.

27

Alex blinkt am Hinweisschild zur Burgruine nach links und wartet ungeduldig, bis sich der Gegenverkehr lichtet und eine Lücke zum Linksabbiegen entsteht. Er wirft einen Blick auf die Uhr im Armaturenbrett und flucht leise vor sich hin.

Es kommt nicht gut an, wenn man zu spät zur eigenen Auftaktveranstaltung erscheint. Er war sich sicher, rechtzeitig losgefahren zu sein, hatte aber nicht mit der Karawane von Wohnmobilen gerechnet, die sich hinter einer großen Zugmaschine einreihten. Außerdem musste er mindestens drei Traktoren überholen. Cinas Jeep ist schwerer zu fahren als der Saab, der auf dem Langzeitparkplatz des Flughafens auf Sofis Landung wartet.

Er hat sie immer noch nicht erreicht, aber sie sollte bis zum Ende des Meetings vom Flughafen zurück sein. Er weiß nicht, warum sie sich nicht gemeldet hat, spürt aber, dass etwas nicht stimmt. Vielleicht ist sie immer noch verärgert über seine lauwarme Reaktion auf ihre Mitteilung, dass sie für den Kurs angenommen worden ist. Aber ihr Flugzeug landet gerade in Kalmar, und bald können sie sich endlich treffen und alles klären.

Alex parkt schief vor einem niedrigen Kalksteinhaus. Eine Werbefigur für Eiscreme steht da und dreht sich in der frischen Brise im Sonnenschein. Er setzt seine Sonnenbrille auf und läuft in Richtung Innenhof, wo das Treffen stattfinden soll. Dabei achtet er darauf, nicht ins Schwitzen zu geraten.

Er war noch nie hier, findet sich aber schnell zurecht und ist beeindruckt, als er den Innenhof des Schlosses betritt.

An einer Schmalseite ist eine große mit schwarzem Stoff bespannte Bühne aufgebaut, von der riesige Scheinwerfer an langen Stahlrohren meterhoch in die Höhe ragen. Rings um den Hof erheben sich hohe Mauern mit großen Fenstern, und statt eines Daches strahlt der klare blaue Himmel über ihnen. Obwohl der Geburtstag der Kronprinzessin erst in ein paar Tagen ist, scheinen alle – von den örtlichen Sportvereinen bis hin zu den deutschen Touristen – schon aus dem Häuschen zu sein. Es fühlt sich ein wenig an wie Ölands inoffizieller Nationalfeiertag.

Alex konzentriert sich auf das Essen und seinen Auftrag. Es kommt ihm fast unwirklich vor, dass er ein ganzes Team unter sich haben wird, wie ein richtig berühmter Koch. Es ist eine große Chance zu zeigen, was er kann, und er hat den cremefarbenen Umschlag mit der Einladung in der Innentasche. Das gibt ihm Selbstvertrauen. Jetzt muss er beweisen, dass er der Aufgabe würdig ist, dass sich das Risiko, das sie mit ihm eingegangen sind, auszahlen wird.

Überall wimmelt es von Menschen, aber er weiß sofort, wo er hinmuss. Mit angehaltenem Atem nähert er sich einer Gruppe, die in einem weiten Halbkreis um eine Frau steht, die trotz der Sommerhitze in einem strengen Kostüm, Strumpfhosen und Pumps zu einer großen Gruppe von Köchen und Kellnern spricht. Alle verstummen und schauen ihn an, als er sich nähert, er nickt kurz und nimmt seine dunkle Sonnenbrille ab.

Es scheint, als hätten sie auf ihn gewartet. Er traut sich nicht, auf die Uhr zu schauen, um zu sehen, wie viele Minuten er zu spät ist, und er will sich auch nicht scherzhaft entschuldigen. Das würde nur noch mehr Zeit vergeuden. Stattdessen schaut er aufmerksam zu der Frau, die auch jetzt wieder das Wort ergreift.

»So, alle sind da. Willkommen zur heutigen Auftaktbesprechung für die Geburtstagsfeier von Kronprinzessin

Victoria hier im Schloss Borgholm. Wir freuen uns, unseren neuen Küchenchef für dieses Jahr, Alex Anderson, begrüßen zu dürfen.«

Sie lächelt Alex an, der zurücknickt.

»Nun, Alex, aufgrund deines jungen Alters kannst du noch nicht auf jahrelange Meriten verweisen, aber du bist umso erfolgreicher. Nachdem du im weltberühmten Sternerestaurant Nord gearbeitet hast, hast du jetzt hier auf Öland zusammen mit unserer örtlichen Berühmtheit Cina Roos dein eigenes Lokal eröffnet. Ihr habt sicherlich in letzter Zeit vom Syd gehört.«

Alex schielt auf die Reaktionen der Gruppe und stellt fest, dass viele skeptisch wirken. Ein Mädchen steht mit demonstrativ verschränkten Armen da und kaut laut auf einem Kaugummi. Doch die Frau im Anzug scheint die verhaltene Stimmung nicht zu bemerken und macht fröhlich weiter.

»Alex ist unser neuer Chefkoch und ersetzt Hans. Ich weiß, dass viele von euch Hans kennen, und es ist traurig, dass er so plötzlich gehen musste, aber von nun an werdet ihr auf Alex' Kommando hören.«

Sie gibt ihm mit einer Geste zu verstehen, dass er übernehmen soll, und er räuspert sich.

»Oh, danke. Ja, also, ich bin Alex …«

In seinem Kopf herrscht Leere. Er hat nichts vorbereitet, was er sagen könnte, und die wenigen Sekunden, die er braucht, um sich zu sammeln, reichen aus, um ein wildes Getuschel unter den Mitarbeitern auszulösen. Ihm geht auf, dass nicht alle glücklich darüber sind, dass der Auftrag so plötzlich und unerwartet bei ihm gelandet ist.

Ein flüchtiger Blick in die Gruppe verrät ihm, dass er viel jünger ist als die meisten anderen. Er überlegt hastig.

Es ist unmöglich zu sagen, ob es ein Vorteil oder ein Nachteil ist, Hans zu ersetzen. Das hängt davon ab, ob er trotz der Vorwürfe beliebt war oder nicht. Es ist nicht gesagt, dass das Küchenpersonal sich viel um seine Schikanen scherte, wenn es nicht selbst Opfer war. Im Gegenteil, manche mochten vielleicht seinen Stil und halten die Gerüchte für übertrieben.

Alex weiß genau, wie die Hierarchie in der Küche funktioniert. Ein beliebter Chefkoch bekommt alles. Ein unbeliebter arbeitet immer gegen den Wind. Und das funktioniert nicht, wenn er ein Dinner für sechshundert Personen organisieren muss. Schon gar nicht, wenn die vornehmsten Leute Schwedens an den Tischen sitzen.

Er beschließt, auf Small Talk zu verzichten und gleich mit der Präsentation des Menüs zu beginnen, das ihm vorschwebt.

»Nun, das Menü steht, wie ihr wahrscheinlich wisst, schon fest, aber ich gehe es noch einmal kurz durch. Folgende Gänge sind geplant: als Vorspeise eine Ziegenkäseterrine. Als Hauptgang Wildschwein mit gebratenen Karotten und Sommerpfifferlingen. Als vegetarische Variante Sellerie mit Herzsalat und als Dessert Sanddornmousse mit Karamellsauce.«

Alex geht seine mentale Checkliste durch, um sicherzugehen, dass er nichts vergessen hat.

»Ich werde später am Tag mit den Verantwortlichen für den Einkauf die Details durchgehen, um sicherzugehen, dass wir nichts vergessen haben und ob wir spezielle Bestellungen wegen Allergien oder Ähnlichem aufgeben müssen. Ich habe gehört, dass es die Möglichkeit gibt, Zutaten besonders schnell zu liefern, sodass wir vor dem großen Tag viel ausprobieren können.«

Er schaut sich um und wartet auf Reaktionen. Das Personal gibt nicht viel Feedback, aber das macht nichts. Das Wichtigste ist, dass sie am Festtag auf ihn hören. Er muss einige der Jüngeren mit ins Boot holen, das ist entscheidend, um das Vertrauen der ganzen Gruppe zu gewinnen. Die

Älteren werden sich erst auf seine Seite schlagen, wenn sie sehen, was er kann. Und er hat die feste Absicht, es ihnen zu zeigen. Ein paar Blicke fängt er ein, aber die meisten wirken desinteressiert.

»Nun ... vielleicht reicht das für den Moment.«

Die Anzugträgerin, deren Namen Alex nicht mitbekommen hat, übernimmt wieder das Kommando.

»Wie ich schon sagte, werdet ihr heute Nachmittag alle Einzelheiten erfahren, aber zuerst haben wir die Ehre, eine private Führung durch das Schloss mit dem Vogt persönlich zu bekommen. Diejenigen von euch, die schon einmal hier waren, wissen es, aber es ist der königlichen Familie sehr wichtig, dass ihr die Geschichte des Schlosses kennt.«

Sie hält inne und schaut sich um, ob alle gut zugehört haben.

»Wenn einer der Gäste im Laufe des Abends Fragen stellt, müssen wir in der Lage sein, diese zu beantworten. Das ist ein Service, den unsere geschätzten Gäste erwarten.«

Bevor der Rundgang beginnt, geht die Projektleiterin auf Alex zu und übergibt ihm eine dicke Mappe mit verschiedenen Papieren. Es ist eine Kopie einer Pressemitteilung, die gerade herausgegeben wurde, ein Zeitplan für die Fotoaufnahmen und vieles andere, was mit der Öffentlichkeitsarbeit für das Victoria-Dinner zu tun hat.

Er blättert alles durch. Obwohl er seine Entscheidung bereits getroffen hat und er es für eine Selbstverständlichkeit gehalten hat zuzusagen, bricht ihm der Schweiß aus, als ihm wieder ins Bewusstsein dringt, dass Alice leicht herausfinden kann, was er tut und wo er sein wird.

Oder sie hat es die ganze Zeit gewusst.

28

Der Vogt ist groß und untersetzt, trägt eine alte Herrenmütze und eine kleine runde Brille. Er ist von Alex unbemerkt an die Gruppe herangetreten, steht nun breit lächelnd da und wartet darauf, das Wort ergreifen zu dürfen.

Alex schaut wieder auf die Uhr und fragt sich, wie lange das Ganze wohl noch dauern wird, hatte er doch gehofft, um diese Zeit schon auf dem Heimweg zu sein. Er will unbedingt mit Sofi reden, auch darüber, dass Sebbe in ihrem Haus herumschnüffelt und ständig nach ihr fragt. Das fühlt sich nicht gut an. Vielleicht ist Sebbe ein bisschen in Sofi verliebt, aber warum hat er Alex' Uhr verlegt, er muss es doch gewesen sein? Und war er vielleicht auch am Computer und hat dort versehentlich die Dateien gelöscht?

Aber niemand sonst scheint es eilig zu haben. Im Gegenteil, wie eine erwartungsvolle Schulklasse scharen sie sich um den Mann, der sich als Leonard Nilsson vorstellt, seit 1992 Burgvogt. Natürlich interessiert sich Alex auch für Geschichte, aber im Moment macht ihn die Führung nur nervös. Außerdem gibt ihm das feierliche Auftreten des älteren Herrn das Gefühl, dass er sich noch eine ganze Weile gedulden muss.

Alex unterdrückt ein Gähnen und erntet einen säuerlichen Blick vom Kaugummimädchen. Er wundert sich, dass die anderen so munter dreinschauen, sie waren doch schon da und haben die Geschichte wahrscheinlich schon unzählige Male gehört. Vielleicht, weil es für sie bezahlte Arbeitszeit ist? Eine entspannende Stunde, in der sie nur zuhören müssen.

Doch als der Mann zu sprechen beginnt, versteht Alex die Haltung der anderen, denn Leonard Nilsson hat eine hypnotisierende Stimme und einen unverwechselbaren Akzent. Es ist unmöglich, sich seiner Geschichte über Schloss Borgholm zu entziehen.

»Das königliche Schloss Borgholm war einst eine der wichtigsten Festungen des Reichs. Sie war Schauplatz von Schlachten und Belagerungen, von Zerstörung und Wiederaufbau. Viele haben in diesen Sälen Hof gehalten …«

Alex hört fasziniert zu, obwohl sie gerade durch einen sehr kalten und feuchten Gang gehen, dessen Steinboden dunkel und nass ist. Dann spürt er, wie jemand gegen ihn stößt. Alex stolpert nach vorne, kann aber das Gleichgewicht halten. Einer der älteren Männer. Er entschuldigt sich nicht einmal, dreht ihm einfach den Rücken zu. Er spürt, dass die anderen ihn im Dunkeln beobachten.

Leonard erzählt weiter, und bald erreichen sie den oberen Teil des Schlosses, wo der Blick auf das Wasser und den dichten Laubwald Alex den Atem raubt. Die großen, gewölbten Fensteröffnungen sind niedrig, und man könnte leicht herausfallen. Trotzdem kann er der Versuchung nicht widerstehen, sich noch etwas weiter hinauszulehnen, um die Aussicht zu genießen. In diesem Moment spürt Alex einen festen Griff an seinem Oberarm, und Leonard, der für sein Alter ungewöhnlich kräftig und beweglich wirkt, zieht ihn zurück.

»Vorsicht, junger Mann, hier geht es steil nach unten.« Alex nickt und bedankt sich im Stillen, bevor er noch einmal – nun etwas vorsichtiger – nachsieht. Und tatsächlich: Die Wand fällt steil zu den hohen Bäumen und zum Meer hin ab.

»Im Oktober 1806 brach ein gewaltiges Feuer aus, das die Burg in die heutige Ruine verwandelte. Nach dem Brand blieben von der einstigen Pracht nur die nackten Kalksteinmauern übrig.«

Sie wollen gerade in den Innenhof zurückkehren, als Alex ein markerschütterndes Kreischen hört. Eine Frau schreit hysterisch. Panisch schaut er sich um, offensichtlich braucht jemand Hilfe. Dann sieht er, dass die meisten anderen in Gelächter ausbrechen, bis auf ein paar, die genauso erschrocken aussehen wie er. Der Vogt lächelt. Dann ertönt dasselbe Kreischen ein zweites Mal.

»Nun, hier gab es zwar Verliese, aus denen sicherlich ähnliche Geräusche und noch schlimmere kamen, aber das war nur die moderne Technik, die uns einen Streich gespielt hat, fürchte ich.«

Er zeigt auf ein vergittertes Fenster mit einem Schild daneben. Sie haben ein aufgenommenes Geräusch gehört. Ein Sensor aktiviert sich, wenn man sich nähert, um die Besucher zu erschrecken und eine entsprechende Stimmung zu erzeugen.

Alex fröstelt trotz der warmen Sonnenstrahlen.

»Tja, das wäre es von meiner Seite. Heute ist die Ruine ein beliebtes Ausflugsziel und lockt mit Konzerten, Ausstellungen und anderen Veranstaltungen, wie dem Dinner, das Sie hier in ein paar Tagen servieren werden.«

»Moment, Sie haben die Weiße Dame vergessen!«

Leonards Miene erhellt sich. Der Zwischenruf kommt von dem Kaugummimädchen. Der Vogt wechselt einen Blick mit ihr und nickt.

»Ja, richtig! Gut, dass Sie mich erinnert haben. Ich erkenne Sie. Sie haben diese Führung sicher schon oft gehört. Genau … die Weiße Dame, die hier in den Gängen lauert. Wir dürfen sie nicht vergessen. Man sagt, dass sie eigentlich Märta Trulsdotter hieß, und sie wurde für den Brand des Schlosses im Jahre 1671 verantwortlich gemacht. Das Schloss wurde ja mehrmals von Bränden heimgesucht. Sie wurde zum Tode verurteilt, war aber schwanger. Also wurde sie sechs Monate lang eingesperrt, bis sie entbunden hatte, und dann wurde sie enthauptet.«

Alle hören aufmerksam zu, es wird still, und Alex läuft ein kalter Schauer über den Rücken.

»Ja, hm, das war jetzt keine fröhliche Geschichte am Ende. Ich glaube, ich soll Sie jetzt in die Küche schicken, tut mir leid, dass es so lange gedauert hat.«

Alle applaudieren und trotten in Richtung Küche, die sich offensichtlich in einem renovierten Teil des Schlosses befindet. Alex geht ganz hinten, ohne mit jemandem zu sprechen. Er hat immer noch den herzzerreißenden Schrei in den Ohren.

Alex hat Kopfschmerzen, als er nach Hause fährt. Der Verkehr hat sich nicht beruhigt, es staut sich in beide Richtungen, und er kommt an unzähligen Wohnwagen und Wohnmobilen vorbei, die nach Norden unterwegs sind.

Eigentlich sollte er gleich zum Syd fahren, er ist schon den ganzen Nachmittag weg, und für den Abend gibt es viel zu tun. Die Tische eindecken, verschiedene Zutaten vorbereiten, Wein aus der Vorratskammer holen und noch so einiges mehr. Aber er denkt nur an Sofi.

Er nutzt die Fahrt, um die Besprechung zu verarbeiten. Er hofft, dass das Team seine Aufgabe erfüllen wird und dass die königliche Projektleiterin ihm die Zutaten zur Verfügung stellen wird, die er benötigt. Wenn er doch nur mit Cina darüber reden könnte. Er wünscht sich so sehr, dass ihre Beziehung wieder so wird wie früher. Aber sie ist zu sehr mit ihren eigenen Problemen beschäftigt, fühlt sich unausgeglichen, weil ihr der Alkohol fehlt, und er hat Angst, etwas zu tun, was ihre Rehabilitation gefährden könnte. Obwohl sie seine Mentorin ist, kann er sich im Moment nicht auf sie verlassen, er muss es allein schaffen. Aber er braucht jemanden, mit dem er wenigstens die praktischen Dinge besprechen kann, denn er will sich unter den älteren und erfahreneren Leuten im Schloss nicht verloren fühlen.

Als er fast zu Hause ist, denkt er an Thomas Turner, seinen alten Chef im Nord. Thomas, der unter anderem für das Nobel-Dinner verantwortlich war. Als Alex wegen Alice am verwundbarsten war, sagte Thomas ihm, dass er sich immer auf eine gute Referenz oder Hilfe von ihm verlassen könne. Thomas ist genau der Richtige. Ihn muss er um Rat fragen.

Als Alex schließlich den Motor abstellt, sinkt er in seinen Sitz zurück und schließt für einen Moment die Augen. Er greift zum Telefon. Doch bevor er anruft, googelt er Thomas' Namen, um zu sehen, wo er jetzt arbeitet. Der Gedanke, ihn noch einmal zu kontaktieren, ist in dem Moment gestorben, als er den ersten Suchtreffer sieht.

Ein wichtiges Puzzleteil bei Alice Duwals Rückkehr – Sternekoch Thomas Turner zurück in den Wäldern von Åre.

Er ist wieder bei Alice.

Thomas, der Alex und Sofi dabei unterstützt hat, damit das Restaurant geschlossen wurde. Der sich sogar von der Lokalpresse hatte interviewen lassen. Der Alice mehr zu hassen schien, als Alex je zu hoffen gewagt hatte.

Alex kann nicht mehr weiterlesen und steckt enttäuscht sein Handy in die Tasche. Dann fällt sein Blick auf den im Hof geparkten Saab, und Erleichterung macht sich in ihm breit.

Erst jetzt wird ihm bewusst, welch große Sorgen er sich gemacht hat. Ihm fällt auch auf, dass Sebbes weißes Fahrrad nirgends zu sehen ist. Das ist gut, Alex kann sich jetzt nicht um ihn kümmern. Er steigt aus dem Auto, reißt die Haustür auf und hört Sofi im Wohnzimmer rufen.

»Alex, bist du das?«

Er merkt sofort, dass da etwas nicht in Ordnung ist. Man hört es an ihrer Stimme.

Sie liegt auf dem Sofa, setzt sich aber auf, als er den Raum betritt. Ganz offensichtlich hat sie geweint. Auf dem Wohnzimmertisch liegen eine Rolle Küchenpapier und ein paar zerknüllte Papierkügelchen.

Er steht da, wartet und versucht, ihren Blick zu deuten. Sie wirkt weder gehetzt noch verärgert. Sondern sanft. Sie streicht über das Sofakissen neben ihr.

»Hier, komm und setz dich.«

Er geht langsam auf sie zu und wartet, bis sie ihm sagt, was es ist.

»Warum hast du nicht geantwortet? Oder zurückgerufen?«

Sie schüttelt abweisend den Kopf.

»Ich konnte nicht … Ich musste warten, wir …« Sie schaut zu Boden und atmet tief durch.

»Ich wollte, dass wir darüber reden, wenn wir uns persönlich treffen. Am Telefon ging das nicht.«

Er hält sie auf, er muss es wissen.

»Bitte, Sofi, sag mir einfach, was passiert ist.«

29

Alex geht die letzten Schritte auf Sofi zu und umarmt sie fest, um ihr zu zeigen, wie besorgt er ist. Er drückt sich neben sie auf das schmale Sofa und spürt, dass er sie nicht mehr loslassen will.

Sie nimmt seine Hände. Tränen laufen ihr über die gebräunten Wangen.

»Das. Das ist passiert.«

Sie lässt eine Hand los, beugt sich vor und hebt etwas vom Wohnzimmertisch auf.

Es sieht aus wie ein langer Bleistift oder eines dieser Plastikdinger, an denen man lutscht, wenn man mit dem Rauchen aufhören will. Dann sieht er, was es ist. Etwas, das er aus unzähligen Filmen kennt, aber noch nie in Wirklichkeit gesehen hat.

Er nimmt den Schwangerschaftstest in die Hand, betrachtet das weiß-blaue Plastik und die Schachtel, auf der ein kleines Kreuz blau leuchtet. Er trifft Sofis Blick. Jetzt lacht und weint sie gleichzeitig. Die Worte sprudeln unzusammenhängend aus ihr heraus, sie hält inne, um sich die Nase zu putzen, lacht wieder, weint wieder.

»Ich habe mir solche Sorgen gemacht, ich dachte, ich hätte eine Infektion oder so. Wo ich mich doch so schlecht gefühlt habe. Es tut mir leid, dass ich so mies zu dir war. Ich wollte dich nicht beunruhigen, aber ich habe viel gegoogelt und ja, ich bin einfach so erleichtert. Oder ich weiß nicht, ich habe nicht gedacht …«

»Aber … wann?«

Alex versucht rückwärts zu denken.

142

»Ich weiß es nicht genau. Aber ich glaube, es war Anfang Mai, als wir mitten in den letzten Renovierungsarbeiten steckten, vielleicht habe ich eine meiner Antibabypillen vergessen oder so.«

Er nimmt den Test in die Hand, schaut ihn an und versucht zu verstehen, was er bedeutet.

»Wenn du denkst, dass ich abwesend oder vielleicht mürrisch war, dann ist das der Grund. Meine Periode war verspätet, und ich dachte, ich könnte schwanger sein, aber ich war mir nicht sicher. Dann hatte ich eine Blutung und dachte, es sei meine Periode oder vielleicht eine frühe Fehlgeburt. Ich wollte dich nicht stressen, mit der Arbeit und allem. Dann wollte ich es nicht wahrhaben, so sehr wollte ich den Kurs machen. Aber jetzt bin ich mir ganz sicher.«

Sie verstummt. Sie sitzen auf dem Sofa und schauen sich an. Eine Fliege landet auf Alex' Schoß, er schaut zu, wie sie darauf hin und her wandert. Er hat noch nie darüber nachgedacht. Über Kinder. Das war immer etwas, das weit weg war, weit in der Zukunft, etwas, das für ihn noch nicht infrage kam. Warum auch, er ist ja erst zweiundzwanzig.

Sofi räuspert sich und schaut ihn ernst an.

»Wir haben noch nie darüber gesprochen.«

Er hält den Atem an, antwortet nicht. Lässt seinen Blick wieder auf dem Kreuz in dem Sichtfenster ruhen. Eine Wärme breitet sich in ihm aus, und er stellt sich seine kleinen Schwestern vor, als sie noch jünger waren. Er sieht sich und Sofi am Strand, zwischen ihnen ein Kind, das ihre Hände hält.

Alex bemerkt, dass er lächelt. Er rückt näher zu ihr auf das Sofa und drückt ihre Hand. Fest.

»Wow, Sofi. Das ist ein kleiner Schock.«

Sie nickt, zieht ein Stück Papier von der Rolle und schnäuzt sich laut, bevor sie ihm antwortet.

»Ich versteh schon, Alex. Du bist auch noch so jung.«

Er verdreht die Augen. »Ein paar Jahre jünger als du, meinst du.«

Er fängt an zu lachen, aber Sofi ist jetzt sehr ernst.

»Du weißt, was ich meine. Du bist ein Koch. Du willst Karriere machen. Bei allem, was jetzt los ist.«

Sie breitet die Arme aus und fängt wieder an zu weinen.

»Vielleicht ist jetzt nicht der richtige Zeitpunkt.«

Ihm wird klar, dass er keine Ahnung hat, wie viel Arbeit es ist, sich um ein Kind zu kümmern. Ein mulmiges Gefühl beschleicht ihn. Was, wenn dem Kind etwas zustößt, wenn es nicht klappt? Das Bild der Familie am Strand verschwimmt. Er weiß sehr genau, wie schnell so ein Familienglück ausgelöscht werden kann, sodass es nie wieder so sein wird, wie es einmal war. Seiner eigenen Familie ist das nach dem Mopedunfall passiert. Als ein kleines Mädchen ums Leben kam. Er schaudert und schüttelt den Kopf.

Sofi flüstert fast, als sie fragt: »Aber willst du es?«

Alex merkt, dass sie bei der Frage kaum atmet.

»Ich glaube schon, du auch?«, gibt er zur Antwort.

»Ja, Alex. Ich will das, jetzt, wo ich es ein bisschen verdaut habe, kann ich mir nichts anderes mehr vorstellen. Schade um meine neue Karriere als Sommelière, die muss ich jetzt auf Eis legen. Ich kann den Gedanken an den Geschmack von Wein im Moment kaum ertragen.«

»Aber wie war der Kurs, wenn du nichts probieren konntest?«

Sofi zuckt mit den Schultern und sieht aus, als würde sie gleich wieder weinen.

»Am Anfang war alles in Ordnung, aber dann fühlte ich mich komisch, mir war übel. Dann habe ich den Test gemacht. Am Ende musste ich versuchen, bei den theoretischen Teilen mitzuhalten, am Wein zu riechen und so gut wie möglich mitzukommen. Das meiste spuckt man ja sowieso aus, aber ich konnte nicht einmal den Geschmack von Wein im Mund haben, ohne mich übergeben zu müssen.«

»Wann ... Wann wird es kommen?«

»Ich glaube, er oder sie ... kommt Anfang nächsten Jahres zur Welt, aber das muss ich noch überprüfen.«

Alex ist das Geschlecht egal. Seine anfängliche Unsicherheit ist verflogen. Er will bei Sofi und ihrem Kind sein, das sie zusammenschweißen wird. Der Anfang von etwas ganz Neuem. *Ihrer beider Kind.* Er kann es kaum glauben.

Sofi legt den Kopf auf das grüne Sofakissen zurück und schließt die Augen.

»Gott, das ist so schwer zu fassen. Ich hätte nie gedacht, dass es mal so weit kommen wird ... Es gibt so viel zu organisieren. Ich weiß nicht mal, wo ich hier zu einer Hebamme gehen kann.«

Sie umarmt ihn. Sie sitzen noch eine Weile da, dann springt Sofi mit einem breiten Lächeln auf.

»Ich muss meine Mutter anrufen!«

Alex sieht sie in die Küche eilen und überlegt kurz, ob er zu seiner eigenen Familie Kontakt aufnehmen soll. Doch er beschließt zu warten. In einer Schwangerschaft kann alles passieren, und er will erst sicher sein. Würden er und seine Eltern sich näherstehen, würde er es ihnen natürlich erzählen. Aber nicht jetzt, jetzt will er, dass es ein Geheimnis zwischen ihm und Sofi bleibt.

Nach einer Weile greift er zu seinem Handy. Zwei verpasste Anrufe von Lea, eine SMS von Cina über das geplante Budget für die Dänen im nächsten Monat. Die Dänen. Eine Lösung, die sie viel zu schnell akzeptiert haben. Sie hätten warten sollen. Die Berichte an die Teilhaber werden noch mehr Zeit in Anspruch nehmen, Zeit, die sie nicht haben. Oder ist die Hilfe der Dänen ihre Rettung, jetzt, wo sie ein Kind bekommen?

Ganz oben in seinem E-Mail-Posteingang befindet sich eine E-Mail des Koordinators des Victoria-Dinners, in der er darum bittet, umgehend Informationen über die Menge einiger neuer Zutaten zu übermitteln, die er angefordert hat, und darüber, was bereits im Vorfeld zubereitet werden kann. Dazu kommt eine Liste mit scheinbar mindestens fünfzig weiteren Fragen.

Er klickt auf die Suchleiste. Der Link zu Thomas Turners Rückkehr ins Nord ist noch da. Er legt das Telefon beiseite, da er ohnehin nicht in der Lage ist, sich auf all die Fragen zu konzentrieren, die er beantworten soll. Nicht nach dem, was er gerade erfahren hat. Aus der Küche hört man Sofis aufgeregte Stimme, während sie mit ihrer Mutter telefoniert.

Alex muss ihr noch von der Uhr erzählen, von Sebbes Besuch und davon, dass die Videos in den Ordnern auf dem Computer fehlen. Sie müssen entscheiden, was zu tun ist, falls Alice ihnen wieder auf die Pelle rückt. Schließlich sind sie jetzt nicht mehr zu zweit, sondern zu dritt.

30

Jetzt ist es so weit, endlich sind alle bereit.

»Oui, chef«, schallt es in Alex' Ohren, der alle Teller checkt, bevor sie rausgehen. Gleich soll die Vorspeise den über sechshundert Gästen im Schloss serviert werden, und die dreißig Kellnerinnen stehen in einer langen Reihe bereit.

Weiße Zelte sind aufgestellt, und mit den Schlossmauern als Silhouette sieht es fast so aus, als wären sie bei einem Ritterturnier.

Alex ist nicht nur für all die feinen Gäste im Hof zuständig, sondern auch für ein VIP-Zimmer in einem der oberen Stockwerke, in dem die wichtigsten Gäste, darunter die königliche Familie, speisen.

Er weiß, dass die Geschmackskomposition endlich passt, aber der Weg dorthin war nicht einfach. Er fühlte sich, gelinde gesagt, wieder einmal nicht respektiert. Sein erster Vorschlag für die Vorspeise, die Terrine, wurde sofort abgelehnt. Kaum hatte er das Gericht erwähnt, erntete er verächtliche Blicke von den anderen Köchen, und als sie es probierten, scheiterte die Terrine krachend. Nicht gerade etwas, das man bei einem königlichen Mahl serviert, hieß es. Er ging nach Hause und dachte noch einmal ganz neu nach.

Die Projektleiterin war nicht besonders glücklich darüber, dass die Dinge nicht reibungslos liefen. Es blieb nicht mehr viel Zeit, um alles zu deichseln. Hinzu kam, dass Manfred, einer der anderen Köche, davon ausgegangen war, er würde Hans ersetzen, und als Alex dann auftauchte, war er durchgedreht.

Am Ende wurde Alex ständig angefeindet und infrage gestellt, egal ob es um die Auswahl der Gerichte oder die Menge der Zutaten ging.

Alex versuchte, nicht einzuknicken, und griff auf die Erfahrungen von der großen Osterfeier im Nord zurück. Bei der Vorspeise gab er jedoch nach, sie musste ersetzt werden, trotz Zeitmangel und Manfreds höhnischem Grinsen.

Aber das große Geheimnis, das er und Sofi jetzt hüten, bewirkt, dass ihn das nicht mehr so anfasst wie früher. Im Vergleich dazu erscheint ihm alles andere armselig und unwichtig.

Die Vorbereitungen der letzten intensiven Stunden sind weitgehend reibungslos verlaufen, aber Alex spürt noch immer den Widerstand in der Küche. Alle rennen durcheinander, es gibt kein Durchkommen, der Lärmpegel ist hoch, und er betet im Stillen, dass alles glattgeht.

Unter den Kellnerinnen ist zu hören, dass eines der Pferde in Victorias Umzug ausgeschlagen hat und in letzter Minute ausgetauscht werden musste. Ansonsten scheint es aber keine Pannen bei der großen öffentlichen Feier gegeben zu haben. Angesichts der vielen königlichen Gäste aus anderen europäischen Ländern sind die Sicherheitsvorkehrungen natürlich sehr streng. Neben den Adeligen sitzt auch eine große Gruppe von Künstlern des abendlichen Tribute-Konzerts in einem der Zelte. Die Liste der Ausnahmen für diesen Tisch war sehr lang und reichte von Laktose- und Glutenunverträglichkeiten über Allergien bis hin zu besonderen Geschmacksvorlieben. Im Gegensatz dazu gab es bei den lokalen Persönlichkeiten keine Besonderheiten oder Ausnahmen. Sie scheinen sowohl tolerant als auch in der Lage zu sein, alles zu essen, was auf der Speisekarte steht.

»Alex, kommst du bitte zum Haupteingang?«, ruft die Eventmanagerin vom anderen Ende der Küche. Er hört an ihrer Stimme, dass er alles stehen und liegen lassen und sofort kommen soll. Auf dem Weg zu ihr hat er Zeit, sich mindestens zehn Dinge auszumalen, die schiefgegangen sein können. Er hofft, dass nichts auf einen Gast verschüttet worden ist und dass genügend Teller vorhanden sind. Doch dann stellt sich heraus, dass sie ihn jemandem vorstellen will.

Eine schlanke Frau mit langen dunklen Haaren, einem grünen Seidenkleid und einem netten Lächeln reicht ihm die Hand. Natürlich erkennt er sie sofort.

»Hallo, Alex, mein Name ist Sofia. Ich bin die Frau von Prinz Carl Philip und möchte mich für die fantastische Vorspeise und das ganze Arrangement bedanken. Wirklich gut organisiert und obendrein recht kurzfristig, wie man uns gesagt hat.«

Alex verbeugt sich reflexartig und nimmt das Lob entgegen. Er weiß nicht, was er sagen soll.

»Es ist immer schön, wenn das Essen präsentiert wird. Könnten Sie zu uns nach oben kommen und uns erklären, was wir bekommen haben und was uns noch erwartet?«

»Natürlich, natürlich, ich komme gleich.«

Erst als er den Satz beendet hat, fällt ihm ein, dass er sie Prinzessin Sofia hätte nennen sollen, aber alles kam so plötzlich, dass er spürt, wie er knallrot wird. Jetzt ist es zu spät.

»Danke. Bis gleich.«

Alex bemerkt, welch einen Fehler er begangen hat. Es ist vollkommen an ihm vorbeigegangen, dass er eine Rede halten soll. Niemand hat ihm gesagt, dass er das Essen für den exklusiven Kreis präsentieren soll, er hat angenommen, dass sie unter sich sein wollen. Nachdem Prinzessin Sofia verschwunden ist, taucht die Managerin wieder auf. Sie sieht nicht glücklich aus.

»Hat Manfred dir das nicht gesagt? Der Chefkoch stellt immer das Abendmenü vor. Ich dachte, das sei selbstverständlich.«

Aus dem Augenwinkel sieht Alex, dass Manfred grinst.

»Na ja, ich fange immer nach der Vorspeise an. Ich finde es schöner, ihnen zu sagen, was sie gerade probiert haben, und dann den Rest des Menüs zu skizzieren.«

Auf keinen Fall wird er Manfred zeigen, dass ihn das Täuschungsmanöver aus der Spur wirft. Beide wissen nur zu gut, wie die Hierarchie in der Küche funktioniert.

Die Frau schaut ihn an, als sei er ein Trottel.

»Normalerweise machen wir das hier nicht so. Aber diesmal lassen wir es so durchgehen.«

Sie macht auf dem Absatz kehrt, und Alex geht sich die Hände waschen.

In der Küche scheint alles glattzulaufen, und er gibt den anderen Köchen Bescheid, dass er gleich zurück sein wird. Für den Weg durch die verwinkelten Gänge und über die Treppe zum VIP-Raum braucht er mindestens fünf Minuten, also beschleunigt er seine Schritte.

Unterwegs begegnen ihm Kellnerinnen mit Gläsern und Flaschen. Drinnen ist es laut. Nun gilt es. Schweiß rinnt ihm den Rücken hinunter, sein Kiefer verkrampft sich, er nimmt sich ein paar Sekunden Zeit, um durchzuatmen und sich zu sammeln, um nicht außer Atem zu geraten, aber er ist sich nicht sicher, ob das hilft. Es bringt nichts, zu lange zu warten, es ist besser, einfach anzufangen, er wird sonst nur noch nervöser.

Er schaut in den Raum, der eigentlich Teil eines offenen Gangs ist, in der Nähe des Fensters, durch das er bei der Führung fast hinabgestürzt wäre. Die Decke ist mit Segeltuch bespannt, auf dem Steinboden liegen Teppiche. Die Tische sind mit dicken handgewebten Tischdecken und Kerzenleuchtern dekoriert. Ein wunderschönes langes, schmales Blumenarrangement in Form einer Sommerwiese mit hübschen Gräsern, Tausendschön, Glockenblumen und blassen Rosen ist angerichtet. Das Licht des Sommerabends lässt die alten Steinmauern in einem Wechselspiel aus Schwarz, Weiß und Grau erstrahlen.

Alex betritt den Raum, und es dauert ein wenig, bis er die Aufmerksamkeit der Gäste auf sich gezogen hat. Als sich alle Blicke auf ihn richten, fühlt er sich endlich sicher. Manfred ist der Letzte, der ihn aus der Ruhe bringen kann.

Die ganze Zeit über hat er innerlich die einleitenden Phrasen wiederholt. *»Eure Majestät, Eure Königlichen Hoheiten, meine Damen und Herren ...«* Er muss alles in die richtige Reihenfolge bringen, jeden bei seinem entsprechenden Titel nennen, bevor er mit seiner Präsentation beginnen kann, er will sich ja nicht noch mehr blamieren.

Als er alle Titel aufgezählt hat und endlich über das Essen sprechen kann, kommt er in Schwung. Zum ersten Mal fühlt er sich wohl dabei, die Zutaten und die Zubereitungstechniken zu beschreiben. Zu seiner Überraschung sprudelt es nur so aus ihm heraus, als hätte er noch nie etwas anderes gemacht.

Alex versucht, an Thomas zu denken, die Sätze so zu formulieren, wie er es immer tut, eine Geschichte zu erzählen und nicht nur die Gerichte aufzuzählen. Er ist gerade beim Dessert angelangt und hat nur noch die verschiedenen Käsesorten und Beilagen vor sich, als sein Blick auf einen Gast ganz unten rechts am Ende des Tisches fällt. Er hatte sich zurückgelehnt, verdeckt von seiner Tischnachbarin und dem großen Blumenarrangement, aber jetzt beugt er sich vor und schaut Alex aufmerksam an.

Ein Gesicht, das er kennt, auch wenn es sich verändert hat. Er hält kurz inne und fragt sich, ob er richtig sieht.

Theodor Duwal.

Alice' Stiefsohn und Sohn des verstorbenen Carl Duwal.

Alex reißt seinen Blick von ihm los und bringt die Präsentation wie auf Autopilot zu Ende. Spontaner Applaus folgt, er verbeugt sich kurz, dreht sich um und begegnet den ersten

Kellnerinnen, die gerade mit dem Hauptgang hereinkommen.

Er spürt, wie sein Herz heftig in der Brust schlägt, seine Ohren sind fast taub, sein Kopf dröhnt. Den Vortrag hat er schon vergessen, er erinnert sich nur noch an Theodors Blick, als er seinem begegnete.

Was macht Theodor hier? Er muss ihn noch einmal sehen, um sicherzugehen, dass er sich nicht getäuscht hat. Vielleicht kann er später ein paar der Dessertteller persönlich vorbeibringen. Bedeutet das, dass Alice auch hier ist? Alex ist sich sicher, sie nicht am Tisch gesehen zu haben.

Auf dem Weg zurück in die Küche ist in einem der Gänge das Licht ausgegangen, und er stolpert über den rauen Steinboden. Als er aufstehen will, trifft ihn ein heftiger Stoß, und ehe er sichs versieht, wird er durch eine Seitentür gedrückt und fällt eine Treppe hinab. Hinter ihm kracht die Tür mit einem lauten Knall ins Schloss.

31

Vorsichtig tastet Alex einen Ellenbogen ab. Dieser ist nass und warm unter dem dicken Stoff seines Kochmantels und schmerzt. Er presst seine Hand auf den Arm, um die Blutung zu stoppen. Der Stoff ist zerrissen, aber es ist wohl glimpflich ausgegangen, nichts scheint gebrochen zu sein. Er tastet die Umgebung ab und versucht, seine Augen an die Dunkelheit zu gewöhnen, um etwas zu erkennen. Er steht auf, an die Wand gelehnt, die so feucht und kalt ist wie der Boden unter ihm. Um ihn herum ist es finster, und sein Herz schlägt immer schneller. Panik überkommt ihn. Er muss versuchen, hier rauszukommen!

Die Decke ist niedrig, aber er kann sich gerade noch aufrichten. Er stützt sich mit den Händen an der Wand ab und bewegt sich vorsichtig vorwärts, einen Schritt nach dem anderen. Er muss die Treppe wieder erreichen und die Tür öffnen. Etwas rollt vor seine Füße. Er bückt sich. Er erkennt die Form und den Geruch. Kartoffeln. Das muss der alte Kartoffelkeller sein, den der Vogt ihnen gezeigt hat, in der Nähe der Stelle, an der die Frau geschrien hat. Sie haben Säcke und Kartoffeln als Requisiten aufgestellt, zusammen mit alten Fässern, um zu zeigen, wie früher Lebensmittel gelagert wurden. In solchen Räumen suchten die Menschen Zuflucht und verbrannten doch, als die Burg in Flammen aufging. Ein Schauer läuft Alex über den Rücken beim Gedanken an diese Geschichten.

Er steigt die Treppe hinauf und drückt auf die Klinke, aber die Tür lässt sich nicht öffnen. Er versucht zu drehen, zu schieben, zu hämmern, aber sie lässt sich nicht bewegen. Er schreit um Hilfe, fragt sich, wie viele Minuten vergangen sind. Er muss zurück in die Küche. Sein Puls rast, und er tastet verzweifelt um sich, weil er Angst hat, in der Dunkelheit wieder zu fallen. Da läuft ihm etwas über die Füße. Eine Ratte.

Die Verantwortlichen der Burg hätten wissen müssen, dass Essen als Requisiten Tiere anlockt. Allein der Gedanke, dass es hier unten noch mehr Ratten geben könnte, treibt ihm den Schweiß auf die Stirn. Er muss hier raus. Und zwar sofort. Er schreit weiter:

»Hallo, hallo, hört mich jemand?«

Die Tür besteht aus dicken, alten Holzbrettern, die nicht nachgeben. Sein Handy hat er nicht dabei. Es ist sicher in der Schürze verstaut, die er in der Küche ausgezogen hat, kurz bevor er losgegangen ist, um das Essen zu präsentieren. Er rüttelt und klopft immer verzweifelter.

Dann öffnet sich die Tür, und er stolpert hinaus, wobei er fast auf einer der Kellnerinnen landet. Er ist überrascht, als er sieht, dass es das Kaugummimädchen ist.

»Ich habe ein paar Jungs darüber reden hören, wie sie dich in den Kartoffelkeller gesperrt haben. Eine beschissene Aktion. So kindisch.«

Alex richtet sich auf und läuft in Richtung Küche.

»Danke! Ich muss los, der Nachtisch wird gleich serviert.«

Er versucht, so zu tun, als wäre nichts, aber innerlich kocht er. Dieser Manfred scheint wirklich krank im Kopf zu sein. Aber Alex weiß genau, wie das läuft. An ihn kommen sie nicht ran. Das Essen ist gut, die Komposition der Aromen wird die Gäste beeindrucken. Er hat sich diese Chance verdient, er hat bewiesen, dass er eine solche Veranstaltung bewältigen kann. Eifersüchtige Köche können ihn nicht aus der Ruhe bringen.

Aber Theodor Duwal zu sehen ist etwas ganz anderes. Er weiß nicht, wie er damit umgehen soll, dass die Vergangenheit ihn einzuholen scheint.

Alex eilt über den Burghof an der großen Küche vorbei und schlüpft in eine Toilette. Er wäscht sich gründlich Gesicht und Hände, trocknet sich mit Papiertüchern ab. Sein Ellbogen ist rot und geschwollen, aber er blutet nicht mehr. Er zieht die hochgekrempelten Ärmel herunter und richtet sich die Haare. Bevor er in die Küche geht, zieht er seinen Kochmantel aus und holt einen neuen aus dem Lager.

Das Erste, was er sieht, als er die Küche betritt, sind die überraschten Gesichter von Manfred und zwei der anderen Köche. Offensichtlich wollten sie ihn ausschalten, um sich im nächsten Jahr nicht mit ihm herumschlagen zu müssen. Alex würdigt sie keines Blickes. Stattdessen geht er direkt zu einigen der anderen Köche, um sie zu ermutigen und zu loben. Er achtet darauf, dass alles glattläuft, von der Dekoration des wunderschönen Orangenkuchens bis zur Sanddornmousse auf den Desserttellern. Dann geht er zu den Zelten, um die Gäste zu begrüßen. Als der Nachtisch serviert wird, nimmt er sich selbst ein paar Teller und geht zurück in den VIP-Raum.

Als er dem Paar, das gegenüber den anderen Gästen in der Ecke sitzt, die Sanddornmousse mit der kräuselnden Karamellsauce vorsetzt, ist es so weit. Vorsichtig mustert er die Person, die rechts hinten sitzt. Der junge Mann schaut auf, und ihre Blicke treffen sich.

Kein Zweifel, Theodor Duwal erkennt ihn. Offensichtlich ist er aus dem Krankenhaus entlassen und verkehrt wieder in den Kreisen, in denen er sich vor dem Unfall bewegt hat.

Alex schaut ihn in der kurzen Sekunde, die ihm bleibt, bevor er den Raum verlassen muss, so intensiv an, wie er kann. Theodor sieht genauso aus wie auf den Bildern, die Alex in Carls Zimmer im Nord und in den Medien gesehen hat, aber sein Haar ist kurz geschnitten, und auf einer Wange befindet sich eine große, hässliche Narbe, die sich über seine Stirn und seinen Schädel zieht. Er ist dünner als auf den Fotos, die Alex von ihm gesehen hat, seine Augen sind eingefallen und seine Wangen blass.

Die Schlagzeilen der Boulevardpresse über seine Anwesenheit beim Victoria-Dinner sind wahrscheinlich nur noch wenige Stunden entfernt. Theodor schaut Alex an und nickt ihm kurz zu. Alice sieht er zum Glück nicht.

Als Alex in die Küche zurückkommt, ist er aufgewühlt. Den Rest des Abends verbringt er wie in Trance. Er reagiert kaum, als die Eventmanagerin ihn vor allen Mitarbeitern in den höchsten Tönen lobt und mit den Worten schließt, sie habe die Ehre, ihm mitzuteilen, dass die königliche Familie ihn im nächsten Jahr wieder mit der Ausrichtung dieses glanzvollen Dinners betrauen möchte.

Manfred wirft ein Küchentuch auf den Boden und stapft davon. Alex nickt und versucht, dankbar auszusehen. Er braucht frische Luft, entschuldigt sich und verlässt die Küche in Richtung Innenhof.

Draußen ist der Sommerhimmel verblasst, er sieht eine schwache Mondsichel und ein paar Wolken vorbeiziehen. Gerade will er zurückgehen, als ihm jemand auf die Schulter klopft. Er dreht sich um, und da steht er.

Theodor Duwal.

»Alex?«

Alex zögert. Er nickt, kommt aber nicht näher.

»Meinst du, wir können woanders hingehen?«

Alex weiß nicht, was er davon halten soll, dass Theodor seinen Platz verlassen hat und zu ihm gekommen ist.

»Okay«, antwortet er und versucht, gelassen zu klingen.

Sie gehen ein Stück in den Hof hinaus, Theodor führt Alex hinter einen Torbogen, wo sie für Gäste und Personal, die vorbeikommen könnten, nicht sichtbar sind.

Alex verkrampft sich. Sein Ellbogen pocht. Er weiß nicht, ob er Theodor trauen kann, er könnte als Bote für Alice hier sein. Allerdings ist er Carls Sohn, und Carl war auf Alex' Seite.

Theodor beugt sich vor, senkt die Stimme und beginnt zu sprechen.

»Ich weiß, dass du mich erkannt hast, und ich wollte dich schon lange sehen. Mein Vater hat …«

Er zögert eine Sekunde, sein Blick verweilt auf Alex' Gesicht, als überlege er, ob er es wagen soll, weiterzumachen.

»Als ich gehört habe, dass du hier Chefkoch bist, habe ich die Einladung angenommen.«

Er hält inne und senkt seine Stimme weiter. Alex muss sich ganz dicht vorbeugen, um zu hören, was er sagt. Er bemerkt ein Zucken an einer von Theodors Augenbrauen und fragt sich, ob es die unwillkürliche Bewegung eines beschädigten Nervs ist. Er weiß, dass Theodor sich seit dem Unfall nicht mehr in der Öffentlichkeit gezeigt hat, und Alex fragt sich, wie er sich wirklich fühlt. Vielleicht geht er mit seiner Anwesenheit heute Abend ein großes Risiko ein.

»Ich war mir nicht sicher, ob du mich treffen willst, deshalb habe ich bis jetzt nicht versucht, dich zu kontaktieren. Jedenfalls wollte ich mich bedanken, dass du meinem Vater geholfen hast, Informationen über meine Stiefmutter zu sammeln.«

Theodor schaut ihn an, Alex sieht Dankbarkeit und gleichzeitig einen Hauch von Wut in seinen Augen. »Papa konnte mir alles erzählen, bevor er gestorben ist.«

Alex nickt, aber etwas sagt ihm, dass das nicht der einzige Grund ist, warum Theodor zu ihm gekommen ist.

»Ich habe das Video jetzt, nur damit du es weißt. Es ist in Sicherheit, aber …«

Wieder zögert er, schaut sich um. Alex folgt seinem Blick. Ein paar Schwalben fliegen über die Ruine hinweg.

»Ehrlich gesagt weiß ich nicht, ob das noch als Absicherung ausreicht. Immerhin sind wir beide lebende Zeugen.«

Theodor tritt einen Schritt näher und beugt sich vor, um die letzten Worte zu flüstern.

»Seit damals ist so viel passiert. Alice kennt keine Grenzen mehr.«

Alex nickt, gibt aber keinen Laut von sich. Er verarbeitet, was Theodor ihm sagen will. Beide zucken zusammen, als eine der Kellnerinnen hinter einer Säule auf der anderen Seite des Hofes auftaucht und irgendwohin eilt, ohne in ihre Richtung zu schauen. Sie scheint nicht einmal zu bemerken, dass sie da sind. Einen Augenblick später strömt eine große Anzahl von Gästen die Treppe hinunter. Das Galadiner ist vorbei, die Menschen begeben sich nach draußen.

»Ich bin nicht nur gekommen, um mich zu bedanken, sondern auch, um dich zu warnen.« Theodor schaut sich um. »Wir haben ein gemeinsames Problem, und wenn etwas passiert, müssen wir uns gegenseitig helfen. Dafür habe ich einige Pläne.«

Weitere Gäste erscheinen, und plötzlich verstummt er. Es ist klar, dass Theodor sich zurückziehen muss, bevor sie jemand zusammen sieht. »Eins noch: Du musst damit rechnen, auf die eine oder andere Weise beobachtet zu werden. Es ist mir gelungen, Zahlungen von einer von Alice' Firmen an jemanden in der Region zurückzuverfolgen. Leider ist der Name des Empfängers verschlüsselt. Ich werde versuchen, mehr Informationen zu bekommen. Aber Vorsicht, es gibt immer jemanden, der im Auftrag von Alice handelt.«

Bevor Alex fragen kann, wer das sein könnte, verschwindet Theodor Duwal in der Menge.

32

Alex legt sich auf das ausgebreitete Handtuch und versucht, sich zu entspannen. Er zwingt sich, die Augen zu schließen, um zu spüren, wie die Sonne seine Haut wärmt und seinen Körper nach dem gemeinsamen Bad trocknet. Sofi ist in den kleinen Kiosk verschwunden, um Eis zu kaufen.

Er gibt auf, setzt sich hin und betrachtet seine Umgebung. Ein ehemaliger Kalksteinbruch, der zu einer Badestelle umgebaut wurde. Die grauweißen Felsen erheben sich über einem natürlichen Becken mit türkisfarbenem Wasser. Es ist ein kühles Plätzchen, und wenn man bedenkt, dass es nur einen Katzensprung von zu Hause entfernt ist, ist es seltsam, dass sie hier noch nie gebadet haben.

Der Termin bei der Hebamme war so überraschend schnell vorbei, dass Alex nicht Nein sagen konnte, als Sofi ihn gebeten hat, noch zu bleiben. Sie haben sich ohnehin den ganzen Vormittag freigenommen, aber die Unruhe nagt an ihm.

Auf der Entbindungsstation haben sie erfahren, dass Sofi die kritischsten Wochen der Schwangerschaft hinter sich hat und sich das Baby normal entwickelt. Der Geburtstermin ist im Januar. Das sind nur noch kaum sechs Monate. Sofis Bauch ist noch flach, und sie haben beschlossen, die Nachricht vom Baby noch eine Weile für sich zu behalten, nicht einmal die Leute im Restaurant wissen davon. Nur die Familie weiß Bescheid. Sofis Familie – zu seiner eigenen hat er ja schon lange keinen richtigen Kontakt mehr. Alex fragt sich, was seine Mutter dazu sagen würde. Das erste Enkelkind. Er glaubt, sie würde sich freuen.

Zwei Jugendliche springen gemeinsam von den Felsen und schreien, als sie ins Wasser stürzen. Alex' Blick wandert weiter zu einer jungen Mutter, die einem kleinen Mädchen mit Schwimmflügeln hilft. Er kann kaum glauben, dass er in ein paar Jahren als Vater vielleicht dasselbe tun wird.

Sein Blick wandert zwischen all den Menschen um ihn herum hin und her. Seit der Begegnung mit Theodor kann er sich nicht mehr entspannen, und er weiß, dass es Sofi genauso geht. Obwohl er sie nicht zu sehr beunruhigen wollte, musste er ihr von Theodors Warnung erzählen, und sein Verdacht hat sich seitdem noch verstärkt. Könnte jemand im Auftrag von Alice seine Reifen aufgeschlitzt und im Haus herumgeschnüffelt haben? Oder steckt doch Sebbe dahinter? Plötzlich erscheint Sebbe als ein viel kleineres Problem im Vergleich zu dem anderen. Alice' unbekannter Lakai.

Soweit ihm bekannt ist, war das Verhältnis zwischen Alice und ihrem Stiefsohn von Anfang an angespannt, deshalb hat er keinen Grund, Theodor nicht zu vertrauen. Auch wenn er sich lieber nicht in den Konflikt zwischen Theodor und Alice einmischen möchte. Alex weiß eigentlich nur, dass Theodor Alice schon immer gehasst hat, weil sie die Beziehung zwischen ihm und Carl gestört und ihn früh auf verschiedene Internate im Ausland geschickt hat. Aber jetzt geht es wohl um das Erbe, darum, was nach Carls Tod mit all dem Geld und dem Besitz geschehen soll. Alex seufzt schwer. Wenn er und Sofi doch nur alles vergessen und normal weiterleben könnten.

Alex schaut zum Kiosk. Er sieht Sofis gelbes T-Shirt und die abgetragenen Jeans am Ende der langen Schlange. Er geht schnell auf Instagram, um Alice' öffentliches Konto zu überprüfen, das um Zehntausende Follower gewachsen ist, seit sie die Moderatorin von Generation Z ist und auf jedem Magazincover prangt.

Als er durch ihren Feed scrollt, sieht er nichts als warme, positive Kommentare darüber, wie gut und stark sie ist, wie sehr die Leute ihre Ehrlichkeit schätzen, wenn sie ihr Leben teilt. Wahrscheinlich hat sie einen Mitarbeiter, der alle negativen Kommentare löscht, sobald sie auftauchen.

Sein Herz klopft ihm bis zum Hals, als ihm klar wird, dass sie gerade in Cagnes-sur-Mer zu sein scheint. Weit weg von ihnen und doch nur ein paar Flugstunden entfernt. Dann sieht er, wie Sofi den Kiosk verlässt, und schiebt das Handy wieder unter das Handtuch. Sie steht vor ihm, in der einen Hand ein 88, in der anderen ein Iglu.

»Guck mal! Du darfst wählen.«

Alex lächelt und kann nicht anders, als auf ihren Bauch zu schauen. Noch würde sie niemand für schwanger halten, aber es wird nicht mehr lange dauern. Bei dem Gedanken wird ihm schwindelig, aber vor allem freut er sich. Er greift nach dem 88 und legt den Kopf schief.

»Aber die Hälfte deines Eises gehört doch auch mir, oder?«

Er zeigt auf das Eis in Sofias Hand, das bereits schmilzt und in zwei Hälften geteilt ist.

»Was? Willst du mich veräppeln? Versuchst du, einer schwangeren Frau ein Eis zu klauen?«

Sofi hält die beiden Eis und weicht ihm scherzhaft aus.

»Weist du mich etwa ab? Ich bin der Papa deines Kindes«, stichelt er zurück.

Er kann kaum glauben, dass dieses Wort mit ihm in Verbindung gebracht wird. Papa. Sofi lacht, wirft sich neben ihn auf das Handtuch und streckt sich in der Sonne. Alex wünscht sich, er könnte wenigstens so entspannt aussehen. Dann beschließt er, jeden Gedanken an Alice und Theodor beiseitezuschieben und sich in den nächsten Minuten nur auf das Eis zu konzentrieren, das an seinen Fingern hinunterläuft. Es ist Jahre her, dass er ein 88 gegessen hat, und doch schmeckt es wie damals in seiner Kindheit. Das Wasser ist spiegelglatt, es ist ausnahmsweise windstill. Sofi zieht sich aus, um sich in ihrem weißen Bikini zu sonnen. Aber Alex kommt nicht zur Ruhe, er dreht und wendet sich ständig. Obwohl sie weit weg ist, geht ihm Alice nicht aus dem Kopf.

Als sie wieder im Syd ankommen, steht die Luft fast. Kaum haben sie das Auto geparkt und die Türen geöffnet, hört er die Klänge einer Jazzband. Es sind Leas Bruder und seine Freunde, die hier Ferien machen und gefragt haben, ob sie auftreten dürfen, und zu Alex' Überraschung klingt es richtig gut.

Die Tatsache, dass sie tagsüber weg waren, erlaubt es ihm, das Restaurant für einen Moment von außen zu betrachten. Die schönen alten Mauern, der wilde Wein, der über die Pergola klettert, die Gartenmöbel, der Kalksteinboden, der Duft der Pizzen, die die Gäste bestellt haben.

An den Außenmauern winden sich Weinreben, und in großen gusseisernen Töpfen blühen Stockrosen, Sonnenblumen und Kapuzinerkresse. Die Landschaft dahinter erstreckt sich wie eine Savanne bis hinunter zum Wasser. Eine blonde, sonnengebräunte junge Frau nippt an einer Campari-Schorle, lacht viel und sagt etwas zu ihrer Freundin, einer Brünetten mit langem Lockenkopf und großer Filmstarbrille, die ein Glas Cava vor sich stehen hat. Er sieht, wie sie sich amüsieren. Lea stellt ihnen eine Schüssel mit Linsenchips hin, und sie lächeln dankbar.

Ein Stück weiter sitzt eine Familie mit gleich drei Kindern. Die Älteren haben sich über einen Teller mit Wurst hergemacht, er sieht ein paar leere Olivenschälchen, während der Jüngste in seiner Windel im Gemüsegarten herumtollt. Die Zikaden zirpen im Rhythmus der Jazzband, das gelbe Gras leuchtet in der Nachmittagssonne, und er sieht es mit aller Deutlichkeit: Hier will man sein. Das ist es, was seine, Sofis und Cinas Liebe zu diesem Ort geschaffen haben, eine Atmosphäre, die man spüren kann.

Plötzlich versteht er, warum sie so viele Fans haben und warum den ganzen Sommer über Prominente kommen. Für einen kurzen Moment ist er stolz. Das ist ein Restaurant, in dem er gerne mit seinen Freunden abgehangen hätte, wenn er denn welche hätte. Emil, Peder, José. Alte Freunde, die nicht mehr da sind. Oder besser gesagt Leute, die er für Freunde hielt, die sich aber als etwas anderes herausstellten. Seit er vierzehn war, als der Unfall passiert ist und alle ihn darauf wie einen Aussätzigen behandelten, hat er keinen richtigen Freund mehr gehabt. Er macht ein paar schnelle Schritte und sammelt im Vorbeigehen die leeren Olivenschälchen ein. Dabei schaut er nach, ob alles in Ordnung ist, lächelt den Frauen an der Bar zu und tut, als würde er nicht merken, wie sie ihm mit ihren Blicken folgen.

Nach Alex' Einschätzung sind sie Anfang vierzig. *Jünger als Alice.* Sie dürfen ihm gern nachschauen.

Immer mehr Gäste trudeln ein, viele scheinen direkt vom Strand zu kommen und lassen sich im Hof neben dem Pizzaofen nieder, wo die Stimmung immer besser wird. Normalerweise trinkt er nicht, wenn er arbeitet, aber nach dem Vormittag im Kalksteinbruch hat er leichte Kopfschmerzen und öffnet eines der neuen Biere von Skedemosse Gårdsbrygeri. Es heißt »Die richtige Seite der Brücke«, und heute Abend befinden sich im Syd alle tatsächlich auf der richtigen Seite der Brücke.

Er bindet sich ein Tuch um die Stirn, um seinen dunklen Pony aus dem Gesicht zu halten. Sein Haar ist zu lang, aber er hatte noch keine Zeit, zum Friseur zu gehen. Dann beginnt er, die Hühnchen für das Hauptgericht des Abends zu zerlegen. Neben jedem Schenkel macht er zwei leichte Schnitte und dreht den Schenkelknochen um, sodass die Kugel sichtbar wird. Dann schneidet er die Haut so nah wie möglich am Knochen ein, bis der erste Hähnchenschenkel freiliegt. Er richtet die Flügel auf und setzt das Messer genau am Gelenk an, bevor er einen geraden Schnitt durchführt. Schließlich reißt er die Haut des Huhns auf und findet das Brustbein, wo er mit einem feinen Schnitt die Filets entfernt. Die Reste legt er in einen Topf, um später eine Brühe zu kochen. Alles wird verwertet.

Der Schweiß rinnt in Strömen, aber dagegen ist nichts zu machen. Die Hitze ist gut für sein Geschäft, aber schlecht für die Bauern. Seit über einem Monat hat es in ganz Europa nicht mehr richtig geregnet. Die Dürre trifft diejenigen, die von der Landwirtschaft leben, besonders hart, und er ist froh, dass das Syd einen eigenen Brunnen hat, sonst wäre es eine Katastrophe für den Garten. Die Gemeinde hat im Mai ein Bewässerungsverbot verhängt, und jeder ist aufgefordert, so wenig Wasser wie möglich zu verbrauchen.

Auch Feuer sind nicht mehr erlaubt, und die großen Lagerfeuer am Strand in den hellen Sommernächten gehören der Vergangenheit an. Letzte Woche stand in der Zeitung ein Bericht über einen bis auf die Grundmauern niedergebrannten Stall, in dem sich noch etwa hundert Tiere befanden. Der Hof selbst blieb unversehrt, Menschen wurden nicht ernsthaft verletzt. Aber in weniger als einer Stunde wurde die Existenz einer Familie zerstört. Alex eilt in die Küche, um frische Küchentücher zu holen, und auf dem Rückweg sieht er Lea mit dem Rücken zu ihm in der Nähe der Toilette stehen. Sie hält den Kopf gesenkt, und sein erster Gedanke ist, dass sie traurig ist oder dass etwas passiert ist. Aber als er näher kommt, sieht er, dass sie telefoniert. Er geht ein paar Schritte auf sie zu, hört ein paar geflüsterte Worte.

»Okay, okay, mache ich.«

Dann legt sie auf und dreht sich um. Als sich ihre Blicke treffen, steckt sie das Handy schnell in ihre Schürzentasche, lächelt ihn an und eilt in die Küche. Alex folgt ihr langsam mit Tüchern. Verheimlicht Lea ihm etwas, oder ist er nur paranoid? Sie war in den letzten Wochen für ihn wie ein Fels in der Brandung. Das ergibt keinen Sinn. Vielleicht wollte sie nur etwas Privates unter vier Augen besprechen. Aber nach der Begegnung mit Theodor misstraut er allem und jedem.

Sofi steht in der Tür und lässt das Essen im Eiltempo servieren. Alex bemerkt, dass viele Leute Pizza statt Hähnchen bestellt haben und die Kellner sich anstrengen müssen, die Gerichte an den Mann oder die Frau zu kriegen. Er sagt es Sofi und fügt hinzu: »Vergiss nicht, dich zu schonen, du hast doch gehört, was Ulla gesagt hat.«

Sofi schaut verwirrt.

»Ulla? Unsere Hebamme«, erinnert er sie.

»Haha! Du erinnerst dich an ihren Namen, Gott, du bist so süß.«

»Natürlich erinnere ich mich, ich weiß alles, was sie gesagt hat, unter anderem, dass man sich nicht überanstrengen soll, wenn man ein Kind erwartet.«

»Hm, sie hat auch gesagt, dass eine Schwangerschaft keine Krankheit ist und dass man, solange es einem gut geht, im Grunde so leben kann wie immer.« Sofi zwinkert ihm zu.

»Im Ernst, ich möchte nicht, dass dir oder dem Kind etwas passiert.«

Sofi stöhnt und dreht sich um. »Ich bin es nicht gewohnt, eine ruhige Kugel zu schieben.«

Er lächelt sie an. In dem Moment stürmt eine der Aushilfen herein. Sie sieht gehetzt aus.

»Äh … Dieser Tisch … Die beschweren sich über irgendwas.«

Das Mädchen deutet auf eine Gruppe in der Ecke. Sofi wirft Alex einen vielsagenden Blick zu und geht in den Gastraum. Einen Moment später ist sie wieder da.

»So, jetzt ist alles geklärt.«

Alex geht hinter die Theke und blickt unauffällig zu der Gruppe. Obwohl der Laden voll ist, erkennt er sie sofort. Er mustert ihre Bestellliste und stellt fest, dass sie einen Haufen Spezialversionen von verschiedenen Gerichten geordert haben und die Sachen, die sie nicht gut genug finden, zurückgehen lassen.

Dann erkennt Alex die Frau. Es ist Michelle, die das Chez Michelle betreibt, das Konkurrenzrestaurant in Ottenby. Sie kauft alle Zutaten teuer ein und gibt viel Geld für Marketing aus, kocht aber nur mittelmäßig. Nach der Speisekarte und dem Klatsch und Tratsch zu urteilen jedenfalls. Natürlich sind sie hergekommen, um zu sehen, was er anbietet.

Das Schlimmste daran ist, dass Michelle genau das Richtige tut. Er sollte sich auch auf solche Dinge konzentrieren, auf Dinge, die dazugehören, ein Restaurant zu führen. Gute Beziehungen zu den Lieferanten aufbauen und die Konkurrenz im Auge behalten, in Michelles Fall das Syd. Es scheint ihnen Spaß zu machen, sich mit ihm anzulegen und ständig mit neuen Extrawünschen zu kommen, obwohl sie sehen, dass das Restaurant fast überfüllt ist.

33

Alex keucht, aber er läuft weiter und erreicht jetzt eine wirklich gute Zeit pro Kilometer. Das Laufen hilft ihm, seine Gefühle in den Griff zu bekommen. Er hat versucht, es sich zur Gewohnheit zu machen, öfter rauszugehen und zu joggen. Jeden Morgen schaut er zuerst, ob es Sofi gut geht, dann steigt er auf den Hocker und vergewissert sich, dass der Stick mit dem Video noch hinten im Schrank liegt. Dann geht er eine Runde laufen.

Er hofft auf eine SMS oder ein anderes Lebenszeichen von Theodor, aber bisher ist nichts gekommen. Er behält vor allem den Briefkasten und das Syd im Auge, denn Theodor hat gesagt, dass er vermutet, dass Alice jemanden auf Alex angesetzt hat. Sein Handy benutzt er fast gar nicht mehr, er traut sich kaum noch abzuheben, wenn ihn jemand anruft. Das Schloss am Haus ist ausgewechselt, damit niemand mehr eindringen kann. Alex hofft inständig, dass Alice nicht weiß, dass er und Theodor sich getroffen haben.

Er bleibt stehen, beugt sich vor und hört sein eigenes Schnaufen.

Obwohl das Restaurant jeden Abend voll ist und der Sommer nicht zu enden scheint, kann er sich nicht entspannen, solange immer wieder so schräge Dinge passieren. Auch die dänischen Investoren verhalten sich seltsam. Sie interessieren sich für kleine, merkwürdige Details. Telefonnummern von Lieferanten, Mitarbeiterlisten und anderes, was für sie keine große Rolle spielen sollte. Manchmal hat er das Gefühl, dass sie nur nach solchen Trivialitäten fragen, um ihre Macht zu demonstrieren. Immer öfter denkt er darüber nach, wie sie sich freikaufen könnten. Seine Gedanken wandern zu Cina. Sie versucht, so gut wie möglich zu helfen, aber sie ist oft bei den AA-Treffen. Kürzlich hat sie einige Zeit in einem Ferienhaus im Norden der Insel verbracht, um sich eine Auszeit zu gönnen, aber das hat nicht wirklich gereicht. Morgen geht sie für eine Woche in eine Entzugsklinik. Sie müssen das in Ordnung bringen, es ist nicht der richtige Zeitpunkt, ihre Gesundheit aufs Spiel zu setzen. Aber er weiß, dass das wohl bedeutet, dass die Dänen stattdessen anfangen werden, ihn und Sofi zu nerven.

Der Kies knirscht unter seinen Schuhen, als er sich zu einem weiteren Intervall aufrafft. So läuft er am liebsten, ohne Musik, nur mit der Uhr, die die Schritte und die Herzfrequenz misst, und dann lässt er sein Gehirn so schnell rasen wie die Schritte, bis alles stehen bleibt und es endlich still wird in seinem Kopf.

Zufrieden trabt er los und wünscht sich, er hätte etwas Wasser dabei. Der Morgennebel liegt leicht über der Landschaft. Es ist erst halb sechs, und er ist ganz allein. Ein Stück weiter sieht er eine dunkle Gestalt, die mit gesenktem Kopf geht.

Alex bleibt stehen und kneift die Augen zusammen.

Die Person scheint ein Werkzeug in der Hand zu halten. Ist es ein Jäger? Plötzlich hebt die Gestalt den Kopf und reißt den Gegenstand hoch. Reflexartig dreht sich Alex um und rennt los. Der Skiausflug und die Auerhahnjagd im Wald mit Alice, als er stundenlang auf Skiern vor ihr flüchtete, während sie ein Gewehr auf ihn richtete, sind sofort wieder so präsent, als wäre das alles erst gestern passiert. Die Erinnerung an den Schuss, der sich löste und ihn am Ohr traf, versetzt ihn immer noch in Panik. Er ist sich auch sicher, dass dieser Vorfall die Ursache für seine immer wiederkehrenden Kopfschmerzen ist, die sich von Zeit zu Zeit wie ein ungebetener Gast melden.

Anstatt zu versuchen, sich zu beruhigen, rennt er mit aller Kraft los. Er hat einen metallischen Geschmack im Mund, als ob er sich auf die Zunge gebissen hätte, und spürt fast, wie auf seinen Rücken gezielt wird. Bilder laufen wie ein Film vor seinem inneren Auge ab. Blut, das in Strömen fließt, verschwundene Dateien, aufgeschlitzte Reifen. Der aufgerissene Bauch der Katze. Kommt Alice hierher zurück, um zu beenden, was sie beim letzten Mal nicht geschafft hat?

Er rennt und rennt und meint, jemanden hinter sich atmen zu hören. Er weiß nicht, ob er sich das nur einbildet, aber das Letzte, was er tun will, ist, sich umzudrehen und nachzusehen. Er biegt ab. Die Landschaft ist zu offen, er muss einen anderen Weg finden. Brombeerdornen schrammen an seinen Beinen, er stolpert vorwärts.

Er erreicht ein großes Feld, sieht eine Gruppe von Menschen vor sich und stürmt auf sie zu. Wenn er bei anderen steht, kann sie ihn doch nicht erschießen, oder?

Ein paar Meter vor der Gruppe hält er schnaufend an und sieht, dass es offenbar Vogelbeobachter sind. Die meisten schauen durch teure Ferngläser und nehmen ihn kaum wahr. Stattdessen konzentrieren sie sich ganz auf ein Tier vor ihnen. Sie scheinen anzunehmen, dass auch er gekommen ist, um irgendwelche Tiere zu beobachten.

Alex atmet aus und schaut sich um. In der Ferne erkennt er eine Gestalt, aber es ist unmöglich zu sagen, ob es dieselbe ist, die er vorhin gesehen hat, und auch, ob es sich um einen Mann oder eine Frau handelt. Die Entfernung ist zu groß. Jemand aus der Gruppe spricht ihn an. Ein alter Mann mit einer beigefarbenen Mütze wirkt aufgeregt und scheint ein Gespräch beginnen zu wollen.

»Siehst du, das war ein Wachtelkönig. So einen sieht man nicht jeden Tag, der ist so selten!«

Alex nickt nur, noch zu atemlos und aufgewühlt, um zu sprechen. Er weiß nichts über Vögel, aber an den Gesichtern der Gruppe erkennt er, dass sie gerade etwas Einmaliges erlebt haben müssen. Er selbst ist nur dankbar, dass sie hier sind.

Jemand sieht, wie durstig er ist, und bietet ihm Wasser aus seiner Flasche an. Dankbar trinkt er. Dann fliegt der Vogel weg, und die Gruppe zieht weiter.

Er schaut sich um, jetzt muss er nach Hause gehen. Die Gestalt ist verschwunden. Er läuft in die Richtung, die er für richtig hält, kennt sich aber nicht aus. Er muss weiter zum Meer hinuntergelaufen sein, als er dachte. Er bleibt stehen, versucht sich zu orientieren und sieht schließlich rechts Björns Silo als Punkt in der Ferne.

Er beginnt zu traben und versucht, seine Angst abzuschütteln. In gleichmäßigem Tempo bewegt er sich auf das Wäldchen hinter Björns und Sebbes Haus zu. Von dort aus ist es nicht mehr weit nach Hause. Die anhaltende Hitzewelle hat dazu geführt, dass die Bäume, die eigentlich grün sein sollten, schon beginnen, sich zu verfärben, und einige Birken sogar schon ganz gelb sind, obwohl es erst August ist.

Plötzlich summt und brummt es um ihn herum, und er befürchtet kurz, dass es Wespen sein könnten, bevor er die vertrauten gelb-weißen Bienenstöcke sieht und die Insekten, die hektisch ein- und ausfliegen. Björn hat hier einige seiner Bienenstöcke aufgestellt.

Neugierig nähert er sich. Solange er ruhig bleibt, wird er bestimmt nicht gestochen. Fasziniert lauscht er dem Summen, das immer lauter wird, je näher er den Bienenstöcken kommt. Es hat fast etwas Meditatives.

Gleich neben den Bienenstöcken entdeckt er einen Erdkeller, den er noch nie bemerkt hat. Er sieht alt aus, aber die Tür hat nagelneue Scharniere und Griffe. Es sieht etwas merkwürdig aus, aber vielleicht bewahrt Björn dort seinen Honig auf. Aus reiner Neugier zieht Alex an der Tür, aber sie bewegt sich nicht.

34

Als Alex endlich nach Hause kommt, will er duschen, aber da steht Sofi in einem Overall, mit einer Mütze in der Hand und die Haare zu einem Pferdeschwanz hochgebunden.

»Wo warst du denn? Wir haben doch versprochen, Björn heute zu helfen!«

Alex fasst sich an den Kopf. Das hat er völlig vergessen. Laut Wetterbericht könnte es morgen ein heftiges Gewitter geben, und offenbar ist die Eile groß, das Heu einzubringen. Unglücklicherweise sind einige von Björns Saisonarbeitern krank geworden.

Björn hat ihnen erklärt, dass es bei starkem Regen sehr wichtig ist, das Heu einzufahren, damit es nicht zu nass wird und sich Schimmelsporen bilden, die das Futter für den Winter verderben. Es besteht zudem ein hohes Blitzschlagrisiko, weshalb die Schafe heimgetrieben werden müssen. Wenn dann auch noch ein Notruf eingeht, muss Björn bereit sein, mit den Rettungskräften auszurücken, denn er ist nebenberuflich Feuerwehrmann. Deshalb müssen Alex und Sofi mithelfen.

Alex seufzt. So viel zu seinem freien Tag, dem einzigen seit langer Zeit. Außerdem macht er sich Sorgen um Sofi, es könnte zu viel Arbeit für sie sein in dieser brütenden Hitze. Gleichzeitig weiß er, dass sie recht hat. Sie können nicht Nein sagen. Bei der geringen Miete, die sie zahlen, wohnen sie praktisch umsonst, und Björn hat sie seit ihrem Einzug um nichts gebeten.

Sie hingegen haben ihn öfter um Hilfe gebeten, als Alex zählen kann. Er hat ihnen geholfen, den Müll zu der

Verbrennungsanlage unten am Meer zu bringen, eine neue Duschkabine einzubauen, Holz zu hacken und die zerbrochenen Fenster nach dem Sturm im letzten Frühjahr zu reparieren. Jetzt müssen sie ihm helfen, so läuft das auf dem Land.

Er geht in die Küche und isst noch schnell ein Sandwich. Zu duschen schafft er nicht mehr. Stattdessen macht er sich auf die Suche nach Arbeitskleidung und findet einen alten Overall, der hinter ein paar Jacken an der Garderobe im Flur hängt.

Wenig später sitzen sie auf dem Traktor neben Sebbe, der Sofi breit anlächelt, aber säuerlich dreinschaut, als er in Alex' Richtung blickt. Alex verdreht die Augen, erntet aber sofort einen tadelnden Blick von Sofi. Es ist beunruhigend, dass Sebbe so besessen von ihr ist, aber sie scheint das nicht als Problem zu sehen und ist immer nett und freundlich zu ihm. Alex hat nicht vergessen, was mit der Uhr passiert ist, aber er hat sich damit abgefunden, dass Sebbe sie vielleicht einfach nur schön fand, ohne ihren Wert zu kennen, und sie sich ausgeliehen hat, ohne sich zu trauen, etwas zu sagen. Aber jetzt ist das Schloss ausgewechselt, und wenn er einen Schlüssel hatte, passt er nicht mehr, was eine große Erleichterung ist.

Die Kleidung klebt an der Haut, die Luft ist schwül, und sie tuckern durch die sandfarbene, verbrannte Landschaft, die noch vor wenigen Monaten so üppig war.

Schließlich setzt Björn sie ab und fährt weiter zur Wiese, um das Heu in Ballen zu pressen. Sofi und Alex sollen zusammen mit Sebbe die Schafe zum Hof treiben, wo sie bleiben werden, bis sie wieder auf die Weiden können. Später werden Sebbe und Björn die Tiere auswählen, die geschlachtet werden sollen.

Dann geht es los. Weide für Weide, mit der Unterstützung von Björns Hund, vom Strand hinauf zum Hof.

Alex wird ganz hibbelig. Es muss einen effizienteren Weg geben, aber er weiß, dass es besser ist, nicht zu fragen. Alles geht so langsam, und er wünschte, er wäre stattdessen im Syd.

Sofi wischt sich den Schweiß von der Stirn. Alex findet, dass sie müde aussieht. Sie hätten mehr Wasser mitnehmen sollen, die mitgebrachten Flaschen sind längst leer. Als sie endlich auf dem Hof sind, ist Björn erleichtert.

»Zum Glück haben wir es rechtzeitig geschafft, bevor das Gewitter kommt. In den letzten Jahren war es für den Betrieb nicht einfach, jetzt müssen wir die Daumen drücken, dass es neben dem Gewitter auch Regen gibt. Dann besteht vielleicht die Chance, dass die Ernte doch noch einigermaßen ausfällt.«

Björns Blick fällt auf Sebbe, der Sofi stolz einen Stein zeigt, den er gefunden hat. Alex meint zu sehen, dass Björn ihn durchdringend anschaut, bevor er weiterredet.

»Alles, was ich tue, tue ich für ihn. Wenn man einmal das Glück hat, Vater zu sein, wird man verstehen … Kinder sind wichtiger als alles andere.«

Dann ist der Moment vorbei, er pfeift und winkt Sebbe zu sich, damit er Alex hilft, die letzten Schafe ins Gatter zu treiben.

Nachdem die Schafe sicher untergebracht sind, wird Alex wieder losgeschickt. Er soll mit Sebbe noch einige Mutterschafe holen, die noch draußen sind und nicht getrieben werden können, sondern auf einem Anhänger transportiert werden müssen.

Widerwillig steigt Alex ins Auto, und sie fahren los. Sebbe scheint etwas sagen zu wollen, aber es fällt ihm schwer, die Worte herauszubringen. Er stottert und nuschelt undeutlich.

»I-i-i-hr müsst v-v-vorsichtig sein, vorsichtig mit …«

Alex versteht nicht, wovon er spricht. Wahrscheinlich meint er den großen Traktor. Er weiß, dass Sebbe sehr fasziniert davon ist, Björn ihn aber nicht damit fahren lässt. Es könnte aber auch das bevorstehende Gewitter sein, und schließlich ist Alex so genervt, dass er seufzend das Radio anschaltet.

»Sebbe, wir fahren doch jetzt nur mit dem Auto, oder? Das ist schon okay.«

Er bekommt keine Antwort, Sebbe verstummt, und bald sind sie an der Koppel, treiben die Mutterschafe auf den Hänger und fahren zurück.

Als sie wieder in den Hof kommen, ist Alex schweißgebadet. Jetzt ist es noch heißer, und im Wageninneren riecht es nach der Schafscheiße, die an ihren Schuhsohlen klebt.

Alex hält vor dem Haupthaus und merkt sofort, dass etwas nicht stimmt. Sofi sitzt mit dem Kopf zwischen den Knien, Björn steht neben ihr. In seiner Hand hat er eine schmutzige Saftflasche. Alex reißt die Tür auf und rennt hin.

»Sofi, was ist denn los?«

»Ich glaube, ich bin nur unterzuckert.«

»Du hast versprochen, dich zu schonen, wenn es zu viel wird!«

Alex kann sich einen finsteren Blick zu Björn nicht verkneifen, aber der brummt nur und zieht seinen Gürtel zurecht.

»Na dann, danke für die Hilfe. Sebbe und ich müssen jetzt los zur Feuerwehr.«

Björns Dank ist keine Entschuldigung dafür, wie es Sofi geht. Vielleicht hält er sie für kindisch und faul, aber Alex will ihm nichts von der Schwangerschaft erzählen, also gibt er ihm nur die Saftflasche zurück, umarmt Sofi und hilft ihr auf. Sie gehen in Richtung ihres Hauses. Er freut sich darauf, nach einem endlos scheinenden Tag endlich ein wenig ausspannen zu können.

»Willst du noch duschen?«

»Nein, ich werde wohl ins Bett gehen und mich etwas ausruhen.«

Er bringt ihr ein großes Glas kaltes Wasser ans Bett und stellt den Ventilator so, dass er ihrer Seite frische Luft zufächelt.

Sofi streichelt ihren Bauch, der angespannt und geschwollen aussieht, und lächelt ihn schwach an, bevor er zum Duschen ins Bad geht.

35

»Aber was glaubst du, wie es Björn und Sebbe geht? Ich dachte, du hättest mit ihnen geredet, aber du hast sie nicht einmal um Erlaubnis gefragt, bevor du das Schloss ausgewechselt hast! Warum hast du nichts gesagt, als wir ihnen neulich geholfen haben?«

Alex seufzt, weil er nicht weiß, wie er es Sofi verständlich machen soll.

»Jemand hat unseren Computer geknackt«, beginnt er. »Und Sebbe ist die ganze Zeit hier, das ist doch nicht normal …«

»Alex, ich will mich nicht über diese Sache mit Sebbe streiten. Ich weiß, dass er dich nervt und du ihn anstrengend findest, aber er ist nett. Er ist nur ein bisschen besonders. Und jeder kann sich in einen Computer hacken, oder? Auch wenn er nicht vor Ort ist?«

Alex verstummt. Sie hat recht. Jemand anderes könnte in den Computer eingedrungen sein. Aber er wird das Gefühl nicht los, dass jemand hier gewesen ist, auch wenn er sich mit dem neuen Schloss, zu dem nur er und Sofi einen Schlüssel haben, sicherer fühlt.

Er seufzt und steht auf. Vor dem Fenster sieht er einen Schatten. Er beugt sich vor, um nachzusehen, dann wirft er Sofi einen vielsagenden Blick zu und zeigt auf das Fenster. Sofi guckt. Sebbe sitzt auf der Treppe. Er hält den Kopf gesenkt und scheint zu weinen. Das Fenster ist offen, und er muss gehört haben, was sie gesagt haben.

Sofi stürmt hinaus, und er hört, wie sie versucht, Sebbe zu beschwichtigen. Oh, Scheiße. Egal, was er tut, er hat das Gefühl, dass mit Sofi gerade alles schiefläuft. Er schiebt sich an ihr und Sebbe vorbei die Stufen hinab, schnappt sich sein Fahrrad und radelt in Richtung Syd.

Die schwarzen Wolken ziehen sich über ihm zusammen, als er kräftig in die Pedale tritt und den Feldweg zwischen dem Haus und dem Restaurant entlangfährt. Der blaugraue Himmel harmoniert mit dem Blau der Zikorien, die den Weg säumen. Es sind die einzigen Pflanzen neben den violetten Disteln, die in der Trockenheit zu gedeihen scheinen.

Nach ein paar weiteren heißen Tagen, an denen die Bude jeden Abend voll war, hofft auch er inzwischen auf Regen. In der Ferne ist ein Grollen zu hören, aber es passiert nichts. Genau wie bei den letzten Gewitterwarnungen. Alex tritt noch kräftiger in die Pedale, um schnell anzukommen. Er betritt das Restaurant und begrüßt die anderen. Es war die ganze Nacht unerträglich stickig, und er hat schon wieder pochende Kopfschmerzen. Außerdem muss er eine Menge Lohnabrechnungen und anderen Papierkram erledigen, weil Cina keine Zeit hatte, das zu organisieren.

Er geht ins Büro, macht sich einen Kaffee und setzt sich widerwillig an den Computer. Das Erste, was er sieht, als er in seinen Posteingang schaut, ist eine E-Mail von einem unbekannten Absender. *Invitation – Nordic Talent Chef Award by Carlsberg.*

Sofort klickt er sie an.

Sie sind einer von zehn Nominierten für den diesjährigen »Nordic Talent Chef Award by Carlsberg«, einem mit 150.000 Euro dotierten Wettbewerb, der im Rahmen der großen Carlsberg-Biermesse in Kopenhagen stattfindet …

Alex' Herz klopft so laut, dass er glaubt, es müsse im ganzen Restaurant zu hören sein. Noch einmal überfliegt er die

E-Mail. Kann das wahr sein? Was für ein Ding. Er erinnert sich daran, wie alle das Online-Finale des renommiertesten Nachwuchswettbewerbs für Köche verfolgten, als er noch in der Kochschule war. Jetzt wird er einer der Teilnehmer sein!

Es muss sein Engagement für das Victoria-Dinner gewesen sein, das ihn an diesen Punkt gebracht hat. Sein Herz schlägt wie verrückt. Es ist eine große Ehre. Sofort verschwinden die Kopfschmerzen, und ein Kribbeln erfüllt seine Brust.

Moment. Noch einmal klickt er auf die E-Mail. Das Preisgeld. Es ist genau so viel, wie sie brauchen, und noch ein bisschen mehr, um sich von den Dänen freizukaufen und dieses Gefängnis mit ihnen als Teilhaber zu verlassen.

Er eilt in die Küche, wo Lea steht. »Ich bin für den Nordic Talent Chef Award nominiert!«, ruft er voller Freude.

Sie schaut überrascht und macht Anstalten, ihn zu umarmen. »Herzlichen Glückwunsch! Ich weiß nicht, was das ist, aber du scheinst dich sehr zu freuen.«

Alex versucht sofort, sich loszureißen, weil es ihm unangenehm ist, wenn sie ihm zu nahe kommt, aber sie hält ihn umschlungen, und im selben Moment betritt Sofi die Küche. Lea lässt von ihm ab, und er springt fast auf Sofi zu, um sie in die Arme zu schließen und herumzuwirbeln.

»Ich freue mich so, Lea hat mir gerade gratuliert. Ich bin nominiert für den Nordic Talent Chef Award!«

»Herzlichen Glückwunsch«, sagt Sofi und lächelt schwach. »Aber lass mich jetzt los«, fügt sie scharf hinzu.

Alex zieht sie zur Seite, er will nicht, dass jemand zuhört, und flüstert: »Aber siehst du nicht, dass das die Lösung für alles sein könnte? Das Preisgeld ist mehr, als wir brauchen, um das Restaurant zurückzukaufen. Um wieder frei zu sein. Es ging alles zu schnell. Ich weiß nicht, was wir uns dabei gedacht haben, einen solchen Vertrag zu unterschreiben. Wir hätten länger kämpfen sollen.«

»Okay, aber wir haben noch ein anderes Problem.«

Er sieht sie fragend an.

»Du hast dein Handy zu Hause vergessen, als du rausgestürmt bist.«

Sie gibt ihm sein Handy, sichtlich verärgert über den morgendlichen Streit und die Situation mit Sebbe. Sofi ist den Tränen nahe, ihr Gesicht kreidebleich.

»Dieser Investor Jesper hat angerufen. Ich bin rangegangen und musste mit ihm sprechen. Sie haben die Ausländerbehörde kontaktiert, um Fadis Aufenthaltsgenehmigung zu überprüfen. Kannst du das glauben?«

Sofi seufzt, und Alex versucht sie zu trösten.

»Was meinst du damit? Natürlich können sie das nicht«, sagt er.

»Wir müssen sie loswerden. Versprich mir das. Ich will mit denen nichts mehr zu tun haben. Sie sind verachtenswert.«

Eine Welle der Wut und der Sorge um Fadis Zukunft durchströmt ihn. Gleichzeitig freut er sich über die Nominierung. Das wäre die Lösung all ihrer Probleme, das weiß er. Er muss gewinnen. Um jeden Preis.

36

Die Hebamme runzelt die Stirn, streicht mehr Gel auf Sofis Bauch, brummt, dann sieht Alex, wie sie sich versteift.

»Stimmt etwas nicht?«

Ulla schüttelt den Kopf, wirkt aber nachdenklich.

»Alles in Ordnung soweit, aber ich glaube, der Fötus ist zu klein für sein Alter. Wir machen für nächste Woche noch einen Termin und behalten das im Auge.«

Sie schaut Sofi fragend an. »Hast du viel Stress im Moment?«

Sofi wird blass, antwortet nicht, sondern wirft Alex einen Blick zu.

»Ich werde noch ein paar Untersuchungen anordnen, und du musst mir versprechen, dich zu schonen, sonst besteht die Gefahr einer Frühgeburt.«

Sofi drückt Alex' Hand ganz fest. Als sie die Entbindungsstation verlassen haben und im Auto sitzen, holt sie tief Luft. »Vielleicht sollte ich versuchen, mich ein bisschen auszuruhen, ein paar Tage Urlaub zu machen. Cina ist doch wieder da, sie kann eine Zeit lang einspringen.«

Er nickt. Auch wenn es niemanden gibt, der Sofi im Syd wirklich ersetzen kann, ist das Wichtigste, dass es ihr und dem Baby so gut wie möglich geht.

Sofi muss noch ein paar Besorgungen machen, und während sie in Ölands Köpstad geht, ein großes Einkaufszentrum direkt am Hafen, bleibt Alex im Auto sitzen. Er scrollt durch seinen Mail-Account.

Drei, vier Mails von den Dänen zu verschiedenen Themen. Alle, wie immer, irrelevant und merkwürdig. Das erinnert ihn daran, dass er noch mehr für den Wettbewerb üben muss. Alles, woran er denken kann, ist, welche Elemente er trainieren muss, um möglichst gut abzuschneiden. Das Geld würde alles lösen. Es würde ihm seine Freiheit zurückgeben. Er muss um jeden Preis versuchen zu gewinnen, aber die Konkurrenz ist knallhart.

Im Syd laufen die Vorbereitungen in der Küche auf Hochtouren. Alex fängt sofort an, mit Tess die Zutaten zu sortieren, wirft aber zugleich einen Blick in Leas Richtung. Vielleicht sollte er noch einmal mit ihr reden? Andererseits will er das Thema nicht ansprechen, weil er befürchtet, dass es dann nur noch schlimmer wird.

Als er gerade überlegt, ob er es riskieren soll – Tess ist eben losgegangen, um mehr Gemüse zu holen –, hört er, wie etwas auf den Boden knallt und Cina in ihrem kleinen Büro einen herzhaften Fluch ausstößt.

»Was zum Teufel … Verdammte Sch…«

Alex wirft Lea einen entschuldigenden Blick zu, legt das Messer weg, geht ins Büro und schließt die Tür hinter sich.

Cina ist so wütend, dass sie versucht, sich in dem kleinen Raum eine Zigarette anzuzünden, obwohl sie weiß, dass sie hier nicht rauchen darf. Alex sagt nichts, sondern schaltet sicherheitshalber den Rauchmelder im Büro aus, damit kein Alarm ausgelöst wird. Auf dem Boden liegt eine zerbrochene Kaffeetasse. Er wartet auf eine Erklärung, sie zuckt mit den Schultern und nickt in Richtung Computerbildschirm. Sie ist offenbar stinksauer, wirft ihm einen schwer zu deutenden Blick zu und nickt wieder in Richtung Computer.

Alex beugt sich vor und liest. Es ist die Titelseite des *Ölandsbladet* im Internet. Die Schlagzeile schreit ihn förmlich an: *Schwarzarbeit in berühmter Kneipe – wachsendes Problem auf der Insel, sagt lokaler Lieferant.* Dann folgt ein Artikel, in dem es offensichtlich um sie geht, ohne dass es direkt gesagt wird, sie werden nur als *kürzlich bekannt gewordenes Restaurant im Süden der Insel* umschrieben, aber es ist nicht zu übersehen, dass es sich um das Syd handelt.

> *»Man kann sich fragen, ob sie ihre Steuern wirklich so entrichten, wie es sich gehört, denn sie scheinen gern schwarz zu zahlen. Ich halte das für unseriös, und wir, die wir schon lange hier arbeiten, würden so etwas nie tun«, erklärt eine lokale Quelle mit Einblick in das Geschäft.*

Er liest mit wachsender Sorge und versteht, warum Cina so wütend ist. Er weiß, dass er nicht schwarz hätte zahlen sollen, letztlich ist es seine eigene Schuld, aber damals schien es die einzige Lösung zu sein, und niemand hat sich beschwert. Außerdem haben sie es seitdem nicht wieder getan. Aber wer ist die Quelle, die Einblick in das Geschäft hat?

Cina seufzt und flucht, fummelt an der Untertasse herum, die noch auf dem Tisch steht und nicht auf den Boden gefallen ist. Dann schaut sie Alex resigniert an und zuckt mit den Schultern.

»Tja, nach dem Artikel wird es diese Woche vermutlich ruhig hier.«

Alex denkt nach. Je berühmter man wird, desto mehr Leute wollen einem auf die Finger hauen, so scheint es wohl zu laufen. Er nickt zustimmend. Es gibt nicht viel, was sie tun können, denn der Text ist schon veröffentlicht. Sie können nur noch härter arbeiten und hoffen, dass die Gäste trotz der schlechten Werbung weiterhin kommen.

Als er in die Küche zurückkehrt, sieht er sein Telefon neben dem Schneidebrett blinken. Zwei Anrufe mit unterdrückter Nummer. Alex hofft, dass es Theodor war, der ihn erreichen wollte. Er muss bereit sein, wenn es wieder klingelt.

37

Sorgfältig packt Alex seine extra bei Segers bestellten Koch-
mäntel ein, denn die, die er hat, sind kaum noch weiß, sodass
ihm nichts andere übrig blieb, als neue zu kaufen. Dann
packt er seine Schuhe, Socken, das Handy-Ladegerät und
zusätzliche Kleidung ein. Alles, was er für den bevorstehenden Wettbewerb braucht. Während er seine Tasche füllt, geht
er im Kopf seine Packliste durch.

Cina hat ihm in den letzten zwei Wochen bei seinen Vorbereitungen sehr geholfen und ihm alle möglichen Tipps
gegeben. Als auch ihr klar wurde, dass sie im Falle eines
Sieges von den Dänen befreit würden, hat sie noch eine
Schippe draufgelegt und ihm einige ihrer heiligsten Kochge-
heimnisse verraten. Es war fast wie in alten Zeiten zwischen
ihnen. Als er den Reißverschluss zuzieht, fällt ihm auf, was
noch fehlt.

Die Messertasche.

Die muss er im Restaurant vergessen haben.

Alex fährt schnell zum Syd. Wie dumm kann er sein, dass
er nicht an seine Tasche gedacht hat. Er war sich sicher, sie
gestern mit nach Hause genommen zu haben. Der Schotter
auf der Straße spritzt auf, und ein Steinschlag erscheint auf
der Windschutzscheibe. Er kurbelt das Fenster herunter, um
etwas Luft zu bekommen.

Sofi ist nicht zu sehen, obwohl sie heute Morgen mit dem
Fahrrad zur Arbeit gefahren ist und dort sein müsste. Die
Schwangerschaft ist immer noch ihr Geheimnis, aber sie
wollen es allen im Restaurant erzählen, wenn er wieder zurückkommt. Zuerst muss er den Wettbewerb gewinnen.

Statt Sofi zu suchen, schnappt er sich Lea, die gerade die Tische auf der Außenterrasse abwischt.

»Hast du meine Messertasche gesehen?«

Sie schüttelt den Kopf.

»Soll ich dir suchen helfen?«

»Sehr gerne.«

Beide schauen sich in der Küche um, dann verschwindet Lea im Vorratslager.

»Ist sie das?«

Alex nickt kurz dankend und nimmt die Tasche erleichtert entgegen. Jetzt muss er sich beeilen, wenn er den Zug noch erwischen will.

Auf dem Verkehrsschild steht achtzig, aber Alex fährt mindestens hundertzwanzig. Das Auto fühlt sich an, als würde es auseinanderfallen, und er hofft, dass es jetzt nicht den Geist aufgibt. Es hat viel zu viele Kilometer auf dem Tacho und ist über zwanzig Jahre alt. Kurz vor der Brücke lässt er es ruhiger angehen, denn er weiß, dass vor der Einfahrt oft Polizisten stehen.

Fünf Minuten vor Abfahrt des Zuges hält Alex auf dem Langzeitparkplatz am Bahnhof von Kalmar. Er holt seine Tasche aus dem Auto, ruft die Parkplatz-App auf seinem Handy auf, fummelt und flucht leise vor sich hin, aber schließlich klappt es. Er vergewissert sich, dass er die Messertasche dabeihat und rennt zum Zug, der schon bereitsteht.

Kaum hat er sich hingesetzt, knistert es im Lautsprecher, und der Zug rollt vom Bahnsteig. Der Waggon ist halb voll, und er sitzt allein auf einem Viererplatz. Er atmet tief durch, schaut sich um und rollt seine Messertasche aus, um sicherzugehen, dass alles da ist. Gestern hat er die Messer extra geschliffen, damit sie für den Wettbewerb perfekt sind.

Als er seine Tasche öffnet, stellt er fest, dass sein Lieblingskochmesser nicht mehr da ist. Ihm wird kalt. Das wichtigste Messer, das er am häufigsten benutzt, fehlt. Er schaut in seine Tasche und auf die leere Stelle, wo es sein sollte, und kann es nicht finden, kann nicht glauben, was er sieht. Hat sich jemand das Messer ausgeliehen und vergessen, es zurückzulegen? Vielleicht Tess? Fadi würde so etwas nie tun, er leiht sich nichts aus, ohne zu fragen. Oder war es Lea? Oder hat er es im Syd vergessen? Nein, er hat es gestern erst geschliffen und sorgfältig zurückgelegt, das kann nicht sein.

Fieberhaft denkt er nach. An der nächsten Station auszusteigen, per Anhalter zurück zum Syd zu fahren und danach zu suchen, kommt nicht infrage, denn dann würde er es nicht rechtzeitig zum Wettbewerb schaffen. Stattdessen muss er das Problem vor Ort in Kopenhagen lösen, so gut es geht. Ein neues Messer dieses Kalibers kostet mindestens sechstausend Kronen. Er weiß auch nicht, welche Marken er so kurzfristig bekommen kann, die meisten haben eine lange Lieferzeit, manche bis zu einem Jahr, wenn sie handgefertigt sind. Er muss mit seiner Firmenkarte bezahlen, er ist sich nicht sicher, ob er so viel Geld auf seiner eigenen Karte hat. Sollen die Dänen doch denken, was sie wollen, sie sind ihm jetzt egal, wenn morgen alles gut geht, ist er sie sowieso bald los.

Er schaut aus dem Fenster. In der Zeitungsmappe vor ihm liegt eine *Kupé*, die er in die Hand nimmt und hektisch durchblättert, um seine Panik über den Verlust des Messers zu lindern. Als er die Mitte erreicht, sieht er die Schlagzeile *Das Leben wagen, wenn der Kummer am größten ist*. Da ist Alice wieder, diesmal in einem feinen grauen Kleid in einem dunklen Raum. Ihr Gesicht ist schön, aber so kalt, dass Alex sich anstrengen muss, um die Zeitung nicht gleich wieder zuzuschlagen.

Der Artikel ist eine rührende Geschichte darüber, wie sehr Alice Carl vermisst, obwohl er nicht immer Gottes bestes Kind war. Es geht um die gemeinsamen Jagdausflüge, den

Aufbau des Nord und die Ironie, dass sie miterleben musste, was Carl durchmachte, als er plötzlich seine erste Frau Victoria verlor. Eine Hommage an sich selbst, in der man zwischen den Zeilen eine komplette Verleumdung von Carl lesen kann. Wenn man Alice nicht kennt, wird man ihre Schilderungen aber wahrscheinlich glaubwürdig finden und sie beinah als eine Heilige ansehen, wenn man den Artikel zu Ende gelesen hat. Bei Alex hinterlässt der Text einen bitteren Beigeschmack. Er weiß, dass jedes Wort eine Lüge ist. Alice hat Carl gehasst und wollte ihn loswerden, sie hat ihn überwacht und versucht, ihn schlecht dastehen zu lassen. Jetzt versucht sie mit allen Mitteln, die Erinnerung an ihn zu trüben, um ihre eigenen Taten zu vertuschen.

Vor Wut über ihre Fähigkeit, ihre Umgebung zu manipulieren, zerknüllt er die Zeitung und stopft sie in die kleine Plastiktüte unter dem Fenster. Alice ist überall, dringt in jede Ritze. Das muss ein Ende haben. Er weiß nur nicht, wie. Dann lehnt er sich zurück und sieht Felder, Wälder und Häuser an sich vorbeiziehen. Ein paar Plätze weiter sitzt eine Familie und spielt Karten, und auf der anderen Seite des Ganges schläft ein Mann mit offenem Mund. Er wünscht sich, das Fenster öffnen zu können, denn die Luft ist stickig, das Atmen fällt ihm schwer, er dreht sich auf dem Sitz hin und her, findet aber keine bequeme Position, seine Beine sind zu lang.

Sein Handy summt, eine SMS von Cina.

Ich habe gerade eine private Reservierung für eine große Gruppe auf den Namen A. Ankarskiöld am Samstagabend bekommen. Keine Sorge, wir kriegen das hin, sie zahlen auch gut und buchen das ganze Restaurant, wollte nur Bescheid sagen. Wir sehen uns am Sonntag, viel Glück. C.

Alex antwortet mit einem Daumen hoch und legt das Telefon weg. Die Details wird er später mit Cina klären, jetzt muss er sich ganz auf den bevorstehenden Wettbewerb konzentrieren.

Wahrscheinlich liegt es an einer Kombination aus dem Artikel im *Ölands Bladet* und dem Ende der Hochsaison, aber in der letzten Woche war das Syd abends weniger besucht, und Alex konnte sich voll und ganz auf die Entwicklung seiner Gerichte konzentrieren. Seit sie erfahren haben, dass die Hauptzutat des Wettbewerbs Wachteln sein würden, hat er diese auf jede erdenkliche Art zubereitet, um für alles gewappnet zu sein. Er konnte es sich nicht leisten, so viele schwedische Wachteln zu kaufen, wie er gerne gewollt hätte, aber er bestellte billigere französische und wiederholte alle Schritte immer und immer wieder. Über zwanzigmal hat er Wachteln entbeint, sich verschiedene Varianten zur Dekoration überlegt, diverse Soßen ausprobiert. Die beste kommt heraus, wenn er die Wachtel mit trockenem Sherry und Sahne kräftig brät, und er weiß, dass diese Soße ihn weit bringen wird.

»Wir erreichen in wenigen Minuten Alvesta, nächster Halt Alvesta. Für diejenigen, die nach Lund, Malmö, Kopenhagen und zum Flughafen Kopenhagen weiterfahren, der Zug steht bereit auf Gleis 1B ...«

Alex zuckt zusammen. Hier muss er umsteigen. Schnell packt er seine Sachen zusammen, schnappt sich Jacke und Tasche von der Gepäckablage und eilt auf den Bahnsteig. Er atmet die frische Luft ein und schaut in die Sonne. Er hat seine Sonnenbrille vergessen, aber wenn er erst einmal in Kopenhagen ist, wird er sich sowieso die meiste Zeit auf dem Messegelände aufhalten.

Er schaut auf die Schilder und geht direkt zu Gleis 1B, das sich gleich gegenüber befindet. Er steigt in den Zug und landet im Speisewagen. Er möchte eine Tasse schwarzen Kaffee, überlegt es sich aber anders und bestellt stattdessen ein Mineralwasser, denn der Kaffee hier schmeckt wahrscheinlich sowieso wie Teer.

Als er zu seinem Platz geht, klingelt sein Telefon. Er stellt sich in die Mitte des Ganges und schaut auf das Display. Vor und hinter ihm bewegen sich die Leute, aber er steht da wie angewurzelt.

Unbekannte Nummer.

Die Leute starren ihn an, aber soweit er weiß, besteht in dem Waggon kein Handyverbot, also geht er ran. Er kann es sich nicht leisten, nicht zu antworten.

»Hier ist Theodor Duwal.«

Endlich.

Alex schaut sich um. Dieses Gespräch kann er nicht mitten in einem überfüllten Waggon führen. Selbst im Speisewagen ist es zu voll. Er geht in den kleinen Bereich zwischen den Waggons. Die Verbindung ist instabil, und der Zug ruckelt und rumpelt lautstark.

Alex versucht, ruhig zu atmen. Er findet, dass Theodor gestresst klingt, und weiß nicht, ob er auf das vorbereitet ist, was er gleich hören wird.

»Hallo, ich bin gerade in einem Zug, nur damit du es weißt.«

Alex verstummt. Er drückt den Hörer ans Ohr und lauscht. In der Leitung rauscht es.

»Es gibt noch mehr, was du wissen musst, aber ich wusste das letzte Mal nicht, wie offen ich mit dir reden kann. Aber jetzt bleibt mir nichts anderes übrig«, sagt Theodor.

Was meint er damit? Alex murmelt ein »Hm«, damit Theodor merkt, dass er ihn gehört hat. Einerseits möchte er auflegen, gleichzeitig hat er furchtbare Angst, dass das Gespräch unterbrochen wird.

Für einen Moment herrscht Stille. Dann hört er wieder Theodors Stimme: »Ich weiß nicht genau, wie ich es erklären soll. Aber durch den Unfall, den wir hatten, blieb meinem Vater keine Zeit, seine Geschäfte oder seine Ehe mit Alice abzuschließen. Ich bin mir ziemlich sicher, dass sie in den Hubschrauberabsturz verwickelt ist, aber ich habe keine konkreten Beweise. Noch nicht. Deshalb müssen wir vielleicht …«

Alex unterbricht ihn. »Aber was ist mit den Videos?«

»Sie wird alles tun, um sie verschwinden zu lassen.«

Alex starrt auf das Telefon, es ist, als würde sich der Boden unter ihm auftun. Es ist heiß und dunkel in dem kleinen Raum, der Zug ruckelt, ihm ist übel.

»Wir stecken beide in der Tinte«, sagt Theodor. »Wir müssen uns gegenseitig helfen. Ich glaube …«

»Ja? Hallo?«

Am anderen Ende ist es still. Der Anruf wurde unterbrochen. Er hofft, dass Theodor zurückruft, aber auf dieser Strecke ist das Netz sehr schlecht. Er weiß nicht, was er davon halten soll. Obwohl Theodor vermutet, dass Alex überwacht werden könnte, hat er trotzdem angerufen. Hatte er keine andere Wahl, oder war er sich sicher, dass Alice sie gerade nicht abhören konnte?

38

Alex war nicht mehr in Kopenhagen, seit er in den Nachtzug nach Åre gestiegen ist, um zum Nord zu fahren. In ein paar Monaten werden es zwei Jahre sein, die seitdem vergangen sind, aber nach allem, was passiert ist, kommt es ihm wie eine Ewigkeit vor.

Er hätte sich nie träumen lassen, welche Wendungen sein Leben nehmen würde, als er mit schmutziger Kleidung und ungewaschenen Haaren das schäbige Motel in einer Seitenstraße verlassen hat, um zum Nord zu fahren. Er schämt sich ein wenig, als ihm einfällt, dass er die letzten Nächte dort nicht bezahlt hat. Jetzt wird er an einem viel besseren Ort wohnen, und als er die E-Mail mit den Informationen über das Hotel aufruft, das die Organisatoren des Wettbewerbs für ihn gebucht haben, wird er nervös.

Er geht auf die Taxischlange vor dem Bahnhof zu und sucht nach Taxi Kopenhagen, um nicht von einem schwarzen Taxi über den Tisch gezogen zu werden.

»Sind Sie frei?«

Der Fahrer nickt und lädt seine Tasche ein. »Hotel d'Angleterre, bitte.«

Die Fahrt dauert keine acht Minuten, und Alex stellt fest, dass er genauso gut hätte laufen können. Zweihundertfünfzig dänische Kronen sind weg, aber vielleicht hat er sie bald wieder verdient. Sein Kopf ist mit dem Wettbewerb und dem Preisgeld beschäftigt, das ist alles, woran er denken kann. Am liebsten würde er gleich in die Stadt fahren, um sicherzugehen, dass er morgen ein Messer für die Arbeit hat, aber die Zeit ist zu knapp, das muss er noch verschieben. Erst muss er einchecken, dann gibt es für morgen ein Briefing, an dem er teilnehmen soll. Er steigt aus, greift nach seiner Tasche und zieht die Einladung und ein Informationsblatt heraus. Er hält inne: Wird er wirklich hier übernachten? Er war noch nie so kurz davor, in einem so luxuriösen Hotel einzuchecken. Alex geht durch die riesigen Türen des Hotels. Nervös spricht er mit der Rezeptionistin und blickt sich unsicher um.

»Guten Tag, für mich sind zwei Übernachtungen über den *Nordic Talent Chef Award* gebucht. Alex Anderson.«

Er zeigt seine Einladung.

»Willkommen, Alex!«

Die Dame am Schalter gibt ihm die Schlüsselkarte, zeigt ihm, in welches Stockwerk er muss, und erklärt ihm, wann der Frühstücksraum öffnet und schließt. Sie teilt ihm mit, dass Carlsberg natürlich für alles aufkommt, auch für die Minibar.

Im Zimmer angekommen, bewundert er die hohen Decken, den schönen Stuck und das riesige Bett. Er wünscht sich, er hätte Zeit, sich hineinzulegen, und Sofi wäre hier bei ihm, damit sie dieses Erlebnis teilen könnten. Stattdessen zückt er sein Handy und gibt den Wi-Fi-Code ein. Seit er dänischen Boden betreten hat, ist der Empfang schlecht. Es piept, und neue Nachrichten erscheinen, aber keine von Sofi oder Theodor. Er wird ungeduldig. Er muss wissen, was Theodor eigentlich von ihm will und warum er nicht zurückruft.

Alex schaut auf die Uhr und stellt fest, dass er in einer halben Stunde in der Oper auf der Insel Holmen sein muss, wo die Veranstaltung stattfindet. Verschwitzt und müde von der Reise zieht er sich ein sauberes T-Shirt an und sprüht sich ein wenig Deodorant unter die Arme. Das muss reichen. Dann schlüpft er in seine Turnschuhe und macht einen kurzen Spaziergang, den Kongens Nytorv hinunter in Richtung Nyhavn, vorbei an all den Touristen, die die dänischen Schiffe beobachten, über die Fußgängerbrücke und das letzte Stück am Wasser entlang in Richtung Oper. Carlsberg hat die ganze Location für die Messe gemietet. Heute Abend kommt er nur vorbei, um Hallo zu sagen. Er betritt das Gebäude und sieht sofort einen Informationsschalter. Eine Dame mit strengem Dutt steht davor. Es gibt keine Schlange, also geht er hin.

»Alex Anderson, ich nehme morgen an dem Wettbewerb teil.«

»Alex, schön, dass Sie da sind. Ich zeige Ihnen alles.«

Sie gehen durch das moderne Opernhaus mit Blick aufs Wasser. Überall sind Stände und kleine Bühnen aufgebaut, auf denen verschiedene Biere vorgestellt werden. Laut Hanne, so heißt die Frau, ist der Kochwettbewerb ihr Prestigeprojekt. Er soll junge, vielversprechende Talente fördern. Etwas, das den Inhabern sehr am Herzen liegt, denn sie lieben Essen fast noch mehr als Bier.

Sie erreichen den großen Saal des Opernhauses. Alex wird schwindelig beim Anblick der tausendfünfhundert leeren Plätze. Hanne erzählt ihm, dass die Decke fast vierzig Meter hoch ist.

Vor der Bühne stehen zehn Tische mit Herd, Ofen und Spüle. Überall sind Elektriker, die eine Menge Kabel durch den Raum ziehen. Im hinteren Teil der Bühne befindet sich eine riesige Leinwand. Hanne erklärt, dass das Publikum sie noch näher herangezoomt sehen kann, um alle Details mitzukriegen, und dass der Wettbewerb auch live auf Carlsberg. com übertragen wird.

Er nickt und lächelt und hofft, professionell zu wirken, obwohl er noch nie auf einer so großen Bühne gestanden oder an einem Kochwettbewerb teilgenommen hat. Er verrät auch nicht, dass er den Wettbewerb in all den Jahren, in denen es ihn gibt, online verfolgt hat. Jetzt muss er sich auf sein Können und die gelernten Elemente verlassen.

Alex fragt sich, wo die anderen Teilnehmer sind. Es ist niemand sonst zu sehen, und er hat keine Ahnung, wer sie sind. Alles ist ziemlich geheim, es scheint, als wollten sich alle erst kurz bevor es losgeht einander vorstellen.

Nach einer Weile verabschiedet er sich. Er kann sich hier sowieso nicht mehr vorbereiten. Er fragt Hanne höflich, wann hier die Läden schließen und welches Küchengeschäft am nächsten ist. Sie sieht ihn entsetzt an und schaut auf die Uhr.

»Jetzt? Nein, wahrscheinlich ist alles zu, aber ich kann anrufen und nachfragen, wenn Sie wollen … Obwohl ich bezweifle, dass Sie das schaffen werden.«

Alex erstarrt. Er hatte erwartet, dass sich das Problem ganz einfach lösen würde. Er nickt und eilt gestresst hinaus. Vielleicht kann er an der Hotelrezeption nachfragen oder in seinem Zimmer googeln, ob noch etwas offen ist. Er braucht das Messer wirklich, um seine Bestleistung abrufen zu können.

Er ruft Sofi an, aber wieder geht nur die Mailbox ran. Sie wird ihn morgen während der Show sehen, sie haben vor seiner Abreise darüber gesprochen, und sie weiß ja, wo er ist, falls sie ihn erreichen muss. Hoffentlich hat sie nur das Telefon ausgeschaltet, um sich auszuruhen, jetzt, wo es im Restaurant ruhiger ist und er für ein paar Tage weg ist.

Zurück im Hotel eilt er zu den Aufzügen, läuft den Korridor entlang zu seinem Zimmer. Kaum hat er die Tür mit der Schlüsselkarte geöffnet, merkt er, dass jemand im Raum war. Ein Geruch, der vorher nicht da war, steigt ihm in die Nase. Ein schwacher, aber deutlicher Duft nach Parfüm, mit Noten von Holz und einer Blume, die er nicht benennen kann. Stark und süß zugleich. Ein Duft, den er nur zu gut kennt.

Langsam tritt er ein.

Auf dem Schreibtisch steht eine einzelne tiefrote Rose in einer Vase. Alex hebt die Karte auf, die an der Vase lehnt. Es ist eine gewöhnliche Postkarte mit einer Ansicht von Kopenhagen. Er dreht sie um.

Ein großer Smiley, gezeichnet mit einem dicken roten Filzstift. Genau derselbe Smiley wie auf der Postkarte aus Åre, die er nach dem Mittsommerfest gefunden hat.

Neben der Karte liegt ein längliches Päckchen, eingewickelt in schwarzes Seidenpapier. Er zögert, aber dann faltet er das Papier auseinander. Es enthält ein Etui mit einer Reihe exklusiver Messer. Obenauf liegt eine weiße Karte. Auf der Rückseite liest er:

Ich freue mich darauf zu sehen, wie du mit den Messern arbeitest, so, wie nur du es kannst.

39

Das Geräusch hört nicht auf, sosehr er sich auch bemüht, es loszuwerden. Es klingelt und klingelt, und er tastet nach seinem Handy. Im selben Moment wacht er auf. Es ist das Festnetztelefon. Der Weckruf, den er gestern Abend bestellt hat. Müde nimmt er den Hörer ab, murmelt ein Dankeschön und steckt ihn wieder zurück auf die Halterung.

Sein Blick fällt sofort auf das neue Messeretui, und er ist angewidert. Alice ist zurück. Es gibt keinen Zweifel mehr. Sein Herz klopft heftig, er hört es in seinen Ohren pochen. Es ist, als würde sein Körper gleich explodieren. Er steht auf, tritt an den Schreibtisch, öffnet das Etui. Nimmt das größte Messer heraus, hält es ans Fenster, sieht die Klinge im Morgenlicht glitzern. Ein Gedanke formt sich. Etwas geschieht mit ihm, eine innere Veränderung. *Okay, Alice. Wenn du spielen willst, spielen wir.* Er kocht vor Wut. Sie hat ihm ein Messer gegeben und bittet ihn, es anzuwenden. Das wird er tun. Er hat nichts zu verlieren, er ist nicht einmal mehr nervös. Er weiß, dass er gewinnen kann. Er ist fest davon überzeugt, dass sie ihn während des Wettbewerbs auf Schritt und Tritt beobachten wird. Mit ihrem Messer wird er gewinnen.

Er zieht sich an, faltet die Kochjacke zusammen und legt sie über den Arm, damit sie nicht zerknittert. Die neuen Messer steckt er in eine kleine Tasche. Er kämmt und frisiert sein Haar und sorgt dafür, dass sein Gesicht gut aussieht.

Das Frühstück lässt er ausfallen und macht sich schnellen Schrittes auf den Weg zur Oper. Der Morgennebel liegt über Nyhavn, und es sieht nach einem schönen Spätsommertag aus, aber man merkt, dass langsam der Herbst Einzug hält.

Die Nacht war kalt, und es liegt eine Kühle in der Luft, die Alex in den heißen Sommermonaten vermisst hat. Die kalte Luft ermutigt ihn, seine Schritte zu beschleunigen, und er spürt, wie sich sein Blick nach innen wendet. Beim Laufen geht er Schritt für Schritt alle Elemente seines Gerichts durch.

Am Eingang des Opernhauses empfängt ihn Hanne, die entspannt und aufgeregt zugleich wirkt. »Alex, gut, dass Sie da sind. Die anderen sind schon an ihren Plätzen.«

Er schaut auf die Uhr. Nur noch wenige Minuten bis sieben. Wie immer in dieser Welt sind alle extra früh dran. Genau wie im Nord hätte er das vorher wissen müssen.

Er rennt Hanne hinterher und ist außer Atem, als er die Bühne erreicht. Neun andere Männer und Frauen sind schon an ihren Tischen zugange. Er hatte gehofft, einen Platz an einem der Enden zu bekommen, um möglichst viel Ruhe zu haben, aber da er der Letzte ist, ist der einzige freie Tisch der in der Mitte ganz vorne auf der Bühne. Andererseits perfekt, dann kann Alice jeden seiner Schritte verfolgen, wenn er diesen Scheiß gewinnt. Das Geld, mit dem sie sich von den Dänen freikaufen können.

Er geht zu seinem Arbeitsplatz und holt die Messer hervor, grüßt die junge Frau zu seiner Rechten. Sie schaut ihn fröhlich an und nickt, scheint nett zu sein. Dann wendet er sich nach links. Es kann nicht schaden, höflich und freundlich zu seinen Kollegen zu sein. Er erstarrt. Zuerst traut er seinen Augen nicht. Erst beim zweiten Hinsehen glaubt er, was er da sieht.

José?

Sein alter Kumpel aus Åre. Der ihn verraten hat. Die Person, der Alex während seiner Zeit im Nord am meisten vertraut hat, die sich aber als Verbündeter von Alice entpuppte und Alex sabotiert hat, um sich einen Vorteil in der Küche zu verschaffen. Er sieht noch genauso aus wie damals, mit zurückgekämmten Haaren und vernarbten Wangen. Die großen braunen Augen hat Alex noch nicht gesehen, sein ehemaliger Freund ist vollauf damit beschäftigt, seinen Platz vorzubereiten. José wäscht sich die Hände, legt die Schneidebretter aus, heizt den Ofen an und sortiert seine Geräte. Die gleiche penible Ordnung wie im Nord, stellt Alex fest. Er wendet sich ab und tut so, als würde er seine Sachen zurechtlegen. José wurde von Chefkoch Thomas aus dem Nord geworfen, nachdem er damals zu Ostern beim Jubiläumsessen des Nord dabei erwischt wurde, wie er die Vorspeisen – eine Variante des Egg royal, für die Alex verantwortlich war – gegen die Wand geschleudert hat. Auch Alice konnte ihn damals nicht retten. Alex hat ihn seither nicht mehr gesehen.

Es scheint unglaublich, dass José es zu diesem Wettbewerb geschafft hat, er ist wahrscheinlich der letzte Mensch auf der Welt, von dem Alex gedacht hätte, dass er ihn hier antreffen würde. Obwohl er zu Beginn ein guter Kumpel war, war José in der Küche nur Mittelmaß gewesen und in der Rangordnung nie nach oben gekommen. Ihm fehlte einfach der letzte Schliff bei den Zutaten oder das Kaliber, um auf diesem Niveau erfolgreich zu sein.

Alex schielt wieder zur Seite und betrachtet José genauer. Seine Haare sind kürzer als beim letzten Mal, er trägt eine nagelneue Kochjacke. Alex fragt sich, wo er nach Ostern abgeblieben ist und ob er noch Kontakt zu Alice hat. Wahrscheinlich nicht, er war nur eine weitere Schachfigur in ihrem Spiel.

Als José sich Alex zuwendet, lächelt er und scheint nicht im Geringsten überrascht, ihn hier zu sehen. Doch gerade als José ihn begrüßen will, ergreift Hanne das Wort und beginnt, den Tagesplan durchzugehen. Alex ist ganz ruhig, hört aufmerksam zu, prägt sich das Gesagte mühelos ein, kein Detail entgeht ihm, obwohl Hannes Englisch viel Dänisch enthält und nicht leicht zu deuten ist.

Er weiß, dass er in den Details punkten muss, um den Sieg davonzutragen, und genau dafür wird er heute sorgen.

»Wir fangen um zehn Uhr an. Und noch eines …«

Alex beugt sich vor, um zu hören, was Hanne gerade gesagt hat. Er hofft, dass er sich verhört hat, dass er den dänischen Akzent falsch verstanden hat. Die anderen haben schon wieder angefangen, an ihren Plätzen herumzuwerkeln, aber er muss sich vergewissern. Hastig hebt er die Hand.

»Entschuldigung, könnten Sie das Letzte bitte noch einmal wiederholen?«

Sie lächelt ihn freundlich an.

»Keine Milchprodukte.«

Er hat richtig gehört. Die Sauce, an der er so lange gefeilt hat und von der er weiß, dass sie perfekt zu den Wachteln passt, kann er vergessen. Mit Butter, Sahne oder Milch wird er nicht arbeiten können. Er schaut sich um, um die Lage zu beurteilen. Auch die anderen sehen gestresst aus. Er weiß, dass so etwas bei Wettbewerben üblich ist, in letzter Minute wird eine Zutat hinzugefügt oder weggelassen, um die Fantasie und Kreativität der Köche zu testen. Man muss nur schnell denken und unkonventionell sein, und das kann er. Sein Blick fällt auf den Platz neben ihm. Der Einzige, den das nicht anzufechten scheint, ist José. Er pfeift gelassen vor sich hin. Alex registriert, wie er versucht, mit ihm Kontakt aufzunehmen, ignoriert es aber.

Wusste er das schon?

Alex muss sich etwas einfallen lassen, neu denken. Sein Gehirn dazu bringen, das Rezept, das er eingeübt hat, loszulassen.

Er fährt sich durchs Haar, beugt sich über den Tisch und versucht zu überlegen, trotz allem, was um ihn herum passiert, trotz der hellen Lichter an der Decke, die ihn blenden.

40

Der große Gong ertönt, und als der letzte Ton verklungen ist, dürfen sie anfangen und haben dann genau zwei Stunden Zeit, um ein Wachtelgericht zuzubereiten, mit dem sie den Wettbewerb gewinnen können. Der Gong verstummt, und das Publikum klatscht in die Hände, während Musik aus den Lautsprechern dröhnt. Es ist klar, dass die Organisatoren einen publikumsfreundlichen Wettbewerb wollen. Der Lärm ist ohrenbetäubend, und normalerweise würde Alex das stören, heute aber nicht. Alles, woran er denken kann, ist, dass Alice ihn beobachtet, und er achtet darauf, das große Messer in die Kamera zu halten, als diese über seinen Tisch streift. Er weiß, dass sie ihn sehen kann, und er spielt ihr Spiel mit.

Die anderen haben schon angefangen. Er reißt das Tuch, das die Zutaten bedeckt, weg und sieht sechs Wachteln, Olivenöl, Rapsöl, Salz, Pfeffer, frischen Thymian, Zitrone, Sommertrüffel, Gänseleber, Wachteleier, Preiselbeeren, Wurzelgemüse, Endiviensalat und vieles andere. Aber natürlich keine Milchprodukte.

Er kombiniert hastig im Kopf. Sommertrüffel und Gänseleber sind viel zu offensichtlich, diese Kombination muss er unbedingt vermeiden, wenn er einen eigenen Ansatz finden will. Zuerst hat er überhaupt keine Idee. Er starrt nur auf die glänzenden Wachteln und spürt sein Herz schlagen.

Es wird gehackt, geschält, gebraten. Er hört Wasser, das kocht, und das Plätschern und Brutzeln der Töpfe auf der Bühne. Nach einer Weile kommt ihm ein Gedanke.

Ja, das könnte funktionieren.

Er glaubt, er hat etwas, er muss einfach mal anfangen. Alex blendet alles andere aus und fokussiert sich, wie so oft, auf die Zutaten vor ihm. Fast als würde er seinen Körper von außen betrachten, schaut er seinen Händen bei der Arbeit zu. Im hinteren Teil der Bühne stehen weitere Zutaten zur Auswahl, und er holt schnell etwas Blumenkohl. Die Zeit drängt, aber er blendet alles um sich herum aus und zwingt sich, ruhig und systematisch vorzugehen.

Die Stimme des Kommentators und die Beiträge der einzelnen Jurymitglieder werden über einen großen Lautsprecher übertragen, aber er kann nicht hören, was sie sagen, es ist nur ein Hintergrundgeräusch. Er hört jemanden fluchen. Es ist die junge Frau neben ihm, ihre Wachtel ist angebrannt. Jemand anderes scheint sein Gemüse verkocht zu haben, aber er konzentriert sich ausschließlich auf seinen eigenen Tisch, folgt seiner Linie und stellt nach einer Weile fest, dass er die Situation eigentlich unter Kontrolle hat. Aus den Augenwinkeln sieht er, dass einige der anderen Teilnehmer Sperenzchen für das Publikum machen, mit Gemüse jonglieren und in die Kameras lächeln, die für Nahaufnahmen vorbeischwenken. Die Menge jubelt, und Alex achtet darauf, jedes Mal, wenn die Kamera an ihm vorbeifährt, nach oben und direkt hineinzuschauen. Alice darf ihn gern sehen, ihre Messer werden ihn zum Sieg führen. Er wirft einen Blick zu José, um zu sehen, was er zubereitet, aber er ist zu weit weg, um Genaueres zu erkennen.

Dann beginnt ein intensiver, lauter Countdown, bei dem der berühmte dänische DJ, der neben den Moderatoren auf der Bühne für Stimmung sorgt, das Publikum anheizt.

Wieder ertönt der Gong.

Es ist vorbei.

Rund eine Minute vor Schluss hat Alex seine mit Blumenkohl, eingelegtem Chicorée, Haselnüssen und Sauerteig gefüllte Wachtel fertiggestellt. Zufrieden schaut er auf den schönen Teller vor sich. Für die Füllung hat er Hafermilch, Kalbshackfleisch, Estragon, Knoblauch und Rosmarin verwendet, weil er weiß, dass dies der Wachtel einen besonders guten Geschmack verleiht. Den Blumenkohl hat er mit Rapsöl und Essig kombiniert, und für die Sauerteigkomponente hat er Olivenöl statt Butter verwendet. Vielleicht schmeckt das sogar besser als die Buttersauce, die er so intensiv geübt hat. Frischer und mit vielen Gemüsesorten, die er im Syd täglich verwendet.

Er schaut sich um. Die meisten sind von der Anspannung erschöpft, aus den Mienen der Jury ist nichts herauszulesen. Berühmte Köche wie René Redzepi und Bo Bech kommen auf die Bühne, um das Essen zu bewerten, aber Alex denkt nur an Alice. Er hofft, dass sie begreift, dass nichts, was sie unternimmt, ihn aus der Bahn werfen kann. Die Jurymitglieder probieren und beraten sich, und in einer halben Stunde wird der Gewinner bekannt gegeben. In der Zwischenzeit sehen die Zuschauer einen Film über die jüngsten Innovationen von Carlsberg und die umfangreichen Umweltschutzmaßnahmen in der Produktion.

Hanne winkt Alex und den anderen zu.

»Zeit für eine Pause, in einer halben Stunde geht es weiter!«

Sie folgen ihr zu einem Sofa und ein paar Sesseln, die hinter der Bühne als provisorischer Green Room eingerichtet wurden. Einige von Alex' Kollegen scheinen sich von früher zu kennen und plaudern miteinander, aber die meisten sitzen schweigend da.

Alex zögert nicht lange und geht auf José zu, der gerade eine Flasche Mineralwasser öffnet. In rauem Ton stellt er die Frage, die ihn schon lange beschäftigt.

»Warum hast du das getan?«

José dreht sich um und mustert ihn von oben bis unten.

»Hallo, Alex. Ist lange her.«

Dann nimmt sein ehemaliger Freund einen Schluck von seinem Mineralwasser und schaut dabei so selbstgefällig, dass Alex ihm am liebsten die Flasche aus der Hand schlagen würde.

»Du hast mit Alice unter einer Decke gesteckt. Die ganze Zeit, oder? Ich habe dir vertraut.«

José lacht.

»Kleiner Alex, du dachtest, ich wäre dein Kumpel?«

José ist lauter geworden und spricht mit verstellter Babystimme, neugierige Blicke richten sich auf sie. Alex nimmt José zur Seite. Er kann es nicht verstehen. Dass José offen sagt, dass ihre Freundschaft ihm nichts bedeutet hat.

»Es geht los«, ruft Hanne und winkt sie wieder herbei. Alex hält sich so weit wie möglich von José fern, als sie wieder auf die Bühne gehen. Jetzt steht nur noch die Siegerehrung an. Er kann nichts mehr tun.

Die Anspannung ist greifbar, das Preisgeld in Höhe von hundertfünfzigtausend Euro ist in Reichweite, und die Musik spielt wieder. Alle applaudieren, als sie sich hinter ihren jeweiligen Tischen aufstellen. Alex weiß, dass es schon ein Verdienst ist, ausgewählt worden zu sein, und er ist immer noch stolz darauf. Aber jetzt geht es um Ehre, Prestige und Geld, und wer hier gewinnt, dem stehen alle Türen offen.

Nach einigen einleitenden Worten, in denen der Moderator die Gerichte der Teilnehmer vorstellt, ruft er drei Namen auf.

»Alex Anderson, José Hernandez und Mette Gudmundsson haben am besten abgeschnitten und sind im Rennen um den ersten Platz!«

Alex jubelt innerlich, ist aber auch überrascht. José muss im letzten Jahr besser geworden sein. Alex hätte nie gedacht, dass er es ins Finale schafft. Allein, ihn in so einem Wettbewerb zu sehen, war schon seltsam genug.

Alex geht hinüber und stellt sich neben Mette, sodass sie zwischen ihm und José steht. Dann spricht der Moderator weiter über ihre Gerichte. Alex versteht kaum die Hälfte des Dänischen und kann sich nicht auf das Gesagte konzentrieren, er sieht nur das Publikum und die Scheinwerfer. Er streckt sich und zwingt sich zu einem Lächeln, weil er sich fragt, ob Sofi ihn beobachtet. Vor allem aber fragt er sich, ob Alice zusieht.

Dann wird es still. Ein von Band abgespielter Trommelwirbel ertönt.

»Auf dem dritten Platz: Mette Gudmundsson!«

Die Menge klatscht, und Mette zwingt sich trotz ihrer Enttäuschung zu einem strahlenden Lächeln und nimmt einen riesigen Blumenstrauß in den Carlsberg-Farben Grün und Weiß entgegen.

Als nur noch er und José übrig sind, atmet Alex erleichtert auf.

Jetzt weiß er, dass er den Sieg davontragen wird.

José ist in der Küche nicht annähernd so gut wie Alex, das wissen beide. Als sie im Nord gearbeitet haben, konnte das manchmal peinlich sein und für schlechte Stimmung zwischen ihnen sorgen, aber jetzt ist Alex froh, dass er sich nicht mehr für sein Talent schämen muss. Außerdem hat er bei der Präsentation vor der Jury erfahren, dass José seine Wachtel mit Trüffel verfeinert hat. Eine ebenso sichere wie tödlich langweilige Karte. Auf diese Kombination fällt die qualifizierte Jury gewiss nicht herein. Er selbst hat ein modernes, klimafreundliches Gericht mit viel Gemüse und der Trendzutat Hafermilch kreiert, ganz im Sinne des Zukunftsthemas des Wettbewerbs.

Alex malt sich aus, wie er die Kredite ablösen und die Investoren ausbezahlen kann. Sobald er die Bühne verlässt, wird er als Erstes seinen Kochmantel ausziehen, in das Büro der Dänen gehen und zusehen, dass das sofort erledigt wird.

»Und der Gewinner ist … José Hernandez!«

Alex kann es nicht fassen. Er geht sein Gericht im Kopf durch, dann das von José. Was hat sich die Jury dabei gedacht? Er tritt einen Schritt zurück und überlässt José den Scheinwerfern. Er will nur noch in der Dunkelheit hinter der Bühne verschwinden und gehen. José dreht sich um und umarmt Alex kurz. Zieht ihn vor den Kameras grob an sich und flüstert ihm mit warmem Atem direkt ins Ohr:

»Was hast du denn gedacht? Sie hätte dich nie gewinnen lassen.«

41

In seinen Schläfen pocht es, und Alex ist völlig erschöpft. Er zieht sich von der Bühne zurück, auf der José immer noch steht, im Glanz seines Sieges und im Blitzlichtgewitter der Fotografen, mit einem riesigen Scheck in den Händen.

Alex bedankt sich rasch bei den Sponsoren und bei Hanne, die jeder mit einem Glas in der Hand direkt unter der Bühne stehen, um anzustoßen, entschuldigt sich und eilt davon. Später am Abend veranstaltet Carlsberg noch ein großes Dinner für alle Teilnehmer, aber jetzt gibt es keinen Grund mehr zu bleiben. Er will nur noch nach Hause.

Er eilt nach draußen und geht in Richtung Hotel, während seine Gedanken sich weiter überschlagen. Ständig blickt er über die Schulter. Er hat immer noch nichts von Sofi gehört, aber er muss erst einmal verarbeiten, was gerade passiert ist, bevor er versucht, sie zu erreichen. Er geht in sein Zimmer und stopft hastig alles in seine Tasche. Alex sieht noch Josés grinsendes Gesicht vor sich, als er dem grauhaarigen Mann hinter der exklusiven Rezeption im Hotelfoyer grimmig seine Schlüsselkarte zum Auschecken überreicht. Er sagt ihm, dass er die zweite Nacht nicht bleiben wolle, sondern das Hotel sofort verlassen werde.

Der Concierge wirft ihm einen fragenden Blick zu. Doch Alex dreht sich um, blickt in alle Richtungen. Ob Alice ihn gerade beobachtet? Wo ist sie? Sie war die ganze Zeit da, hat auf den richtigen Moment gewartet, und jetzt ist es nur noch eine Frage der Zeit, bis etwas passiert.

Da er den Mann an der Rezeption nicht nach einem Taxi fragen will, beschließt er, zu Fuß zu gehen. Draußen hat es angefangen zu nieseln, aber er spürt die Regentropfen kaum. Er spürt überhaupt nichts.

Als Alex beschloss, nach Kopenhagen zu fahren, nahm er sich auch vor, die Gelegenheit zu nutzen und die Investoren aufzusuchen, mit dem Preisgeld ihre Anteile am Restaurant zurückzukaufen. Daraus wird nun nichts. Aber er muss noch mit ihnen reden, sie damit konfrontieren, wie sie mit Fadi umgehen, bevor er nach Hause fährt.

Das Büro liegt gleich neben dem Tivoli, und es dauert nicht lange, bis er dort ankommt. Vielleicht ist niemand da, schließlich ist Samstag, aber er muss es versuchen. Wütend klingelt er an der Tür, und eine Frau, vermutlich die Sekretärin, antwortet über die Sprechanlage.

»Alex Anderson, ich möchte zu JK Investment.«

»Kommen Sie rein.«

Die schwere Holztür lässt sich kaum öffnen, Alex muss sie mit beiden Händen nach innen drücken. Da er nicht auf den Aufzug warten will, schleppt er seine Tasche die gewundene Marmortreppe hinauf und nähert sich zwei Türen aus Milchglas. JK Investment AB steht auf einem Messingschild.

Er klingelt, und mit einem Klicken öffnet sich die Tür. Eine schicke Sekretärin in Seidenbluse, knielangem Rock, himmelhohen schwarzen Stöckelschuhen und ordentlich gekämmtem Haar empfängt ihn.

»Haben Sie einen Termin?«

Alex schaut sie finster an.

»Nein, aber die wissen, wer ich bin. Sagen Sie einfach, Alex Anderson möchte sie sprechen.«

Sie nickt und verschwindet durch den Flur. Er setzt sich in einen großen braunen Ledersessel, und schon nach wenigen Minuten erscheint ein lächelnder Jesper und bedeutet ihm, ihm zu folgen. Fast kommt es ihm vor, als hätten sie auf ihn gewartet. Vermutlich haben sie den Wettbewerb live vom Büro aus verfolgt.

Karsten schaut kaum auf, als Alex den Raum betritt. Sie wirken amüsiert, was seine Wut nur noch mehr steigert. Wahrscheinlich freuen sie sich, dass er Zweiter geworden ist. Ehrenwert genug, um Aufmerksamkeit zu erregen, aber keinen Cent, um sie auszuzahlen.

»Jetzt hören Sie mal zu. Was Sie mit Fadi treiben. Das ist alles andere als in Ordnung.«

Sie antworten nicht, ziehen nur überrascht die Augenbrauen hoch und werfen sich einen schwer zu deutenden Blick zu.

Alex hört, wie unhöflich er klingt, aber jetzt kommen all die Emotionen hoch, mit denen er in den letzten Tagen zu kämpfen hatte.

»Sie begreifen nicht: Ein Restaurant zu führen ist nicht, wie ein Produkt zu verkaufen, irgendein Produkt«, fährt er fort, als sie ihm offensichtlich nicht antworten wollen. »Es muss auch einen menschlichen Wert haben. Ohne unsere Mitarbeiter wird sich das Syd nie so entwickeln können, wie wir es wollen.«

Jesper räuspert sich, beugt sich über den großen Schreibtisch und schiebt eine leere Espressotasse beiseite.

»Und wie kommen Sie darauf, dass wir uns für die Entwicklung des Syds interessieren?«

Alex schweigt. Das ist nicht die Antwort, die er erwartet hat. Karsten lehnt sich zurück, klickt mit einem Kugelschreiber und sieht fieser aus als je zuvor.

»Dachten Sie, Sie wären wichtig für uns? Wir haben Eigentümer, die uns kontrollieren, und bei unseren Investitionen im Syd geht es nicht in erster Linie darum, Geld zu verdienen.«

Alex kapiert gar nichts mehr. Sein Blick schweift umher. Das Büro ist exklusiv, jagdlich dekoriert, mit braunem Holz und schweren grünen Vorhängen. Auf einem Sideboard stehen mehrere silberne Bilderrahmen mit Fotos von verschiedenen Auslandsjagden. Er lässt seinen Blick darauf ruhen und versucht, sich zu sammeln.

Da sieht er es.

Auf einem der Bilder posiert Karsten neben einem erlegten Löwen. Eine größere Gruppe steht hinter ihm, vor einem Landcruiser, der irgendwo in der Savanne geparkt ist.

Und da ist sie.

Alice.

Auch Carl ist im Hintergrund zu sehen, obwohl er fast nicht in Erscheinung tritt.

Alex bekommt kaum noch Luft, als würde sich eine Schlinge um seinen Hals ziehen. Jesper sieht ihn herablassend an, mit diesem nervigen Lächeln auf den Lippen.

»Schöne Frau, Ihre Mäzenin. Sie hat sich sehr für Ihre Entwicklung interessiert.«

Endlich legt Karsten den Stift auf den Tisch. Redet mit ihm, als wäre er ein Kind.

»Ach, vielleicht wussten Sie es noch nicht? Wir gehören zur Duwal Holding.«

Alex steht auf.

Der Raum dreht sich.

Jesper und Karsten bleiben unbeeindruckt sitzen, als er aus dem Büro stürzt. Alex eilt durch den Flur und greift nach seiner Tasche. Von der Sekretärin ist nichts zu sehen. Sein Blick fällt auf das fest installierte Bürotelefon auf ihrem Schreibtisch. Sein eigenes wagt er nicht zu benutzen, es könnte abgehört werden. Alice steht einfach über allem, wahrscheinlich hält sie ihn für ein Tier, ein Spielzeug, mit dem sie machen kann, was sie will.

Er nimmt den Hörer ab, wählt die Vorwahl von Schweden und dann Sofis Nummer. Er hinterlässt eine Nachricht auf dem AB, so leise und deutlich er kann.

»Sofi, wenn du das hörst, sei vorsichtig. Alice ist unterwegs. Ich erzähle dir mehr, wenn ich zu Hause bin. Ich nehme gleich den Zug, und wir sehen uns heute Abend, ich habe schon ausgecheckt. Ich liebe dich.«

42

Als Alex in den Hof des Syd einbiegt, ist dieser voller Laternen, und auf dem Parkplatz steht eine Karawane schwarzer Range Rover. Es ist ein bewölkter Samstagabend, die Lichter blinken heimelig, aber die Luft ist stickig. Er sieht Fahrer in ihren Autos warten, einige stehen draußen und rauchen.

Ach, richtig. Cinas private Buchung, von der sie ihm in einer SMS berichtet hat, als er im Zug nach Kopenhagen saß. Er hatte sie völlig verdrängt. Die einzigen Menschen, an die Alex jetzt denken kann, sind Sofi und das Baby in ihrem Bauch. Er kann eigentlich erst wieder richtig arbeiten, wenn er ihr alles erzählt hat. Aber er muss die Zähne zusammenbeißen, nur noch eine Weile. Der Laden läuft besser, wenn er vor Ort ist.

Er parkt das Auto und eilt ins Haus. Seine Gedanken sind wie zäher Brei in seinem Kopf. Dass José damals im Nord alles andere als sein Freund war, wusste er ja schon. Aber wie viele falsche Freunde gibt es noch? Menschen, die nur scheinbar nett und hilfsbereit sind, aber mit Alice gemeinsame Sache machen? Wem kann er noch trauen? Wer ist noch von Alice gekauft?

Er schleicht sich durch die Hintertür herein, damit die Gäste nicht sehen, dass das Personal zu spät kommt. In der Küche herrscht geschäftiges Treiben. Er begrüßt alle und zieht sich eine saubere Kochjacke an. Niemand erwähnt den Wettbewerb. Das ist auch gut so. Wahrscheinlich haben sie Mitleid mit ihm. Oder sie warten aus Höflichkeit ab, ob er es selbst ansprechen will.

Cina kommt zu ihm und klopft ihm auf die Schulter. Das ist alles, was er braucht. Er weiß, dass sie zugesehen hat, und sie kennt ihn gut genug, um zu wissen, dass er nicht über die Niederlage sprechen will, die sie beide gleichermaßen schmerzt. Er hat nicht einmal die Kraft, ihr zu sagen, dass alles manipuliert war. Zuerst muss er mit Sofi reden. Im Moment ist es besser, wenn nur sie beide wissen, was wirklich los ist, und er ist dankbar, dass Cina sich lieber auf das Essen und den bevorstehenden Abend konzentriert.

»Alex, wie schön, dass du schon heute gekommen bist. Hilf mir bitte mit den Rebhühnern, wir sind spät dran. Ich habe sie gerupft, du musst sie nur noch ausnehmen, alles andere haben wir vorbereitet.«

Er hat nicht einmal Zeit zu antworten, bevor sie weiterredet.

»Die Gäste haben sie uns von einer Jagd mitgebracht, die sie heute mit dem König hatten. Und nur damit du es weißt, niemand von der königlichen Familie ist heute Abend hier, aber an Prominenz mangelt es nicht, das kann ich dir versprechen. Die meisten sind im Hotel Borgholm untergebracht.«

Endlich schafft er es, sie zu unterbrechen.

»Cina, wo ist Sofi? Ich muss erst mit ihr reden.«

Sie schaut ihn verwirrt an.

»Sofi? Sie war gestern völlig erschöpft und hat gesagt, sie nimmt sich den Tag frei und ruht sich zu Hause aus. Hat sie dir das nicht gesagt?«

Eine seltsame Pause entsteht.

Cina zuckt die Schultern. »Vielleicht wollte sie nicht, dass du dir vor dem Wettbewerb Sorgen machst.«

Cina dreht ihm und Tess den Rücken zu, während sie weiterspricht, und bemerkt nicht, wie Alex erblasst. Als sie keine Antwort bekommt, hält sie inne und sieht ihn an.

»Und wenn der Hauptgang serviert wird, präsentierst du die Gerichte wie immer, jetzt, wo du da bist, einverstanden?«

Dann eilt sie hinaus. Alex bleibt zurück und schaut sich um. Er kann es nicht riskieren, Cina jetzt mit hineinzuziehen, will ihr nichts von dem erzählen, was die Investoren gesagt haben. Nicht, wenn sie auf dem richtigen Weg zu sein scheint und wieder arbeitet. Er würde es sich nie verzeihen, wenn ihr oder einem anderen Teammitglied etwas zustoßen würde. Cina ist für Alice ein viel zu dankbares Opfer.

Dann kommt Lea zur Tür herein. Er zuckt fast zusammen. Kann er ihr vertrauen? Er versucht, ihre Miene zu deuten, aber sie sieht aus wie immer. Oder? Als er nicht wegschaut, entschuldigt sie sich und verlässt die Küche, während sie den Blick abwendet.

Er versucht, sich darauf zu konzentrieren, in der Küche zu helfen. Alle Gäste sollen zufrieden sein. Er schaut in den Gastraum, der voll ist mit prominenten Gästen in schicken Anzügen und schönen Kleidern. Ein Dresscode, der weit über das hinausgeht, was man normalerweise im Syd sieht.

Die Tische sind herrlich eingedeckt, die Beleuchtung ist zauberhaft. Die Küche ist aufgeräumt, und alle Gerichte scheinen perfekt gelungen zu sein. Ein gut gekleideter Mann steht auf, und das Stimmengewirr verstummt. Alex bleibt stehen und hört zu.

»Herzlich willkommen zum diesjährigen Jagdessen hier auf Öland, schön, dass nach den Eskapaden des heutigen Tages noch so viele kommen konnten. Und denjenigen, die heute nicht dabei waren, kann ich sagen, dass wir Damwild von einem Stamm geschossen haben, dessen Wurzeln bis in die Zeit von Gustav Vasas Sohn Johan III. zurückreichen, eine Jagd, die nur wenige je gesehen haben. Dank eurer Schießfertigkeit und der guten Zusammenarbeit mit den Hunden ist es uns gelungen, nicht weniger als neun kapitale Tiere zu erlegen.«

Die Menge klatscht und pfeift. Alex driftet in Gedanken ab, weil er vermutet, dass der Mann noch lange nicht fertig ist, weil er sich selbst gern reden hört und in allen Details schildern wird, wie sie das Wild erlegt haben, das ihnen wahrscheinlich von den armen Fahrern vor die Flinte getrieben worden ist. Er schleicht sich zurück in die Küche und bereitet stattdessen die Schokoladensoße für das Dessert des Abends vor.

Sofi muss zu Hause sein, wo sollte sie sonst sein?

Seine Gedanken werden von einem knatternden Geräusch unterbrochen, offenbar landet ein Hubschrauber. Wahrscheinlich ein verspäteter Gast, was, wie er weiß, auf schicken Partys nicht ungewöhnlich ist. Er rührt die Schokoladensauce, damit sie nicht anbrennt.

Da taucht Cina wieder auf.

»Alex, du müsstest in zwei Minuten den Hauptgang präsentieren, der Gastgeber hat sich sehr gefreut, dass du nach deinem Erfolg beim Victoria-Dinner wieder dabei bist.«

»Oui, Chef.«

Aus den Augenwinkeln sieht er eine Frau durch die Eingangstür in den Speisesaal kommen. Am besten gibt er ihr noch ein wenig Zeit, Platz zu nehmen, bevor er anfängt, die Speisen vorzustellen. Alex übergibt die Schokoladensauce an Tess, damit sie nicht fest wird, trinkt ein Glas Wasser und bereitet sich vor, indem er ein paarmal breit lächelt und überlegt, was er sagen wird. Er weiß, wenn er es gut macht, können diese Momente zu neuen Buchungen führen. Dann geht er hinaus in den Speiseraum.

Er sieht sie sofort, obwohl sie mit dem Rücken zu ihm sitzt, zwischen dem Mann, der die Begrüßungsrede gehalten hat, und einem älteren Herrn in dunkelblauer Jacke. Sie trägt ein langes schwarzes Samtkleid, das ihr schön über die Schultern fällt, und ihr blondes Haar ist zu einem lockeren Knoten gebunden, von dem einige Strähnen ins Gesicht fallen. Um den Hals trägt sie eine dünne Goldkette mit einem Diamantanhänger, den er aus ihrer gemeinsamen Zeit kennt. In ihren Ohrläppchen funkeln weitere Brillanten. Das ist der Schmuck, den Carl ihr zum Hochzeitstag geschenkt hat.

Alice.

43

Alice wirkt entspannt und unterhält sich lächelnd mit ihrem Tischnachbarn. Ihre Wangen sind gerötet. Dann dreht sie den Kopf, und ihre Blicke treffen sich zum ersten Mal, seit sie im Frühjahr letzten Jahres im Wald von Åre ihr Gewehr auf ihn gerichtet hat.

Tausend Nadelstiche durchzucken ihn, aber trotz der Wut versagt sein Körper. Zuerst kann er sich nicht bewegen, sein Puls pocht in den Schläfen, er kann nicht atmen. Alles verschwimmt, und für einen Moment glaubt er, ohnmächtig zu werden. Dann spannen sich die Muskeln an, das Adrenalin pumpt, und alles wird glasklar. Er muss fliehen, aus dem Restaurant rennen, so weit weg von ihr wie möglich, Schutz suchen, obwohl er weiß, dass das unmöglich ist.

Sie ist überall.

Alice lächelt, zwinkert ihm zu. Sie sieht genauso aus wie bei ihrer allerersten Begegnung in der Küche des Nord. Die Begegnung, bei der er fasziniert war von ihrer Schönheit, ihrer Ausstrahlung, ihrem Charisma. Noch nie hatte ihn jemand so angesehen wie Alice damals.

Er dreht sich um und geht in die Küche.

»Cina, ich habe Migräne, ich kann heute die Präsentation nicht machen. Es muss an dem Wettbewerb und der Zugfahrt liegen, das wird nicht gut. Kannst du das bitte übernehmen?«

Sie schaut ihn erstaunt an. Er muss sich nicht einmal verstellen, um krank zu wirken, er weiß, dass es so aussieht, als würde er sich gleich übergeben, er muss aschfahl sein. In seinem Kopf dreht sich alles, er schwankt.

»Natürlich, Alex, das kriegen wir hin.«

Er glaubt, dass sie noch etwas anderes sagen und ihm eine Standpauke halten wird, dass er nach dem Wettbewerb noch hier aufgekreuzt ist, dass er nicht genug gegessen hat, nicht genug Wasser trinkt. Aber sie wirft ihm nur einen besorgten Blick zu und geht in den Gastraum, um die Menüfolge zu präsentieren. Er selbst spürt Übelkeit in sich aufsteigen, läuft zur Toilette und starrt sich im Spiegel an. Er sieht sein bleiches Gesicht im Glas, bevor er sich zur Toilette drehen muss, um sich zu übergeben.

Er spült, klappt den Deckel herunter und setzt sich drauf. Dann beugt er sich vor und lehnt den Kopf zwischen die Beine. Eine unheimliche Dumpfheit erfasst seinen Körper. Er hört Stimmen und ein paar Minuten später das Lachen und Klatschen der Gäste. Nach einer Weile klopft es kurz an der Tür, und er streckt die Hand aus, um sie zu öffnen.

Da steht Cina. Ihr Miene ist streng, als sie ihre großen Hände schwer auf seine Schultern legt.

»Alex, geh nach Hause. Du musst schlafen, das sehe ich dir an. Wir schaffen das schon. Der Hauptgang ist raus, es bleibt nur noch die Nachspeise. Tess und ich machen das schon, wir haben dich heute Abend sowieso nicht erwartet.«

Er nickt und steht auf, seine Beine sind unsicher, aber sein Gehirn arbeitet fieberhaft. Er muss nach Hause zu Sofi. Sie müssen das ein für alle Mal beenden, und er muss so schnell wie möglich Theodor erreichen. Theodor hat recht, er hätte auf ihn hören sollen, die Lösung ist, sich gegenseitig zu helfen. Er stolpert auf den Hof, steigt ins Auto, dreht den Schlüssel um und fährt wie in Trance nach Hause.

44

Alex fährt schnell, aber nicht zu schnell. Er konzentriert sich auf die Straße, rauscht in den Hof, zieht den Schlüssel ab, statt ihn wie sonst einfach stecken zu lassen. Schließt das Auto sorgfältig ab und schiebt den Schlüssel in die Hosentasche.

Wenn er nur ihre Stimme hört, wird sich alles besser anfühlen. Sie wird einen Plan haben, was zu tun ist, das weiß er einfach. Er schließt die Tür auf und geht hinein, merkt aber sofort, dass etwas nicht stimmt. Sofis Jeansjacke liegt auf dem Boden, und das Schuhregal ist umgekippt. Mit wachsender Unruhe geht er in die Küche. Einiges ist noch so, wie er es gestern zurückgelassen hat. Die Tasse im Spülbecken, eine Zeitung auf dem Tisch. Er hört, wie er nach Luft schnappt, eine Hand auf seinen Mund schlägt.

Mitten auf dem Küchentisch liegt Sofis Handy.

Er nimmt es.

Der Akku ist fast leer.

Er sieht die Anrufliste. All seine Anrufe, die sie nicht angenommen hat. Er geht zu den SMS. Sieht, dass sie die erste, die er ihr im Zug nach Kopenhagen geschickt hat, gelesen hat. Die anderen sind noch als ungelesen markiert.

Alex rennt die Treppe hinauf und ruft ihren Namen, obwohl offensichtlich ist, dass sie nicht da ist. Geht weiter ins Schlafzimmer.

Leer.

Er stellt sich auf den Hocker und beginnt, das oberste Regalbrett im Kleiderschrank zu durchwühlen. Er spürt etwas Hartes. Er ist noch da! Erleichtert schließt Alex seine Hand um den USB-Stick und holt seinen alten Laptop heraus.

Das Video, in dem Alice enthüllt, dass sie hinter dem Tod von Gabriel steckt, ist das Einzige, was ihnen jetzt helfen könnte, wenn sie hier ist und ihnen schaden will. Auch wenn Theodor meinte, dass es wahrscheinlich keine Absicherung mehr ist.

Alex reckt sich und sieht aus dem Fenster. Mit der Kraft seiner Gedanken versucht er, Sofi herbeizubeschwören, und stellt sich vor, wie sie im Hof erscheint. Nach einer gefühlten Ewigkeit hat sich der Computer hochgefahren. Er steckt den Stick ein. Sofort wird das neue Gerät angezeigt, und er klickt auf das Icon. Ein weißer, rechteckiger Kasten blinkt ihm entgegen.

Auf dem USB-Stick befinden sich keine Dateien. Er ist leer.

Seine Nackenhaare stellen sich auf. Er starrt auf den Bildschirm. Das Video ist nicht nur von seinem Computer verschwunden, sondern auch von seinem USB-Stick. Seine Sicherheit ist dahin. Wer wird ihm glauben, wenn sein Wort gegen das von Alice steht?

Sie hat Sofi entführt. Alex weiß es einfach.

Er wischt sich die verschwitzten Finger an der Hose ab und wünscht sich, er könnte die Polizei anrufen. Er nimmt den Hörer in die Hand und überlegt, ob er die Notrufnummer wählen soll. Aber nein, er muss warten, das hilft ihm nicht weiter. Was sollte er überhaupt sagen? *»Meine ehemalige Chefin und Ex-Freundin, oder nein, nicht Freundin, aber wir waren zusammen … Sie ist wahnsinnig! Vor einem Jahr hat sie versucht, mich umzubringen, dann hat sie ihren Mann umgebracht, und jetzt hat sie meine Freundin entführt, die zufällig auch noch schwanger ist.«*

Die Situation ist so verfahren, dass er verrückt klingen und sich selbst ins Gefängnis bringen würde. Außerdem wagt er nicht einmal daran zu denken, was Alice tun würde, wenn sie herausfindet, dass er die Polizei angerufen hat.

Er muss Theodor erreichen, nur er kann ihm helfen. Aber er hat keine Kontaktdaten von Theodor. Frustriert wirft Alex sein Handy auf die Couch und sinkt hilflos davor auf den Boden. Wo soll er überhaupt anfangen zu suchen?

Eine gefühlte Ewigkeit sitzt er so da und starrt ins Leere. Sobald er die Augen schließt, kommt ihm das Bild von Alice in den Sinn. Wie sie ihn angesehen und ihm neckisch zugezwinkert hat.

Alice. So kann sie nicht mit ihnen spielen, das geht nicht mehr. Er steigt ins Auto und fährt die vertraute Straße zurück zum Syd. Als er dort ankommt, ist der Hof leer. Das Essen ist zu Ende, die Gäste und das Personal haben das Bistro für heute verlassen.

Als er sich dem Haus nähert, sieht er im Inneren ein Licht flackern. Sie ist da. Er ist sich sicher, dass sie auf ihn wartet. Er stählt sich und öffnet so leise wie möglich die Tür. Überall ist es dunkel. Dann hört er Stimmen aus der Küche und erstarrt.

»Ich will nicht mehr, du musst damit aufhören.«

Die Stimme ist aufgeregt, aber es besteht kein Zweifel, dass es Lea ist, die da spricht.

Eine andere Frauenstimme antwortet, aber sie redet zu leise, als dass Alex sie verstehen könnte. Er schleicht sich näher, um seinen Verdacht zu bestätigen.

»Nein, ich mag sie zu sehr. Ich kann das nicht mehr.«

Lea klingt aufgewühlt, sie schreit fast. Als Alex um die Ecke biegt, sieht er die Umrisse einer blonden Frau gegenüber von Lea, die zu weinen scheint.

Lea … Er hat es geahnt und verflucht sich nun dafür, dass er noch einmal jemanden aus dem Umfeld von Alice an sich herangelassen hat.

»Die Familie muss an erster Stelle stehen, das weißt du doch.«

Die Familie?

Dann fällt die Hintertür ins Schloss. Alex schleicht sich zum Fenster, um zu sehen, wie die Frau das Restaurant verlässt. Trotz des schwachen Lichts kann er ihr Gesicht deutlich erkennen. Es ist Michelle, die Wirtin des Chez Michelle in Ottenby.

Jetzt versteht er gar nichts mehr.

Er dreht sich um und geht in die Küche. Dort sieht er eine einsame Gestalt in der Dunkelheit. Er bleibt stehen und weiß nicht, was er sagen soll. Leas ganzer Körper bebt von ihren Schluchzern, und mit Tränen auf den Wangen wendet sie ihm ihr Gesicht zu.

»Alex, es tut mir so, so leid. Bitte, du musst mich erklären lassen ...«

45

Er starrt sie nur an. Wer ist sie? Er versteht nicht, was Michelle mit Lea oder dem Syd zu tun hat. Er muss wissen, ob sie irgendwie mit Alice verbunden ist.

»Lea, wo ist Sofi? Wo ist Alice?«

Seine Stimme ist panisch. Er hört, wie sie sich halb überschlägt.

Lea zuckt zusammen und schnieft. Sie schaut ihn verständnislos an.

»Sofi? Sie ist doch zu Hause, oder? Ich habe sie seit gestern nicht gesehen.«

Alex registriert ihr Stirnrunzeln und ihren zögerlichen Tonfall. Dann fragt sie: »Wer ist Alice?«

Lea wirkt völlig verstört, und ihre Stimme bricht, als die Frage verebbt. Alex beginnt zu begreifen, dass sie kein Spiel spielt. Sie kennt Alice nicht.

»Ich verstehe, wenn du mir nie verzeihen kannst, aber ich wollte nicht, dass es so weit kommt …«

Wieder bricht sie in Tränen aus, schluchzt wie ein Kind und schlägt die Hände vors Gesicht. Dann wischt sie sich mit dem Ärmel ihres Hemdes über die Augen und schaut ihn wieder an. »Ich weiß nicht, wie ich es sagen soll. Ich wollte wirklich etwas sagen, bevor du zum Wettbewerb gefahren bist, aber ich hatte keine Zeit mehr. Du warst schon weg«, flüstert sie mit kreidebleichem Gesicht.

Lea stockt und kann nicht weiterreden. Alex geht auf sie zu.

»Was meinst du?«

Sie schaut resigniert drein. Alex zieht einen Stuhl heran und setzt sich neben sie. »Erzähl mir, was passiert ist. Von Anfang an«, fordert er sie leise, aber bestimmt auf.

Sie blickt hoch und sieht ihn an.

»Am Anfang war es vor allem ein Spaß. Es war nicht geplant, dass es mir so gut gefällt hier, ich sollte Michelle nur helfen, etwas über das Syd herauszufinden …«

Alex gibt ihr mit einem Wink zu verstehen, dass sie fortfahren soll.

»Sie … Also, Michelle … Sie ist meine Tante. Sie hat mir gesagt, dass ich mich hier bewerben soll, weil sie so neidisch auf deinen Erfolg ist. Sie wollte, dass ich, na ja, das klingt jetzt so kindisch, dich irgendwie ausspioniere.«

Jetzt fügen sich die Puzzleteile langsam zusammen, und Alex steht von seinem Stuhl auf und beginnt, auf und ab zu gehen, während er seine Gedanken sortiert.

»Du warst die anonyme Quelle in dem Artikel über die Schwarzgeldzahlungen, nicht wahr? Und der Grund, warum Michelle die ganzen Waren von unseren Lieferanten aufgekauft hat?«

Alex bleibt direkt vor Lea stehen und sieht, wie sich ihre Augen wieder mit Tränen füllen.

»Alex, es tut mir so leid, ich verstehe nicht, wie ich dem zustimmen konnte.«

Sie schaut zu Boden, unfähig, ihm in die Augen zu sehen. Sie spricht weiter, und Alex spürt, wie er mit jedem Wort, das sie hervorwürgt, mutloser wird.

Alex wünscht sich, dass das Chez Michelle und Leas Spionage jetzt sein größtes Problem wären. Er unterbricht sie mitten im Satz.

»Lea, hör zu. War hier jemand in der Küche? Hat jemand nach mir gefragt? Eine blonde Frau. Sie war beim Jagdessen dabei und hatte ein schwarzes Kleid an.«

Lea schüttelt den Kopf, und Alex flucht leise vor sich hin.

Nachdem er Lea nach Hause geschickt hat – die schockiert zu sein schien, dass Alex dem, was sie ihm erzählt hat, kaum Beachtung schenkte –, schaut er sich im Syd nach einer Spur von Sofi oder Alice um, bevor er nach Hause zurückkehrt. Nach dem Wettbewerb, der Begegnung mit den Dänen, der Rückkehr von Alice, der Sorge um Sofi und dem Geständnis von Lea hat er kaum noch genug Energie, um beim Fahren die Kupplung zu treten, schafft es aber irgendwie, nach Hause zu kommen.

Ohnmächtig schließt er die Tür hinter sich ab, zieht alle Vorhänge im Erdgeschoss zu, bereut es aber und zieht sie wieder auf. Er will hinausschauen können. Sehen, ob Sofi doch noch zurückkommt.

Er geht ins Schlafzimmer, knipst alle Lichter aus. Mechanisch zieht er sich aus und legt sich unter die Bettdecke.

Alice wird sich bei ihm melden. Bald. Nach all dem Adrenalin hat er der Müdigkeit nichts entgegenzusetzen, und mit dem Bild von Sofis Gesicht vor Augen bereitet er sich auf die Konfrontation vor. Obwohl er versucht, wach zu bleiben, schläft er bald tief und fest.

46

Einige Stunden später spürt er sie endlich neben sich im Bett, weiche Hände streicheln seinen Körper. Es ist wie ein Traum, und die Berührungen erregen ihn, obwohl er kaum wach ist. Trotzdem wird ihm klar, dass er nicht träumt, sondern dass dies die Wirklichkeit ist.

Sofi ist hier. Bei ihm, in Sicherheit, wo sie immer sein soll.

Erleichterung durchflutet seinen Körper. Alex spürt ihre Wärme, ganz nah, er streckt die Hand nach ihr aus. Sein Herz rast vor Freude. Er schiebt seine Hand unter ihr Hemd, streichelt ihren Bauch, aber statt einer leichten Wölbung, wo ihr Baby wächst, ist er ganz flach. Er zieht die Hand zurück. Die Dunkelheit macht es schwer, etwas zu erkennen. Aber sie riecht komisch.

»Ich merke, du hast mich wirklich vermisst.«

Er reagiert instinktiv und drückt sich so weit wie möglich gegen die Wand, um zu entfliehen. Aber er kommt nicht weiter. Auf einen Schlag ist er hellwach. Er hört sich selbst schreien wie ein verletztes Tier. Er kann keine Worte herausbringen, nur Laute.

Im grauen Zwielicht des Zimmers sieht er die Silhouette von Alice.

»Es macht mich wirklich glücklich, dass ich dich immer noch so geil machen kann.«

Verzweifelt versucht er, seinen nackten Körper zu bedecken. Ihr Blick erinnert ihn an die Vergewaltigung in Åre. Wie sie ihn angesehen hat, nachdem sie seine Arme mit Kabelbindern gefesselt hatte, und wie sein Körper einfach abschaltete. Er muss seine Atmung kontrollieren, damit ihm nicht schwarz vor Augen wird.

»Was willst du von mir?«, fragt er.

Die Worte kommen stockend und gepresst.

Alice legt den Kopf schief, kriecht auf allen vieren über das Doppelbett zu ihm. Er sitzt in der Ecke und drückt sich an die Wand.

»Du warst auf so vielen meiner Jagden dabei, Alex. Du solltest wissen, dass ich meine Beute nie aus den Augen lasse, bevor ich sie erlege.«

Dann lacht sie. Dieses schreckliche Lachen, das Alex seit über einem Jahr vergessen will. Es klingt wie das Plätschern eines Baches. Es könnte ein schönes Lachen sein, aber es klingt so kalt und mechanisch, dass er vor Unbehagen erschauert.

»Ich musste nur noch ein paar Dinge in meinem Umfeld in Ordnung bringen. *Mein* Umfeld, das *du* komplett versaut hast. Du hast das Personal verärgert und weiß Gott was noch alles. Bevor ich zu dir kommen konnte …«

»Du bist krank.«

Alex versucht sich zu beherrschen, aber es gelingt ihm nicht. Er überlegt, ob er sich auf sie stürzen, an ihr vorbeischieben und aus dem Zimmer rennen soll. Aber was, wenn sie eine Waffe unter dem Kaschmirpullover trägt? Als könnte sie seine Gedanken lesen, kommt sie in der Dunkelheit näher.

»Denk gar nicht dran. Nicht, wenn du deine geliebte Sofi wiedersehen willst.«

Das Atmen fällt ihm schwer, er spürt, wie er zu zittern beginnt, sein Körper bebt unkontrolliert, seine Zähne fangen fast an zu klappern.

Alex sieht, wie Alice es genießt, ihn zu quälen.

»Ich möchte, dass du mir einen Gefallen tust. Dann bist du frei.«

Alex weiß nicht, was er antworten soll. Nichts ist ihm wichtiger als Sofi und ihr gemeinsames Kind, er muss herausfinden, was sie will. Und er weiß, dass er jetzt nur mitspielen kann.

»Alice, was willst du? Ich tue alles, wenn du mir nur sagst, was du mit Sofi gemacht hast.«

Sie lacht wieder und wirft den Kopf zurück. Ihr Haar wogt. Sie streicht ihm über die Brust, den Bauch hinunter. Beugt sich vor und küsst ihn leicht. Er zuckt zusammen, seine Nacktheit macht ihn noch verletzlicher, sein ganzer Körper fühlt sich an wie Eis, aber er wagt nicht, sich zu wehren.

Schließlich antwortet sie ihm. »Ich möchte, dass du sofort zum Nord fährst. Was du dort tun sollst, erfährst du, sobald du angekommen bist.«

Ihr Ton ist sanft und einladend, als würde sie ihn um einen kleinen Gefallen bitten. Fast liebevoll klingt es.

Alex schließt die Augen. Sie hat die ganze Zeit alles unter Kontrolle gehabt. Was will sie von ihm in Åre? Was immer es ist, er kann sicher sein, es ist etwas Schreckliches.

Alice greift nach etwas. Zuerst denkt er, sie will sich vorbeugen, um ihn wieder zu küssen, und lehnt sich instinktiv zurück. Dann sieht er, was sie in der Hand hält. Das Messer. *Sein Messer.* Das, das vor seiner Abreise nach Kopenhagen aus seinem Koffer verschwunden war.

Sein Herz klopft wie verrückt. Alice greift nach seiner Hand. Wird sie ihn jetzt erstechen?

Bevor er reagieren kann, schneidet sie in die Mitte seiner Handfläche.

Er sieht, wie das dunkle Blut hervortritt, aber er spürt nichts. Er kann nur zusehen, wie sie das Messer zu ihrer eigenen Hand führt und auch dort einen Schnitt setzt. Er beobachtet ihr Gesicht, wie sie fasziniert das Blut betrachtet und keine Sekunde auf den Schmerz reagiert. Dann drückt sie seine Handfläche gegen ihre, und ihr Blut vermischt sich.

»Jetzt sind wir für immer verbunden. Du gehörst mir, Alex. Einmal mein, immer mein. Vergiss das nicht.«

Dann lacht sie und springt aus dem Bett.

»Vielleicht kann ich dir Sofi doch noch zurückgeben, wenn du tust, was ich will. Ich bin schließlich sehr großzügig.«

Er presst die Worte heraus, hört seine eigene Stimme wie aus weiter Ferne.

»Ich werde alles tun.«

47

Alex umklammert das Lenkrad so fest, dass seine Fingerknöchel weiß werden. Der Schmerz in seiner Handfläche erinnert ihn an die Nacht. Er tritt das Gaspedal ganz durch, und obwohl er nur zum Pinkeln und Tanken anhält, vergeht der endlose Tag wie in Zeitlupe. Da er nichts essen kann, trinkt er viel Kaffee, um wach zu bleiben. Auf dem Display seines Handys leuchtet eine Nachricht auf. Cina. Er hat völlig vergessen, sich bei ihr zu melden. Am nächsten Parkplatz hält er an und schreibt schnell eine Antwort.

Sorry, bin krank geworden. Muss ein paar Tage zu Hause bleiben, aber Donnerstag sollte es wieder gehen. Bis dann!

Er ist erleichtert, dass sie gerade auf Herbstöffnungszeiten umgestellt haben und in den nächsten Monaten nur noch von Donnerstag bis Sonntag öffnen werden, bevor die Weihnachtsfeiern beginnen. Er will Cina nicht zu sehr beunruhigen, es ist besser, wenn sie nicht weiß, was los ist.

Nach mehr als zwölf Stunden kommt er endlich an Östersund vorbei und sieht rechts das schöne Rathausgebäude aufragen, als er an einer roten Ampel im Zentrum der Stadt anhält. Es ist früher Abend und alles scheint ruhig, nur eine Gruppe junger Leute überquert die Kreuzung. Sie sehen fröhlich und entspannt aus.

Er fährt weiter und hat nur noch etwas mehr als eine Stunde, bis er Åre erreicht. Die ganze Fahrt über haben sich all die Geschehnisse wie in Endlosschleife in seinem Kopf abgespult, wie ein schlechter Film. Jetzt ist er zurück in einem Albtraum, der erst enden wird, wenn nur noch er oder Alice am Leben sind. Doch zuerst muss er Sofi zurückholen, bevor er darüber nachdenken kann, wie er sie aus Alice' Falle befreien kann.

Der Åreskutan zeichnet sich vor einem rosafarbenen Himmel ab. Die Benzinlampe leuchtet grell, und obwohl er schnellstens ankommen will, um zu sehen, was Alice von ihm will, muss er tanken.

Am Ica Nära Björnänge, wo es Zapfsäulen gibt, steigt er aus dem Auto, füllt den Tank und geht hinein, um zu bezahlen. Sein Mund ist trocken vor Nervosität. Er malt sich die schlimmsten Szenarien aus, was mit Sofi passiert sein könnte, und sein Puls ist konstant hoch.

Er weicht dem Blick des Mädchens an der Kasse aus, geht auf die Toilette, spritzt sich eiskaltes Wasser ins Gesicht und fährt sich damit über die Haare. Er muss versuchen, sich trotz des wachsenden Stresses zu konzentrieren.

Er kehrt in den kleinen Shop zurück, nimmt sich wahllos Softdrinks, Snacks und Süßigkeiten und einen riesigen Becher Kaffee aus dem Automaten, obwohl er weder Durst noch Hunger hat.

»Jetzt noch Kaffee! Sind Sie weit gefahren?«

Die Frau an der Kasse will Small Talk machen, und er schaut demonstrativ zur Seite. Aber sie lässt nicht locker und versucht, Blickkontakt herzustellen. Er hofft, dass sie rasch fertig ist, aber der Strichcode der Limonade macht Schwierigkeiten, und die ganze Sache zieht sich in die Länge.

Sein Blick fällt auf die Klatschzeitschriften neben der Kasse, Alice und Theodor, wie sie nebeneinander in die Kamera lächeln. Für eine Sekunde hält er den Atem an. Dann fällt ihm auf, dass es ein altes Foto ist. Theodors Haare sind länger, und sein Gesicht hat keine Narben. Die Frau an der

Kasse reicht ihm die Sachen, die er in einer Tüte gesammelt hat. Sie folgt seinem Blick und sieht, was er ansieht.

»Unsere lokale Berühmtheit, wissen Sie, wer das ist?« Langsam wendet sich Alex ihr zu. Sie wirkt nicht mehr so fröhlich, eher verächtlich.

»Das ist alles nur Show. Das weiß hier jeder.«

Alex starrt sie an.

»Was haben Sie gesagt?«

»Die da, Alice Duwal. Haben Sie die nicht im Fernsehen gesehen, in irgendeiner blöden Reality-Show?«

Er nickt, nimmt die Tüte nicht. Jetzt ist er es, der das Gespräch weiterführen will, der hören muss, was sie zu sagen hat.

»Äh … ich nehme noch eine Wurst.«

Sie nickt, bittet ihn, sich eine Sorte auszusuchen, und packt die Wurst ein. »Vielleicht sollte ich den Leuten nichts davon erzählen, aber hier ist allgemein bekannt, dass sie einander meiden wie die Pest. Sie und ihr Stiefsohn, der Junge neben ihr auf dem Foto. Hier oben weiß jeder, wie das in echt ist.«

Die Frau nickt zufrieden. Sie hält ihm die Wursttüte hin, und er zeigt noch einmal mechanisch seine Karte, bevor er sie annimmt.

Die Kassiererin hält kurz inne, bevor sie fortfährt: »Also, ich habe schon immer vermutet, dass diese Frau nicht ganz koscher ist. Ich mochte Carls erste Frau lieber, und es gibt tatsächlich viele hier oben, die mir da zustimmen.«

Alex verschüttet aus Versehen Kaffee auf sein Hemd, sie lächelt ihn an und reicht ihm eine Serviette. Er nickt dankbar.

»Carls erste Frau hat den Bauernhof in ein wunderbares Restaurant verwandelt. Der Sohn wird das alles erben. Alice Duwal wird nur Geld bekommen, und das scheint sie verrückt gemacht zu haben. Zumindest habe ich das gehört.«

Mit den Worten der Frau in den Ohren verlässt Alex die Tankstelle und geht zurück zum Auto.

48

Von der Tankstelle aus fährt Alex die Straße über das Björnen hinauf und erreicht nach einer knappen halben Stunde das letzte kurvenreiche Stück entlang des eingezäunten Hirschgeheges. Sein Puls steigt. Das Nord. Es ist ungewöhnlich, hier zu sein, wenn die Bäume noch Blätter haben, der Schatten fällt anders. Hier oben ist das Laub schon gelb geworden.

Der Kies knirscht unter den Reifen des Saab, wie damals, als er zum ersten Mal hierherkam und sich frierend und viel zu dünn angezogen an die knarrenden Lederpolster des Land Rovers lehnte. Wie erwartungsvoll er damals war, wie aufgeregt. So naiv, überzeugt, dass alles gut werden würde, wenn er nur sein Bestes gab.

Die Erinnerungen machen ihm klar, dass er vorsichtig sein muss. Er denkt daran, wie er und Sofi den geheimen Kontrollraum in Alice' und Carls Villa entdeckten und herausfanden, dass sie ihn schon seit Monaten überwachte, selbst wenn er schlief.

Er schaut sich um, aber es ist niemand zu sehen. Es ist Anfang September, Vorsaison, und es sollte Personal vor Ort sein, um alles für die große Wiedereröffnung vorzubereiten, von der Alice in der Presse so viel gesprochen hat.

Er bemerkt eine Kamera, die ihm bislang noch nicht aufgefallen ist. Hoch oben auf einem Mast, genau dort, wo man in den Hof einbiegt. Er versucht sich zu erinnern, ob sie schon immer da war, ob er oder die Umgebung sich verändert haben. Aber jetzt ist es egal, ob er gefilmt wird, es ist Alice selbst, die ihn gebeten hat, hierherzufahren. Er schaut in die Kamera. Wahrscheinlich sieht sie ihn jetzt auf irgendeinem Monitor.

Sein Atem geht schneller, als er darüber nachdenkt, was Alice in diesem Moment mit Sofi machen könnte. Zwingt sie sie, ihm zuzusehen? Seine Handflächen werden feucht am Lenkrad, die Wunde brennt, und er flucht, als er sieht, dass sie sich wieder geöffnet hat und zu bluten beginnt. Er stellt den Motor aus, zieht den Schlüssel ab. Er schließt die Augen und atmet einige Sekunden lang ein und aus.

Nach seinem Abstecher bei der Tankstelle ist ihm alles klar geworden. Alice ist verzweifelt. Theodor wird all das erben, was sie liebt. Natürlich geht sie nicht leer aus, aber ihren Lieblingsort wird sie verlieren. Das Nord bedeutet ihr alles, es ist eine Arena, in die sie berühmte Leute aus aller Welt einladen kann, um sie zu beeindrucken und ihre Bewunderung zu ernten. Sie hat diesen Ort selbst ausgebaut, zwar mit dem Geld von Carls erster Frau, aber trotzdem. Er ist ihr Baby, für das sie alles gegeben hat. Das, was ihr Ruhm einbrachte und sie zu mehr als nur einer gewöhnlichen Milliardärsgattin machte.

Alex lässt sich zurück in seinen Sitz sinken und blickt in Richtung Restaurantgebäude. Durch die Fenster sieht er ein bekanntes Gesicht. Carol, die Restaurantleiterin aus der Zeit, als er selbst hier gearbeitet hat. Sie ist wieder da, wenn sie überhaupt weg war. Sie arbeitet schon ewig hier und war immer eine von Alice' treuesten Angestellten. Die Zeit scheint stehen geblieben, und die, die noch da sind, sind an Alice gebunden, entweder durch irgendeine unverständliche Loyalität oder durch Drohungen, Bestechung oder vielleicht sogar Anziehung. Er erinnert sich an Carols schleppende Stimme. Wahrscheinlich ist sie froh, dass sich alles wieder normalisiert.

Er fragt sich, ob Alice von Anfang an wusste, dass das Testament so aussehen würde, oder ob es eine Überraschung war. Wahrscheinlich Ersteres. Theodor sollte natürlich bei dem Hubschrauberabsturz mit Carl oder wenigstens danach im Krankenhaus sterben. Alice muss sehr frustriert sein, dass er noch lebt.

Theodor ist ihr im Weg. Wenn Theodor verschwindet, kann Alice sich alles nehmen, was sie will. Die nächsten Verwandten, die Theodor wider Erwarten beerben könnten, kann sie sicher um den Finger wickeln und auszahlen. Das Nord ist Alice mehr wert als alles andere. Innerhalb der Restaurantmauern hat sie das Sagen und steht an der Spitze der Pyramide. Alle anderen Angestellten gehorchen ihr, und Alex weiß, dass sie für den Rausch der Macht lebt, den ihr diese Kontrolle verleiht. Außerdem jagt sie in den Wäldern rund um das Restaurant nach Lust und Laune und schert sich nicht um Gesetze und Regeln.

Deshalb dient Theodor ihr mehr tot als lebendig.

Eine Bewegung am Personaleingang erregt seine Aufmerksamkeit. Thomas Turner. Branchenlegende, Genie und Sternekoch. Alex' großes Vorbild und ehemaliger Chef. Der Mann, den er seit Langem bewundert und der ihm mit selbstbewusstem Vertrauen und diskretem Verständnis für die Situation versprochen hat, ihn jetzt und in Zukunft zu unterstützen.

Thomas sieht müde aus, er hat mehr graue Strähnen in seinem gut gekämmten Haar als das letzte Mal, als Alex ihn gesehen hat. Jetzt ist er wieder im Nord. Alex weiß, dass Thomas schon lange vor Alex' Flucht das Gefühl hatte, mit dem Nord abgeschlossen zu haben, und dass Thomas einer derjenigen war, die die katastrophalen Arbeitsbedingungen bei *Östersunds-Posten* anprangerten. Aber Alice bekommt, was sie will. Und was sie wollte, war offenbar, dass er weiter für sie arbeitet.

Thomas geht wieder durch den Personaleingang ins Haus, und Alex erinnert sich, wie er vor über einem Jahr mit Fieber vor derselben Tür stand. Alice streichelte ihm sanft über die Wange. Von Anfang an war er von ihr fasziniert gewesen. Sogar in sie verliebt. Heute kann er nicht mehr nachvollziehen, wie er sich zu ihr hingezogen fühlen konnte. Sie ist ein Monster, und wie Satan scheint sie alles überleben zu können, was ihr widerfährt.

Alex wendet den Blick ab. Plötzlich wird es ihm klar.

Jetzt weiß er, was Alice von ihm will.

Dasselbe, was sie Emil gezwungen hat, Gabriel anzutun. Und wer weiß wie vielen vor ihnen hat antun lassen. Theodor soll durch Alex' Hand sterben.

49

Sein Handy klingelt. Als er rangeht, hört er, dass Alice wütend ist.

»Planänderung. Die Person, die du suchst, ist nicht mehr in Åre. Warte ab, bis wir wissen, wohin er fährt.«

Seine Hand umklammert das Handy, und er beschließt, sie direkt zu fragen. Er muss hören, wie sie es ausspricht.

»Du willst, dass ich Theodor töte, nicht wahr?«

Trotz ihres irritierten Tones lacht sie.

»Hast du so lange gebraucht, um das herauszufinden? Dein Glück, dass du immerhin gut aussiehst, denn deine Kombinationsgabe lässt echt zu wünschen übrig.«

Alex wartet auf ihre abschließenden Worte.

»Halte dich bereit, bis ich mich melde. Warte einstweilen in Åre.«

Er legt auf und lehnt seinen Kopf ans Lenkrad. Schließt für einen Moment die Augen. Er spürt, dass ihn jemand beobachtet. Er weiß nicht, ob er es wagen soll, die Augen wieder zu öffnen. Dann tut er es doch ganz langsam und hebt den Kopf. Schreit unwillkürlich auf, als er jemanden direkt vor dem Auto stehen sieht.

Gitt.

Die Wacht- und Hausmeisterin im Nord. Instinktiv verriegelt er den Wagen von innen. Sie gibt ihm mit einem Zeichen zu verstehen, dass er das Fenster herunterkurbeln soll, was er widerwillig tut. Im letzten Jahr hatte Gitts Loyalität Carl gegolten, nicht Alice. Er fragt sich, ob das immer noch so ist. Oder hat auch sie die Seiten gewechselt wie so viele andere?

Sie beugt sich vor. Er spürt ihren Atem. Er riecht säuerlich, nach altem Kaffee.

»Åregården. Zimmer 401.«

Er antwortet nicht, kurbelt nur das Fenster hoch, dreht den Zündschlüssel und fährt rückwärts aus der Einfahrt.

Der Nord ist wie eine tote Kulisse mit den gleichen Papierfiguren in den üblichen Rollen. Nichts wird sich ändern, wenn er nicht etwas unternimmt, wie ihm der Anblick von Carol und Thomas gezeigt hat. Die Räder werden sich weiterdrehen, und Alice wird weiter Menschen manipulieren, verletzen und sogar töten, bis jemand dem ein Ende setzt.

Er fährt in Richtung Åregården, das Nord verschwindet im Rückspiegel.

Nachdem er einen freien Parkplatz gefunden hat, betritt Alex den dunklen, altmodischen Empfangsraum mit der verschnörkelten Decke und richtet seinen Blick auf die Jagdtrophäe an der Wand hinter dem Tresen. Die Umgebung erinnert ihn an die Jagdhütte, in der er Alice zum ersten Mal geküsst hat. Der Gedanke hinterlässt einen bitteren Geschmack im Mund, und er wendet sich ab.

Die Rezeption ist nicht besetzt, und bevor jemand zurückkommen kann, geht er schnurstracks zur Treppe, um das Zimmer zu suchen. Je weniger Leute wissen, dass er hier ist, desto besser.

Er denkt an Sofi und daran, was Alice von ihm verlangt, um ihre Freiheit zu sichern. Er hat nie verstanden, wie Emil das tun konnte, was er Gabriel angetan hat: in Alice' Auftrag den Autounfall inszenieren, bei dem Gabriel ums Leben kam. Nun, da Alex selbst in ein ähnliches Dilemma geraten ist, kann er das plötzlich viel besser nachvollziehen.

Wird er in der Lage sein, Theodor zu töten, wenn es die einzige Möglichkeit ist, Sofi und das Baby zurückzubekommen?

Langsam steigt er die Treppe hinauf. Das Zimmer 401 muss irgendwo im zweiten Stock sein. Die weiße Farbe der Wand kontrastiert mit dem dunkelbraunen alten Holz. Als er ankommt, sieht er, dass sich das Zimmer, das er sucht, in einer Ecke befindet. Die Stimme von Alice hallt noch in seinen Ohren wider, als er vor der Tür steht. Er erträgt es nicht mehr, Alice' Spielball zu sein. Wenn es ein Ende haben soll, muss er selbst zum Spieler werden.

Anstatt zu klopfen, greift er zum Türgriff. Vorsichtig drückt er darauf und hört, wie sich der Zylinder bewegt. Die Tür ist nicht verschlossen.

Was auch immer auf der anderen Seite ist, er wird tun, was er tun muss. Sofis Sicherheit ist das Einzige, was jetzt zählt. Die Tür gleitet auf.

Vor sich sieht er einen kleinen Vorraum mit einem Sofa. Er ist leer. Im Hauptraum fällt durch die Fenster Licht auf das Bett. Und dort sitzt jemand.

Langsam betritt Alex das Zimmer und schiebt die Tür hinter sich zu. Er hält inne, als er die Person sprechen hört.

»Ich nehme an, du hast herausgefunden, was sie von dir will.«

Alex bleibt mit der Tür im Rücken stehen. Er schaut den sitzenden Mann an und bemerkt ein kaum hörbares Zittern in Theodor Duwals Stimme.

50

»Sie weiß nichts von diesem Treffen, also können wir offen reden«, fährt Theodor fort.

Alex geht weiter ins Zimmer hinein. Er hat keine Ahnung, was er sagen soll.

»Mein Leben liegt jetzt gewissermaßen in deinen Händen.«

Alex kommt näher und sieht das Licht, das von den Wänden reflektiert wird. Theodors mit Brandnarben übersäte Haut. So viel Schmerz, verursacht durch Alice' Launen. Als er Theodors Blick wieder begegnet, zerbricht etwas in ihm. Er weiß jetzt, dass er dazu nicht fähig ist.

Er lässt sich auf einen Stuhl sinken. Beugt sich vor, stützt die Arme auf die Oberschenkel und vergräbt sein Gesicht in seinen Händen. Sein Kopf explodiert.

Er hat nicht das Zeug, jemanden umzubringen. Er ist nicht wie Alice.

Nach einer Weile spürt er Theodors Hand auf seiner Schulter.

»Du bist nicht allein, Alex. Wir haben jetzt ein gemeinsames Ziel.«

Alex nimmt die Hände vom Gesicht und sieht ihn an. »Sie hat Sofi. Ich muss sie zurückholen.«

Theodor beugt sich vor.

»Wir erwarten ein Kind.«

Er schämt sich nicht einmal, dass ihm die Tränen kommen.

»Ich verstehe, aber du weißt so gut wie ich, dass sie sich nie damit zufriedengeben wird. Sie wird so lange eine Bedrohung für dich sein, bis ihr jemand das Handwerk legt.«

Theodor verstummt.

Alex lehnt sich zurück, Theodors Hand gleitet von ihm.

»Du denkst vielleicht, es reicht, dass sie öffentlich gesteinigt wird, wenn wir das Video veröffentlichen. Oder du versuchst zu beweisen, dass sie am Tod meines Vaters beteiligt war. Aber selbst wenn die Dinge ans Licht kommen, findet sie immer eine Lösung. Sie ist sehr geschickt und intelligent.«

Alex weiß, dass Theodor recht hat. Er weiß es nur zu gut.

»Ich helfe dir, wenn du mir hilfst, Sofi zurückzubekommen, das ist das Einzige, was für mich zählt.«

Alex' Stimme klingt heiser. Die stundenlange Anspannung und der billige Kaffee aus dem Automaten haben Spuren hinterlassen.

Theodor sieht ihn prüfend an. Er beugt sich wieder vor und führt Alex' Hand auf seinen eigenen Unterarm. Die Haut ist glänzend vor Narbengewebe. Alex wendet den Blick ab und zieht die Hand langsam zurück, unfähig, Theodors Blick zu erwidern.

»Weißt du, wie es riecht, wenn Fleisch verbrennt?«

Theodor steht auf und geht zum Fenster.

»Ich habe gesehen, wie mein Vater nach dem Unfall im Krankenhaus langsam gestorben ist, und jetzt lebe ich mit der ständigen Erinnerung daran, wozu sie fähig ist. Und mit diesen verdammten Schmerzen. Aber wenigstens lebe ich.«

Alex denkt an das erste Mal, als er mit Carl gesprochen hat, als der ihm sagte, dass er frei von Alice sein wollte. Dann nickt er langsam.

»Eine Frau an der Tankstelle hat etwas von einem Testament gesagt.«

Theodor dreht sich wieder zum Fenster und seufzt.

»Es ist kompliziert. Mein Vater wollte die Scheidung, er hatte das Video, und sein Plan war, dass Alice so wenig wie möglich bekommt. Leider hatte er vor dem Unfall keine Zeit mehr, alles rechtlich hieb- und stichfest zu machen. Aber es gab einen Faktor, von dem Alice nichts wusste, und das war, dass ich nach dem Tod meiner Mutter alle Immobilien erben würde, auch das Nord. Natürlich bekommt sie auch eine ganze Menge, aber das Nord und viele andere Besitztümer, die ihr wichtig sind, kann sie vergessen. Zumindest solange ich lebe.«

Theodor schaut ihn an.

»Was glaubst du, warum sie sich im Fernsehen so aufführt? Es geht ihr doch nur darum, sich mit den richtigen Leuten zu umgeben und ihnen vorzugaukeln, dass sie noch alles hat. Allianzen zu schließen. Jetzt, wo mein Vater nicht mehr da ist, wird sie wahrscheinlich versuchen, sich an jemand anderen mit Geld heranzumachen.«

Alex steht auf.

»Okay, aber was sollen wir machen? Ich will Alice genauso loswerden wie du, aber ich kann nicht …«

»Ich werde mich um alles kümmern«, unterbricht ihn Theodor. »Du musst nur bei Alice' Spiel mitmachen.«

Alex sieht ihn verwirrt an.

»Alle denken, dass ich gerade in Richtung Süden fahre. Ich weiß, dass Alice mich beobachtet, also habe ich dafür gesorgt, dass mein Handy und meine Kreditkarte Spuren hinterlassen, die sie glauben machen, ich sei auf dem Weg nach Öland, zur jährlichen Königsjagd. Das gestrige Abendessen war ja nur der Anfang, die Jagd wird mehrere Tage dauern, und ich habe sie in dem Glauben gelassen, dass ich eingeladen bin und daran teilnehmen werde. Das passt ihr bestimmt wunderbar ins Konzept. Ein Jagdunfall kann, wie du weißt, so schnell passieren.«

Theodor macht einen Schritt auf ihn zu und fährt fort.

»Du bleibst hier. Schlaf ein paar Stunden und versuche, dich so gut wie möglich auszuruhen. In der Zwischenzeit werde ich ihr direkt in die Fänge gehen. Sobald sie erkennt, wohin ich fahre, wird sie dir befehlen, mir zu folgen.«

Alex nickt und glaubt zu verstehen, was Theodor von ihm will.

»Es tut mir leid, dass es bei dir stattfindet, aber wir müssen es irgendwie hinkriegen, dass sie mit uns beiden gleichzeitig in einem Raum ist. Du musst ihr bis zum Schluss glaubhaft machen, dass du mit dem einverstanden bist, was sie will. Im Gegenzug verlangst du, dass sie Sofi freigibt. Du musst mir nur das Setting vorbereiten, den Rest erledige ich. Wir müssen sie ins Licht zwingen, wenn wir gewinnen wollen.«

Alex spürt, dass es diesmal nicht reichen wird, sie zu einem Geständnis zu bewegen, das sie heimlich auf Video aufzeichnen. Theodor bemerkt sein Zögern.

»Alex. Mein Leben, das Leben deiner Freundin und deines Kindes liegt in deinen Händen.«

Alex schließt die Augen. Es muss jetzt aufhören.

Ein Handy vibriert, und Theodor schaut auf das Display, bevor er sich eine Jacke überzieht, die er auf dem Bett liegen gelassen hat.

»Von jetzt an haben wir keinen Kontakt mehr. Das nächste Mal sehen wir uns auf Öland. Ich komme zu dir.«

Mit einem Ruck wacht Alex auf. Der Radiowecker neben dem Bett zeigt 06.35. Das Display des Handys zeugt von einem eingegangenen Anruf von Alice. Sie muss wütend sein, dass Theodor nicht in Åre war und sie ihre Pläne ändern musste. Nichts ärgert Alice mehr als eine Planänderung.

Alex setzt sich auf, sammelt sich. Nach allem, was im Nord passiert ist, glaubt er, Alice ziemlich gut zu kennen. Sie hat eine Empathie-Störung, sie ist eine Psychopathin. Sie will, dass alles ein Spiel ist, bei dem sie die Regeln aufstellt und das Spielfeld kontrolliert. Echte Gefühle wie Liebe, Mitleid oder Reue zu empfinden, dazu ist sie nicht in der Lage. Diese Erkenntnis sorgt dafür, dass er schlagartig hellwach ist.

Wenn Alice ihren Willen bekommt, wird das Spiel weitergehen, bis er tot ist.

Sie muss ihn abgrundtief hassen. Das Leben, das sie so viele Jahre gelebt hat und noch lange hätte leben können, ist auf den Kopf gestellt. Sie hätte so weitermachen können, wenn sie ihn nicht zu ihrem Geliebten gemacht hätte. Er hat erkannt, wer sie ist, bevor es zu spät war. Er hat ihrem Mann die Beweise geliefert, die er für die Scheidung brauchte. Jetzt hofft er nur, dass sie noch nicht gemerkt hat, dass ihr Gegner die Spielregeln ändern will.

Er holt kurz Luft, um sich auf Alice' neue Anweisungen vorzubereiten, denn er will nicht riskieren, etwas misszuverstehen und Sofi und das Baby in noch größere Gefahr zu bringen, als sie es ohnehin schon sind. Als sie kurz darauf erneut anruft und er rangeht, besteht die Anweisung jedoch aus so wenigen Worten, dass er gar nichts falsch verstehen kann.

»Komm zurück nach Öland.«

51

Das Telefon klingelt, und er fummelt auf dem Beifahrersitz daran herum, kümmert sich nicht darum, dass es verboten ist, während der Fahrt mit einem Handy zu hantieren. Er schaut auf das Display. Eine unterdrückte Nummer. Er macht sich bereit. Er weiß nicht, welches Spiel er spielen soll oder kann, er weiß nur, dass er jetzt alle seine Karten perfekt ausspielen muss. Er denkt an Theodor. Er hat darauf bestanden, dass sie keinen Kontakt haben, aber er ist normalerweise der Einzige, der von einer unterdrückten Nummer aus anruft. Oder könnte es sein, dass Alice sich noch einmal meldet, um sich zu vergewissern, dass er unterwegs ist?

Alex geht ran und betätigt zugleich die Freisprechanlage, während er in den Rückspiegel schaut. Kein Auto hinter ihm, die Straße vor ihm ist frei. Er braust durch ein kleines Dorf, knapp über dem Tempolimit, denn er will so schnell wie möglich ankommen, aber auch nicht riskieren, in eine Kontrolle zu geraten. Er presst die Zähne zusammen und wartet auf die nächste Anweisung oder Drohung. Zu seiner Überraschung meldet sich am anderen Ende der Leitung eine Stimme mit einem breiten Inseldialekt.

»Spreche ich mit Alex Anderson?«

Alex kann die Stimme nicht einordnen, obwohl er sie erkennt. Er bejaht die Frage, während sich sein Magen zusammenzieht. Hat man Sofi gefunden, ist es die Polizei, ist sie tot? Die Frau am Telefon klingt erleichtert, als sie die Bestätigung bekommt, die richtige Person erreicht zu haben.

»Oh, super! Hier ist Ulla, Ulla Heljedahl.«

Die Hebamme.

»Also, Alex, ich komme gleich zur Sache. Wir versuchen seit Tagen, Sofi zu erreichen, aber es geht nur ihr Anrufbeantworter ran. Es ist leider so, dass die letzten Routineuntersuchungen, die wir gemacht haben, eine Auffälligkeit gezeigt haben.«

Alex' ganzer Körper spannt sich an. Die Erleichterung, dass es nur die Hebamme ist, weicht einer neuen, vielleicht noch größeren Sorge. Ist mit dem Baby etwas nicht in Ordnung? Vergeblich hält er nach einem Parkplatz Ausschau, aber gleichzeitig will er weiterfahren, es sind noch so viele Stunden bis Öland.

Die Frau hustet nervös in den Hörer. Sie klingt sehr ernst.

»Nun, ich möchte Sie wirklich nicht erschrecken, aber wir haben eine Bakterie entdeckt, die Sofi dem Risiko einer Frühgeburt aussetzt, es ist wahrscheinlich nichts, was Sofi selbst spürt, aber wir möchten, dass sie sofort zu einer weiteren Untersuchung kommt.«

Sie verstummt. »Ist sie vielleicht in Ihrer Nähe?«, fährt Ulla hoffnungsvoll fort, als er nicht antwortet.

Alex nimmt eine Hand vom Lenkrad und stellt das Telefon lauter, um Ulla besser hören zu können. Der Empfang ist schwach, und es ist schwer zu verstehen, was sie sagt.

»Sie hat Probleme mit dem Telefon … Na ja, sie ist gerade nicht da, aber ich richte es ihr aus.«

Ulla schweigt für eine Sekunde, scheint zu begreifen oder glaubt zumindest, die Situation zu verstehen. Vielleicht vermutet sie, dass sie sich gestritten haben oder so etwas. Wenn sie nur wüsste.

»Ja, sie soll so schnell es geht zu einem Frauenarzt. Und sie kann mich anrufen, ich glaube, sie hat meine Durchwahl bekommen, als Sie das letzte Mal hier waren.«

»Auf jeden Fall. Ich richte es ihr aus.«

Es wird still am anderen Ende der Leitung, und Alex hat das Gefühl, dass Ulla noch etwas sagen will. Vielleicht eine

Beziehungsberatung oder so etwas empfehlen. Eine gespannte Sekunde vergeht zwischen den beiden. Alex spürt ihre Sorge um Sofi, das Baby und sich in der Stille, sie gibt ihm die Chance, etwas zu sagen. Er presst die Lippen aufeinander, die schwarz-weißen Straßenschilder rauschen vorbei. Er ist auf der Landstraße und drückt das Gaspedal des Saab voll durch.

»Okay, machen wir es so«, sagt Ulla und legt auf.

Das Handy verstummt und wird dunkel. Ihm bleibt nichts anderes übrig, als weiter in Richtung Süden zu fahren, auf der Straße nach Sundsvall, nun mit dem Wissen, dass Sofi und sein Kind einer weiteren Bedrohung ausgesetzt sind. Alex spürt, wie der Druck in ihm zu groß wird. Er sieht Sofis leblosen Körper vor sich, sein ungeborenes Kind tot und seinen Traum von einer Familie schwinden. Wie er beide wird begraben müssen. Er braucht den Beweis, dass Sofi lebt und gesund ist. Das Einzige, was ihn tröstet, ist, dass sie die Schwangerschaft geheim gehalten haben. So besteht noch eine kleine Chance, dass Alice nichts davon weiß.

Er bremst und biegt scharf in eine Parkbucht ein. Dabei vergisst er zu blinken, und der Fahrer eines von hinten heranbrausenden Autos drückt wütend auf die Hupe, aber Alex nimmt es kaum wahr. Er hört nur das Pochen in seinen Ohren. Er schickt eine SMS an die Nummer, von der Alice heute Morgen angerufen hat.

Ich will einen Beweis, dass es Sofi gut geht. Sonst haben wir keinen Deal.

Er versucht, Radio zu hören, während er wartet, ist aber zu unruhig. In den vergangenen Stunden hat er manisch zwischen den fröhlichen Hörersendungen auf P4, einer Dokumentation auf P3 und den vielen Musikprogrammen der kommerziellen Radiosender hin und her geswitcht, aber alle

Stimmen und Lieder mixen sich in seinem Kopf. Er muss jedoch nicht lange warten, bis das Display seines Handys auf dem Beifahrersitz aufleuchtet. Eine Bildnachricht.

Als er auf die Nachricht klickt, erscheint ein Foto. Es ist ein Bild von Sofi. Ihre Arme sind offenbar hinter ihrem Rücken gefesselt, und im schwachen Licht kann Alex die Kante eines orangen Stuhls erkennen. Der Kopf ist nicht zu sehen, aber er erkennt den Pullover. Den Pullover, der hochgeschlagen ist und den Bauch entblößt. Darauf hat Alice mit rotem Filzstift ein großes, fröhliches Smiley-Gesicht gemalt.

Scheiße. Sie weiß es.

Alex spürt, wie die Tränen hinter seinen Lidern brennen. Er sollte es besser wissen, als mit Alice Spielchen zu spielen oder seinen Gefühlen nachzugeben. Natürlich sieht sie seine Forderung nach Beweisen als Provokation und nicht als Ausdruck seiner Sorge um Sofi. Vielleicht hat sein Verhalten Sofi am Ende noch mehr geschadet.

Trotz der Schmerzen in der Wunde, die Alice ihm mit dem Messer zugefügt hat, schlägt er mehrmals mit der Hand fest auf das Lenkrad. Er schließt die Augen und brüllt in die Stille hinaus. Der rote Smiley grinst böse vor seinem inneren Auge.

52

Endlich nähert er sich Kalmar. Die Wolken hängen dicht über ihm. Er fühlt sich wie ein Zombie, sein ganzer Körper ist steif. Je weiter er nach Süden fährt, desto stärker wird der Regen, und der Himmel verdunkelt sich. Das Bild von Sofis Bauch und das Wissen, dass Alice ihn jetzt, da sie von ihrem ungeborenen Kind weiß, wieder in der Hand hat, verfolgen ihn die ganze Fahrt. Das Schlimmste ist, dass er keine Ahnung hat, was ihn erwartet, wenn er ankommt. Der Regen prasselt auf die Scheiben, und obwohl er die Scheibenwischer auf Maximum gestellt hat, ist die Straße vor ihm kaum zu erkennen.

Seine einzige Hoffnung ist paradoxerweise, dass er und Sofi für Alice lebend mehr wert sind als tot. Jedenfalls für den Moment. Aber es gibt keine Garantie, dass Alice Sofi nicht quält, während sie auf ihn wartet. Außerdem hat ihm das Gespräch mit der Hebamme klargemacht, dass es mehr Bedrohungen für Sofi und das Baby gibt als nur Alice. Stress, dem Sofi nicht ausgesetzt werden sollte. Es ist September, und das Baby soll erst im Januar kommen. Es ist noch viel zu klein, um zu überleben.

Die Erleichterung ist groß, als er die Auffahrt zur Brücke hinauffährt. Vor sich sieht er eine aufgepeitschte Wasseroberfläche. Die Wellen schäumen. Der Himmel ist blauschwarz. Bis zu seinem Ziel ist es jetzt noch knapp eine Stunde. Die Fahrbahn ist leer, und er drückt das Gaspedal durch.

Er sieht sie viel zu spät, obwohl einer fast mitten auf der Straße steht und mit einem orangen Schild winkt. *Die Polizei.*

Er hat zwei Möglichkeiten. Entweder er fährt geradeaus auf die Brücke und rast an der Polizistin vorbei, die ihn unmissverständlich an den Rand winkt, oder er tut, was sie sagt, und hält in der Einbuchtung der Auffahrt an. Obwohl er eigentlich einfach weiterfahren möchte, biegt er widerwillig ab und hält an der Stelle an, die ihm zugewiesen wird.

Sein Herz klopft. Ihre Uniform und ihr neutraler Gesichtsausdruck erinnern ihn an den Mopedunfall, als er vierzehn war. *Hedda.* Die Erinnerung an das kleine, tödlich verletzte Mädchen mit dem Prinzessinnenpullover und der im Kies verlorenen Haarspange blitzt auf. Das wird ihn nie wieder loslassen.

Er bleibt stehen und kurbelt widerwillig das Fenster herunter.

»Na, da sind Sie aber ein bisschen schnell gefahren, oder? Auf der Strecke sind siebzig erlaubt.«

Die Polizistin ist jung, klingt aber streng. Sie fragt nach dem Führerschein, und nach einer gefühlten Ewigkeit fischt er sein Portemonnaie aus der Tasche. Sie sieht ihn und das Bild des Führerscheins genau an und zieht die Augenbrauen hoch, als er unbewusst auf dem Lenkrad zu trommeln beginnt.

»Haben Sie es eilig?«

Sie schaut ins Auto, studiert die leeren Kaffeebecher und wirft ihm dann einen langen Blick zu. Er weiß, dass er völlig fertig aussieht. Wahrscheinlich vermutet sie, dass er etwas Illegales geraucht hat, denn seine Augen sind gerötet, aber obwohl es im Auto stinkt, weiß auch die Polizistin, dass es nicht nach Gras riecht.

»Machen Sie bitte mal hinten auf?«

Alex drückt auf den Knopf an der Innenseite der Fahrertür, der den Kofferraum entriegelt, und sieht zu, wie sie herumgeht, um ihn zu inspizieren. Dann kommt sie mit dem Plastikgerät zurück, in das er blasen soll. Er befolgt alle Anweisungen, führt das Mundstück an seine Lippen und glaubt fast, dass sie ein wenig enttäuscht ist, als das Messgerät anzeigt, dass er völlig nüchtern ist. Gerade als er denkt, dass sie ihn weiterfahren lassen will, rauscht ihr Walkie-Talkie.

»Okay. Mmm … Okay. Verstanden.«

Sie geht zu einem Kollegen hinüber, sie unterhalten sich, die Köpfe dicht beieinander, der Wind zerrt an ihren Jacken und Haaren. Alex sieht, wie die Polizistin auf ein iPad schaut, das ihr der Kollege hinhält, und dabei ein ernstes Gesicht macht. Der Regen peitscht um das Auto herum, und es sieht so aus, als würde sogar die Brücke unter der Kraft des Windes schwanken.

Wahrscheinlich haben sie seinen Führerschein kontrolliert. Er fragt sich, ob bei der Suche nach seinem Namen in der Polizeiakte auch der Unfall mit Hedda auftaucht. Der Unfall, der sein ganzes Leben ruiniert und ihn zu einem leichten Ziel für Alice gemacht hat. Wahrscheinlich. Sein Vater hat alles getan, um ihn zu entlasten, als die Wahrheit über Alex' Unschuld ans Licht kam, aber sicher steht das Ganze noch in irgendeinem Polizeibericht.

Er presst den Kiefer so fest zusammen, dass ihm die Zähne wehtun, und überlegt, was er sagen kann, um alles zu erklären. Dann kommt die Polizistin zurück, das Urteil steht kurz bevor.

»Es tut mir leid, aber wir schließen jetzt die Brücke.«

Alex starrt sie an und versteht nicht, was sie meint. Er muss unbedingt auf die andere Seite.

»Der Wetterbericht sagt für heute Nacht bis zu zweihundert Millimeter Regen voraus, vielleicht auch mehr, und wir wollen nicht, dass Autos noch auf der Brücke sind, wenn das Gewitter seine volle Stärke erreicht.«

Ihre Worte dringen durch den Wind kaum zu ihm durch. Alex schaut sich um. Dunkle Wolken bedecken den Himmel, Tropfen prasseln auf die Windschutzscheibe, das Meer bewegt sich heftig. Die Brücke nach Öland schließen? Können die das überhaupt?

»Die Vorhersage ist eindeutig: Das könnte der schlimmste Sturm werden, den Südschweden seit Jahren erlebt hat. Wir riskieren überflutete Fahrbahnen auf der Brücke, was zu Unfällen führen kann.«

Er schaut auf die Brücke. Fragt sich, ob Theodor es hinübergeschafft hat. Er weiß nicht einmal, ob er ein Auto, ein Flugzeug oder einen Hubschrauber genommen hat. Alex kann keinen Kontakt herstellen, um nachzufragen. Aber Sofi, die ist irgendwo auf der Insel. Ob Theodor dort ist oder nicht, Alex muss zu ihr. Für Sofi, für ihr Kind.

»Ich muss rüber! Meine Freundin ist schwanger, sie ist allein zu Hause. Sie müssen mich fahren lassen!«

Er sieht, wie die Polizistin zögert. Sie schaut zu ihrem Kollegen.

»Na gut. Ich werde nett sein, weil Sie so entgegenkommend waren … Sehen Sie meinen Kollegen da drüben? Er hat die Anweisung, jetzt runterzufahren und die Straße zu blockieren, aber wir sagen, dass Sie das letzte Auto sind. Allerdings fahren Sie auf eigene Gefahr.«

Alex nickt dankbar, und die Polizistin winkt ihn durch.

Der Wind und die Gischt, die durch das offene Fenster dringen, wecken seine Lebensgeister. Als er die hohe Brücke erreicht, wird die Karosserie so sehr durchgeschüttelt, dass er das Gefühl hat, das Auto stürzt gleich ins Meer.

Er ist wieder ganz allein auf der Fahrbahn und erreicht schließlich die Insel. Er hört ein immer lauter werdendes Grollen, eine kurze Pause, dann schlägt ein Blitz ein, weit vor ihm, auf einem Feld. Eigentlich dürfte er jetzt nicht mehr fahren, aber er rast so schnell er kann weiter in Richtung Süden.

Das Auto schlingert, der Regen prasselt auf die Windschutzscheibe. Plötzlich fliegt etwas gegen das Seitenfenster, und Alex reißt das Lenkrad herum. Der Saab gerät ins Schleudern. Es gibt keine Möglichkeit zu bremsen, keine Möglichkeit anzuhalten. Verzweifelt versucht er, den Wagen unter Kontrolle zu bringen, doch es ist zu spät. Er gerät von der Straße ab und landet im Straßengraben.

Der Saab prallt frontal in etwas, und die Welt um ihn herum wird schwarz.

53

Das Erste, was er wahrnimmt, ist der Geschmack von Blut. Vorsichtig bewegt er seinen Körper. Er beginnt mit den Fingern und holt sich Schritt für Schritt die Realität zurück. Seine Rippen schmerzen fürchterlich, und er kann seinen eigenen Puls dort spüren, wo der Gurt eng anliegt. Sanft fährt er mit den Fingerspitzen über sein Gesicht, spürt einen Schnitt über einer Augenbraue.

In seinen Ohren rauscht es. Er versucht auszusteigen. Zuerst bekommt er die Tür kaum auf, doch nach einigem Rütteln öffnet sie sich doch. Bald merkt er, dass das Rauschen in seinen Ohren nichts mit dem Unfall zu tun hat. Es ist der Regen, der so stark auf ihn einprasselt, dass er einen Klangteppich um ihn herum erzeugt.

Er hat pochende Kopfschmerzen, scheint aber nicht ernsthaft verletzt zu sein. Abgesehen von den Rippenschmerzen ist er nur steif. Er versucht ein paar Schritte zu gehen. Versucht sich zu orientieren. Der Regen schlägt ihm ins Gesicht.

Im Licht der Scheinwerfer des Autos sieht er die Böschung, in die er gerast ist. Alex geht ein paar Schritte zurück, der Saab hat sich festgefahren. Er schaut sich um und stellt fest, dass das Haus näher ist, als er dachte. Er kann genauso gut versuchen, zu Fuß nach Hause zu kommen. Als er losgeht, überkommt ihn ein Schwindelgefühl. Er kann sich nicht erinnern, wann er das letzte Mal etwas gegessen oder getrunken hat.

Er kämpft sich vorwärts, klammert sich an den Schmerz in seiner Brust. Schließlich gelangt er zum Haus, steigt die

Stufen hinauf und öffnet die Tür. Drinnen setzt er sich mit dem Rücken zur Tür und lauscht. Es ist still.

Zu still.

Tief in seinem Inneren wusste er, dass Sofi nicht da sein würde.

Aber wo ist sie?

Mühsam steht er auf und tapst ins Wohnzimmer. Er drückt auf den Lichtschalter im Flur, aber es passiert nichts. Der Strom ist ausgefallen. Er leuchtet mit seinem Handy.

Im Schlafzimmer sieht alles so aus, wie er es verlassen hat. Die Laken liegen auf einem Haufen, er kann die Blutflecken von Alice' Messerritual sehen, der Trainingsanzug liegt auf dem Sessel. Es ist so still hier, dass er sein eigenes Atmen hören kann. Irgendwo da draußen sind Sofi und das Baby.

Er dreht eine letzte Runde in dem dunklen Haus. Im Flur, auf dem Boden, sieht er etwas, das er hier drin noch nie gesehen hat. Sebbes Arbeitshandschuh. *Der war vorher nicht da.*

Er rennt hinaus in die feuchte Dunkelheit. Es donnert, und er sieht Blitze in der Ferne zucken. Unten, über dem Meer, auf den Feldern. Sie erhellen die Welt mit ihrem weißen Licht, und dazwischen ist die Welt ein dunkles nasses Chaos. Der Regen prasselt so heftig, dass sich die Tropfen wie Nägel anfühlen, wenn sie seinen Hinterkopf und Nacken treffen, aber er kämpft sich weiter bis zu Björns und Sebbes Haus. Sebbe mochte Sofi schon immer sehr. Er muss für Alice so leicht zu manipulieren gewesen sein. Wenn er Sebbe findet, findet er vielleicht auch Sofi.

Als er auf dem Hof ankommt, tobt der Sturm immer heftiger. Ein schwaches Licht brennt im Haus, und er glaubt, die Silhouette eines Mannes zu erkennen. Beim Gedanken, gleich Sebbe gegenüberzustehen, verlässt ihn die Kraft, und er lehnt sich gegen die Hauswand. Da er keine Klingel sieht, schlägt er mit aller Kraft gegen die Haustür. Plötzlich springt sie auf.

»Björn! Ich muss Sebbe sprechen, ist er da?«

Im Flur vor ihm steht Björn, aber er reagiert kaum auf Alex' blutverschmiertes Gesicht und die durchnässte Kleidung, sondern schiebt ihn ruckartig zur Seite. Er drängt sich an Alex vorbei und schließt die Haustür.

»Sebbe ist nicht zu Hause.«

Alex starrt ihn stumm an. Björn wirkt gehetzt, sein Ton ist hart. So hat Alex ihn noch nie erlebt. Er will gerade fragen, wo Sebbe ist, als er merkt, dass Björn den Blick von Alex abwendet. »Und ich habe es eilig«, sagt er noch.

Weitere Erklärungen bekommt er nicht. Fassungslos sieht Alex zu, wie Björn mit einem großen grünen Regenmantel bekleidet in den Sturm hinausgeht und auf den großen Pickup zusteuert.

Alex steht noch auf der Treppe. Der Regen prasselt auf ihn nieder, das Blut aus den Wunden in seinem Gesicht vermischt sich mit dem Wasser und bildet Rinnsale, die seinen Pullover hinunterlaufen. Er spürt die Kälte kaum, es brodelt in ihm. Er streckt die Hand aus, drückt die Klinke herab. Die Tür öffnet sich. Er tritt ins Haus, wischt sich den Regen aus den Augen, schließt die Tür hinter sich. In der Küche flackert die Flamme einer einsamen Kerze.

Björn ist Feuerwehrmann. Könnte das der Grund sein, warum er so eilig weg ist? Musste er vielleicht zu einem Rettungseinsatz? Alex blickt auf den Kerzenständer auf dem Tisch. *Er hat sie nicht einmal ausgepustet.* Alex spürt, wie seine Unruhe mit der Kerzenflamme mitschwingt. Er weiß nicht, wohin er gehen soll, aber die Begegnung mit Björn hat seine Angst noch verstärkt. Er muss weitersuchen. Er bläst die Kerze so heftig aus, dass das Wachs auf den Tisch spritzt. Dann geht er wieder hinaus.

Draußen vor der Tür ist der Regen eine graue Wand, und es ist dunkel zwischen den Blitzen, die erschreckend oft einschlagen. Er lässt seinen Blick über den Hof, die Scheune und die Wiesen unterhalb des Hauses schweifen.

Dann sieht er es. Ein winziger Lichtpunkt erhellt die Dunkelheit. Weit entfernt, im Wäldchen hinter dem Haus, flackert ein Licht. Seine Füße setzen sich in Bewegung, noch bevor sein Gehirn das Gesehene verarbeiten kann. Er greift sich an die Rippen und stolpert vorwärts.

Als er näher kommt, sieht er, was es ist. Eine Taschenlampe liegt im nassen Gras und flackert. Er hebt sie auf. Jetzt sieht Alex, wo er ist. Die Bienenstöcke.

Die Tür des alten Erdkellers steht offen und wird vom Wind auf- und zugeschlagen. Er ruft nach Sofi, aber aus dem Keller dringt kein Laut. Er eilt nach vorne und stürzt sich in den dunklen, nach Erde riechenden Keller, aber der ist leer. Mit der Taschenlampe leuchtet er in den engen Raum.

Eine Matratze und eine Decke, ein paar blutige Verbände, Haarbüschel. Leere Spritzen und Nadeln. Die Wände offenbar schallisoliert.

Sie war hier.

Sofi war die ganze Zeit in der Nähe. Er fragt sich, ob sie überhaupt bei Bewusstsein ist, ob sie unter Drogen steht oder bis zur Unkenntlichkeit gefoltert wurde. Und das Baby, lebt es noch?

Panik überkommt ihn, und er sinkt zu Boden. Es flimmert vor seinen Augen, sein ganzer Körper scheint zu vibrieren. Er zwingt sich, durch die Nase ein- und durch den Mund auszuatmen. Das Vibrieren hält an. Mit zitternden Fingern holt er sein Handy heraus und schafft es nicht, rechtzeitig abzuheben.

Die Taschenlampe fällt ihm aus der Hand und leuchtet in der Dunkelheit weiter. Das Meer rauscht. Die Tür des Erdkellers kracht ins Schloss. Alex merkt, dass er mehrere Anrufe verpasst hat. Da spürt er eine harte Hand auf seiner Schulter.

54

Alex' erster Impuls ist es, seinen Ellbogen scharf nach hinten zu stoßen und sich nach vorne zu werfen. Doch sein Arm trifft nur Luft, und als er sich umdreht, sieht er einen Schatten in den Lichtkegel der Taschenlampe fallen. Er greift nach der Taschenlampe und richtet sie auf den Eingang des Erdkellers. Für einen Moment glaubt er, Sebbe zu erkennen.

»Ich habe dich mehrmals angerufen. Wo warst du?«

Theodor macht einen Schritt auf ihn zu und mustert Alex' Gesicht, das inzwischen stark angeschwollen ist. Alex erhebt sich vom Boden und leuchtet die wenigen Gegenstände im Raum an.

»Alice hat Sofi hier gefangen gehalten. Ich glaube, der Nachbarssohn hat ihr geholfen.«

Theodor wendet seine Aufmerksamkeit den Spuren von Alice' Folter zu und hebt die Hand zu seinen eigenen Narben. Er scheint in eine Erinnerung eingetaucht zu sein und schüttelt leicht den Kopf, um sie loszuwerden, bevor er seinen Blick wieder auf Alex richtet.

»Wir werden sie zurückholen, Alex. Alice wird nicht gewinnen, das verspreche ich dir.«

Gemeinsam gehen sie hinaus in den Sturm. Alex lässt sich von Theodor durch das Wäldchen zu einem schmalen Feldweg führen, auf dem ein großer Range Rover geparkt ist. Sie steigen ein, und Alex schaut auf die schwankenden Bäume, während Theodor den Wagen startet.

»Fahren wir zum Syd. Es ist spät, sonst wird niemand da sein, die Warnungen des Wetterdienstes sorgen dafür, dass die Leute zu Hause bleiben.«

Alex bemerkt Theodors fragenden Blick und wendet sich ihm zu.

»Ich will sie dort treffen. Wir bringen Alice dazu, ins Syd zu kommen, und beenden die Sache.«

»Okay. Schreib Alice, dass du mich hast, aber dass sie mit Sofi ins Syd kommen soll, bevor du tust, was sie von dir will.«

Im Licht der Blitze glänzen Theodors Narben, er wirkt aufgeregt. Alex nickt und holt sein Handy hervor, um Alice die Nachricht zu schicken.

Als sie im Syd ankommen, stellt Alex fest, dass es natürlich auch dort keinen Strom gibt. Halb Öland scheint ohne Strom zu sein, wahrscheinlich wegen des Gewitters, aber er findet schnell Streichhölzer, um die Kerzen in ein paar großen Kandelabern anzuzünden. Das Licht wirft Schatten in den Raum, und er sieht, wie Theodor gedankenverloren an dem Etikett auf einer der Schnapskisten herumfingert, die auf einem Tisch an der Hintertür stehen. Sie haben sich darauf geeinigt, dass Cina die Schnapslieferungen nicht anfasst, und da weder er noch Sofi in den letzten Tagen hier waren, um sie zu inventarisieren, sind sie dort geblieben, wo der Kurier sie abgestellt hat. Zum Glück ist Cina sicher in ihrer Wohnung und nicht hier.

Theodor schaut auf, ihre Blicke treffen sich, und Alex spürt, wie Panik in ihm aufsteigt. Alles steht auf Messers Schneide, und sie müssen es wagen, einander zu vertrauen. Sie haben keine andere Wahl. Theodor zieht einen Stuhl hervor und stellt ihn an das Ende des Raumes. Dann reicht er ihm ein Bündel Schnüre.

»Binde mich jetzt fest, aber nicht zu fest. Ich muss gefesselt aussehen, mich aber leicht befreien können.«

Während Alex tut, was er sagt, spürt er etwas Hartes in Theodors Hosenbund. Eine Pistole. So will er also zu Wege gehen. Alex hält inne. Es ist seine Entscheidung. Theodor wischt sich den Schweiß von der Stirn, dreht den Kopf und schaut ihn fragend an. Alex bindet den Knoten zu Ende und erhebt sich. Er sucht die Straße ab, hält nach Autoscheinwerfern Ausschau.

»Weißt du, wie oft ich gesehen habe, wie meine Stiefmutter von den Toten auferstanden ist? Schau, was sie in den letzten sechs Monaten erreicht hat. Sie ist zum Liebling der Massen mutiert.«

Alex fragt sich, ob Theodor mit ihm oder mit sich selbst spricht. Sein Blick ist geradeaus gerichtet, als versuche er, sich selbst von dem zu überzeugen, was er gleich tun muss.

»Wir haben keine Wahl, sie muss verschwinden. Besser sie als wir, und einem anderen traue ich das nicht zu.«

Alex spürt, wie die Luft vor statischer Elektrizität vibriert. Die Blitze, die den Raum erhellen, folgen dicht aufeinander, begleitet von heftigen Donnerschlägen, die die Fensterscheiben klirren lassen. Das Gewitter muss genau über ihnen sein. Seine Gedanken wandern zu Alice. So viele, die für ihre Spiele so viel opfern mussten.

Dann hören sie Sirenen. Sie schauen nach draußen, aber das Licht und die Geräusche verschwinden so schnell, wie sie gekommen sind. Zwei Feuerwehrautos mit Blaulicht und Sirene fahren Richtung Norden. Wahrscheinlich sind sie auf dem Weg zu einem Unfall, der infolge des Sturms passiert ist.

Alex legt Theodor einen Knebel über den Mund, wie sie es besprochen haben. Theodor schließt die Augen und scheint bereit zu sein. Die Uhr tickt, die Minuten vergehen langsam.

Schließlich ertönt ein Motor, und ein Auto biegt in die Kiesauffahrt ein. Eine Tür schlägt zu. Theodor spannt sich an, als sich die Tür öffnet.

Das Erste, was Alex sieht, ist ein bekannter Pullover. Er packt Theodor an der Schulter, um ihm zu signalisieren, dass er nichts Unüberlegtes tun soll.

»Sofi!«

55

Sofis Blick ist unfokussiert, und sie reagiert nicht auf seine Rufe. Sie sieht aus wie betäubt oder betrunken und ist kaum in der Lage zu stehen. Das Einzige, was sie aufrecht hält, ist die Frau hinter ihr, die sie mit Sebbes Hilfe an sich drückt.

»Alex, da bist du ja«, sagt sie fröhlich.

Alice lächelt breit und schüttelt den Regen ab. Sie trägt Röhrenjeans und ihren Lieblingskaschmirpullover, heute in der schwarzen Variante. Ihr Haar ist nass, und ihr exklusiver Regenmantel steht offen. Obwohl sie nur wenige Meter entfernt ist, riecht Alex ihr Parfüm, und die Erinnerung daran lässt seine Wut mit einer vagen Angst verschmelzen. Er muss auf der Hut sein. Sie ist ihm immer drei Schritte voraus.

Alex versucht, alles mitzubekommen, beobachtet jede Bewegung von Alice. Er wirft einen Blick zu Theodor, der Angst hat, dass ihre Scharade auffliegt, aber Alice scheint zufrieden zu sein.

»Ich sehe, du hast es geschafft, mein lieber Stiefsohn. Ich wusste, mit der richtigen Motivation kannst du liefern.«

Sie drückt mit ihrem Unterarm auf Sofis Brust, während Sebbe sie aufrecht hält, und Alex macht Anstalten, sich vorwärtszubewegen, als er Sofi stöhnen hört. Alice tritt einen Schritt zurück und stoppt ihn mit einem Blick.

»Nicht so schnell, Alex.«

Er hält wie erstarrt inne. Er sieht, wie Alice sich amüsiert, versucht, Sebbes Blick zu erhaschen, aber es gelingt ihm nicht.

Da hört er ein Geräusch hinter sich. Als er sich umdreht, hört er Theodor aufkeuchen. Im flackernden Licht steht plötzlich Björn hinter Theodor. In weniger als einer Sekunde reißt er ihm den Knebel aus dem Mund und drückt ihm ein Tuch über Mund und Nase. Björn?

Alex steht da wie vom Schlag getroffen. Theodor verliert schnell das Bewusstsein, und Alex begreift, dass Alice nur eine halbe Minute gebraucht hat, um ihren Plan zu vereiteln. Als Theodor sich nicht mehr bewegt, bittet Alice Björn, sich zurückzuziehen.

Björn. Er muss sie die ganze Zeit beobachtet haben, denn er hat sie zusammen auf dem Hof gesehen, als Theodor kam, um ihn zu suchen. Alex fragt sich, wie viel Sebbe wirklich von dem versteht, was hier vor sich geht. Wahrscheinlich hat er genau das getan, was Björn und Alice von ihm verlangt haben, ohne sich der Konsequenzen bewusst zu sein.

Plötzlich erinnert sich Alex an ihr Gespräch vom Vorabend. Die orangen Küchenstühle. Das Bild von Sofi. Er starrt Björn an.

»Warum?«, fragt er.

Björn schaut auf den Holzfußboden, wagt es nicht, den Blick zu erwidern. Er schaut zu Alice auf, dann wieder auf den Boden.

»Ich hatte keine andere Wahl … Der Betrieb ist seit Jahren nicht mehr rentabel, wir standen kurz vor dem Bankrott. Wir brauchten das Geld. Sebbe hat niemanden außer mir! Ich musste etwas unternehmen. Ich würde alles für ihn tun. Wie soll er sonst den Tag überleben, an dem ich sterbe?«

Er spricht schnell.

Alex sieht, wie die Scham aus jeder Pore von Björns Körper quillt.

Doch der Verrat steckt wie ein Messer in seinem Rücken.

»Genug geredet. Den Rest macht Alex.«

Bei Alice' Spiel geht es um Kontrolle. Sie hätte Theodor im Krankenhaus loswerden können, aber stattdessen hat sie gewartet, um ihnen beiden den größtmöglichen Schmerz zuzufügen. Das ist Teil ihrer perversen Lust.

»Du bekommst Sofi, wenn du das tust, was du mir versprochen hast, es ist ein Geben und Nehmen.«

Alex versucht, Blickkontakt mit Björn aufzunehmen, aber der schaut zu Sebbe. Alice schiebt Sofi zur Seite und drückt sie auf einen Stuhl. Dann zieht Alice etwas aus ihrer Tasche. Es glitzert. Alex' Messer.

»Das gefällt mir, Alex. Es ist richtig scharf.«

Sie wiegt das Messer in der Hand und begegnet Alex' Blick. »Jetzt werden wir alle deine kleine Show genießen, und nur damit du es weißt, du musst dir keine Sorgen machen, dass mich hier jemand sucht. Alle werden denken, dass ich einfach an die Côte d'Azur geflogen bin. Mach es, wie du willst. Du wirst ungestört arbeiten können, also lass dir Zeit.«

Alice geht langsam auf Sofi zu.

Er sieht, dass Sofi kaum zu begreifen scheint, was vor sich geht, und auch nicht bemerkt, dass Alex im selben Raum ist. Was hat Alice mit ihr gemacht? Lebt das Baby noch, oder ist es tot?

Alice zieht Sofis schmutziges, zerrissenes Hemd hoch und hält ihr das Messer an den Bauch. Der hässliche Smiley ist immer noch da und grinst sie höhnisch an. Alex schluckt.

»Ich weiß nicht genau, wie groß der Fötus jetzt ist, Alex. Sollen wir raten, wer näher dran ist? Es ist nicht schwer herauszufinden, was stimmt.«

Alex versucht sie abzulenken. »Welche Garantie habe ich, dass du Sofi freilässt?«

»Alex, Schatz, du kannst keine Garantie haben. Aber welche Wahl hast du?«

Was auch immer er jetzt tut, Alice wird dafür sorgen, dass sein Messer zu einer Figur in ihrem Spiel wird. Sie genießt es, sie alle in den wenigen Minuten, die ihnen noch bleiben, zu quälen.

Irgendwie hat sich die Panik gelegt. Wenn Alex nicht genau das tut, was sie sagt, werden unschuldige Menschen noch mehr leiden als bisher. Er denkt an Sofi. Es geht nicht mehr nur um ihn. Er muss das hier beenden. Alice wird nicht aufhören, bis sie alles zerstört hat, nicht nur das Leben, das sie sich hier aufgebaut haben, sondern auch alle, die ihnen nahestehen. Sie ist wie ein Feuer, das sich vorwärtsbewegt und nur Asche zurücklässt.

Ihm wird klar, dass er etwas tun muss, das allem widerspricht, wofür er je gestanden hat, wenn er eine Chance haben will, seine zukünftige Familie zu retten. Er sieht Sofi an. Es geht ihr nicht gut. Er darf keine Zeit mehr verlieren.

Alex geht auf Theodor zu, und Alice beobachtet ihn gebannt. Er streicht mit der Hand über seinen Rücken und ertastet die Umrisse der Waffe. Sie ist nicht sehr groß. Er beginnt, sie herauszuziehen. Hinter Theodors Rücken wiegt er sie in der Hand.

Er schaut zu Alice auf, die ihn beobachtet, während sie das Messer auf Sofis Bauch presst. Er sieht, wie ein kleines Rinnsal aus Blut an der Klinge entlangläuft, weil sie ein wenig zu fest zudrückt.

Dann bemerkt er, wie sich Sebbes Blick auf das Messer und das Blut richtet. Sein ganzer Körper scheint sich zu verkrampfen, und Alex sieht, wie er die Hände vor Wut ballt. Blut ist etwas, das er versteht. Sofi ist wirklich verletzt. Die Sofi, die er so liebt. Er brüllt vor Wut auf und geht auf Alice zu.

Björn schreit.

»Sebbe, nein!«

56

Sebbe bewegt seinen großen Körper erstaunlich schnell über den Boden und wirft Alice von Sofi weg. Sie fliegt gegen den Tisch neben der Tür. Alice scheint schlecht zu landen, und der Aufprall verursacht gleichzeitig das unheilvolle Geräusch von Flaschenkartons, die zu Boden fallen und zerbrechen. Die Alkoholdämpfe breiten sich in Richtung Alex aus. Sebbe stürzt sich auf Alice und reißt einen Kerzenleuchter mit sich.

Als würde es in Zeitlupe ablaufen, beobachtet Alex, wie die Kerzen in der Flüssigkeit auf dem Holzboden landen. Im Nu züngeln die Flammen und beginnen an dem trockenen Holz zu lecken, aus dem der Innenraum besteht. Sebbe sitzt rittlings auf Alice, ohne die Flammen um ihn herum auch nur zu bemerken.

Alex zögert keine Sekunde, rennt zu Sofi, nimmt sie in den Arm und hechtet zur Haustür.

Draußen regnet es in Strömen und riesige Blitze erhellen den Nachthimmel. Alex schaut sich um. Er lehnt Sofi an Theodors Auto, dreht sich wieder zum Eingang, das Feuer breitet sich aus. Er holt tief Luft, rennt los und reißt die Tür zum Restaurant wieder auf. Er hält sich einen Arm vor die Augen und konzentriert sich auf den Stuhl, auf dem Theodor immer noch bewusstlos sitzt. Der Rauch ist dunkler und dichter geworden. Seine Augen tränen. Er kämpft gegen die Fesseln und schafft es, ihn zu befreien. Irgendwie muss er ihn rausholen, aber der Sauerstoff, der beim Öffnen der Tür eingedrungen ist, hat das Feuer noch angefacht, und die heißen Flammen schlagen mit voller Wucht um sich. Das Feuer hat die losen Baumwollvorhänge rund um das Restaurant erfasst und ist mit unvorstellbarer Geschwindigkeit die Balken hinaufgeklettert.

Nach dem extrem trockenen Sommer brennen die alten Holzbalken wie Zunder. Trotz des dichten Rauchs kann Alex erkennen, dass Sebbe noch immer auf Alice sitzt. Sie scheint leblos unter ihm zu liegen. Aus der Ferne sieht er, wie Björn an Sebbe zerrt und versucht, ihn aus den Flammen zu ziehen. Aber er bewegt sich nicht von der Stelle.

Theodor keucht mit geschlossenen Augen, und Alex müht sich mit aller Kraft, ihn nach draußen zu schleifen. Alles geht sehr schnell, und jetzt kann er durch den dichten Qualm kaum noch die Hand vor Augen sehen, aber er tastet sich vorwärts. Gegenstände beginnen vom Dach zu fallen. Nach einer gefühlten Ewigkeit erreicht er die Eingangstür. Theodors Körper ist schwer, weil er schlaff und bewusstlos ist, und es ist schwierig, ihn über die hohe Schwelle zu hieven. Als Alex es endlich schafft, hat sich das Feuer bereits so weit ausgebreitet, dass Flammen aus allen Fenstern auf der Südseite schlagen. Die Ecke, in der Alice liegt, brennt lichterloh, das Lokal verwandelt sich in ein Flammenmeer.

Alex denkt an Sebbe und Björn. Aber er kann nicht zurück, die Flammen lodern in den dunklen Himmel. Trotz des Regens spürt er die Hitze und den Rauch, der sich bis zum Eingang ausbreitet.

Er zieht Theodor noch ein Stück weg, damit sie einen sicheren Abstand zum Feuer haben. Dann eilt Alex zu Sofi und kniet sich neben sie. Er fühlt ihren Puls und merkt, wie die Tränen fließen, als er ihn schwach unter den Fingern spürt. Er legt sein Ohr an ihren Bauch und wird von einem gezielten Tritt getroffen.

Beide leben!

Er spürt, wie sein ganzer Körper weich wird, vor Erleichterung zusammensackt. Doch nur einen Augenblick später überkommt ihn neue Kraft, und er öffnet die Autotür, hebt Sofi hoch und setzt sie auf den Rücksitz, damit sie nicht im Regen liegt. Sie ist jetzt wach, aber immer noch benommen. Eine seiner Rippen schmerzt so sehr, dass er sich kaum bewegen kann, und aus einem geschwollenen Auge sieht er kaum noch etwas. Wie im Nebel gelingt es ihm, auch Theodor auf den Vordersitz zu heben.

Bevor er selbst einsteigt, dreht er sich noch einmal um. Schaut sich das Schauspiel an. Das Leben, das sie sich im Syd aufgebaut haben, ist weg, ausgelöscht von den hohen Flammen. Aber Sofi hat er wieder.

EPILOG

Blitzeinschlag im Restaurant Syd

Öland hat Mühe, sich vom schlimmsten Unwetter zu erholen, das Südschweden in der Neuzeit heimgesucht hat. Noch immer treffen Berichte über Verwüstungen ein, und die Rettungsdienste befürchten, dass die Zahl der Verletzten noch steigen könnte, da noch nicht alle Dörfer auf der Insel erreicht werden konnten. In der Nacht gab es rekordverdächtige Blitzeinschläge und Regenfälle, und Tausende von Haushalten sind noch immer ohne Strom.

Es waren einige arbeitsreiche Tage für die Freiwilligen Feuerwehren im südlichen Öland und für den Heimatschutz, der sich um überflutete Keller und Bewohner kümmern musste, die ihre Häuser nicht verlassen konnten, weil die Straßen durch die heftigen Regenfälle beschädigt waren. Einige Personen werden noch vermisst, darunter Björn Nilsson, ein örtlicher Teilzeit-Feuerwehrmann, und sein Sohn Sebastian Nilsson, die in der Nähe von Näsby wohnen.

Nicht weniger als vier Blitzeinschläge mit anschließenden Bränden wurden in der Nacht von Montag auf Dienstag gemeldet, wobei der südlichste Teil der Insel am stärksten betroffen zu sein scheint. In Grönhögen konnte der Besitzer eines Hofs das Feuer noch selbst unter Kontrolle bringen, aber es sollte noch schlimmer kommen für das erfolgreiche Restaurant Syd, das bis auf die Grundmauern niederbrannte, weil die Feuerwehr nicht rechtzeitig eintraf.

»Als wir kamen, brannte es schon eine ganze Weile, das Feuer war schon zu weit fortgeschritten, und alles, was wir tun konnten, war, das Haus kontrolliert abbrennen zu lassen und einige kleinere Nebengebäude zu sichern«, sagte Mikaela Forssell, Leiterin des Rettungsdienstes, dem Ölandsbladet.

Laut Ölandsbladet *wurde niemand verletzt, da das Restaurant zum Zeitpunkt des Brandes geschlossen war.* Ölandsbladet *hat die Besitzer um eine Stellungnahme gebeten, aber sie waren bislang nicht erreichbar.*

Alice Duwal von Stiefsohn als vermisst gemeldet

Die bekannte Unternehmerin und Rundfunkmoderatorin Alice Duwal wird seit gestern vermisst. Ihr Stiefsohn Theodor Duwal befürchtete Ungemach, als sie Anfang der Woche nicht zu einem Treffen an der südfranzösischen Küste erschien. Es wird vermutet, dass sie entführt worden sein könnte, da sie ein großes Vermögen von ihrem verstorbenen Ehemann Carl Duwal geerbt hat, der Anfang des Jahres an den Folgen eines Hubschrauberabsturzes verstarb.

»Sie ist die einzige Familie, die ich noch habe, und ich arbeite mit der örtlichen Polizei zusammen, von der ich hoffe, dass sie bald Fortschritte erzielt«, sagte Duwal der TT. Die Polizei bittet Personen, die Informationen zu dem Fall haben, sich umgehend mit Interpol in Verbindung zu setzen. Im Herbst beginnt Alice Duwal mit den Dreharbeiten für eine neue Staffel der beliebten Reality-Serie Generation Z, die sie zusammen mit einer Reihe anderer bekannter Geschäftsleute moderieren wird.

VIER MONATE SPÄTER

Alex beugt sich auf dem unbequemen Stuhl nach vorn. Er unterdrückt ein Gähnen und lehnt seine Stirn an die Plastikwand, wie er es in den letzten Wochen so oft getan hat. Er blickt in den Brutkasten, die sichere Blase. Sein kleiner Sohn liegt da und schläft. In Sicherheit.

Er ist noch zu winzig, um nach Hause zu kommen. Wo das Zuhause sein wird, weiß Alex noch nicht. Im Moment ist es hier, und das ist gut so. Dass sein Kind atmet und lebt, trotz der vorzeitigen und dramatischen Geburt, ist alles, was zählt. Nach den Komplikationen durch die Entführung und dem zähen Kampf, ihn so lange wie möglich im Mutterleib zu behalten, geht es ihm erstaunlich gut.

Alex schaut hinaus in die winterliche Dunkelheit und lässt seinen Blick über das Tablett vor ihm schweifen. Die Kartoffeln, Fischstäbchen und geriebenen Karotten sind nicht gerade das beste Essen, das er je gegessen hat. Trotzdem ist er so dankbar, hier zu sitzen. Er hätte nie gedacht, dass er einen kargen Raum in einem Bezirkskrankenhaus so schätzen könnte. Da geht die Tür auf. Sofi steht im Türrahmen, schaut ihn an und lächelt.

VIELEN DANK!

Ein großes Dankeschön an unsere Familien und Freunde für ihre Unterstützung und Inspiration während des Schreibprozesses! Vielen Dank auch an diejenigen, die Fragen beantwortet und ihr Wissen über Essen und Wein mit uns geteilt haben, insbesondere Niklas Ekstedt und Olle T Cellton.

Vielen Dank auch an alle, die ihr Wissen über Jagd, Recht, dänische Namen, Landwirtschaft, Blumen und andere Dinge, die während des Schreibprozesses recherchiert werden mussten, mit uns geteilt haben.

Ein besonderer Dank geht an unsere Verlegerin Louise Eriksson für ihre unschätzbare Unterstützung bei der Arbeit vom Entwurf bis zum fertigen Buch!

Unser Dank gilt auch allen Mitgliedern unseres Teams im Bookmark-Verlag, unseren Lektorinnen Anna-Karin Selberg und Heléne Jensen, unserer Agentin Julia Angelin von der Agentur Salomonsson und Marcell Bandicksson, der dem Buch ein Cover gegeben hat. Besonderer Dank gebührt Cecilia Imberg Karabollaj für ihre sorgfältige Lektüre und ihre hilfreichen Kommentare in einer wichtigen Phase des Schreibprozesses sowie Caroline Törnquist für ihre wertvollen Anmerkungen zu rechtlichen Verfahren.

Schließlich möchten wir uns bei allen Lesern, Zuhörern und all jenen bedanken, die uns nach der Lektüre von *Nord* kontaktiert haben. Dank euch hat das Schreiben von *Syd* so viel Spaß gemacht!

Anna und Katarina
April 2023